六國飯店
1931

孙屹 著

团结出版社

图书在版编目（ＣＩＰ）数据

六国饭店：1931 / 孙屹著 . —北京：团结出版社，2023.2
　ISBN 978-7-5126-9443-9

Ⅰ.①六… Ⅱ.①孙… Ⅲ.①长篇历史小说－中国－当代 Ⅳ.① I247.5

中国版本图书馆 CIP 数据核字 (2022) 第 096312 号

出　版：	团结出版社
	（北京市东城区东皇城根南街 84 号　邮编：100006）
电　话：	（010）65228880　65244790（出版社）
	（010）65238766　85113874　65133603（发行部）
	（010）65133603（邮购）
网　址：	http://www.tjpress.com
E-mail：	zb65244790@vip.163.com
	tjcbsfxb@163.com（发行部邮购）
经　销：	全国新华书店
印　装：	三河市东方印刷有限公司

开　本：	145mm×210mm　32 开
印　张：	9
字　数：	176 千字
版　次：	2023 年 2 月　第 1 版
印　次：	2023 年 2 月　第 1 次印刷

书　号：	978-7-5126-9443-9
定　价：	38.00 元

（版权所属，盗版必究）

早期的北京六国饭店概貌

早期的北京六国饭店内景

大厅

早期的北京六国饭店内景

酒吧区

酒店大班台

北京六国饭店的明信片

上海六国饭店旧照

20 世纪初天津概略图

1926年的天津街道

承德道（天津六国饭店所在街道）

小说中借用的罗振玉的书法作品《学吃亏》

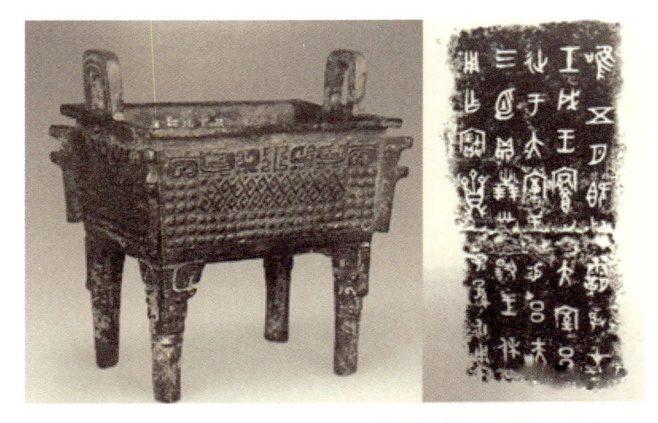

小说中借用的吕鼎与铭文

20 世纪初天津流通货币

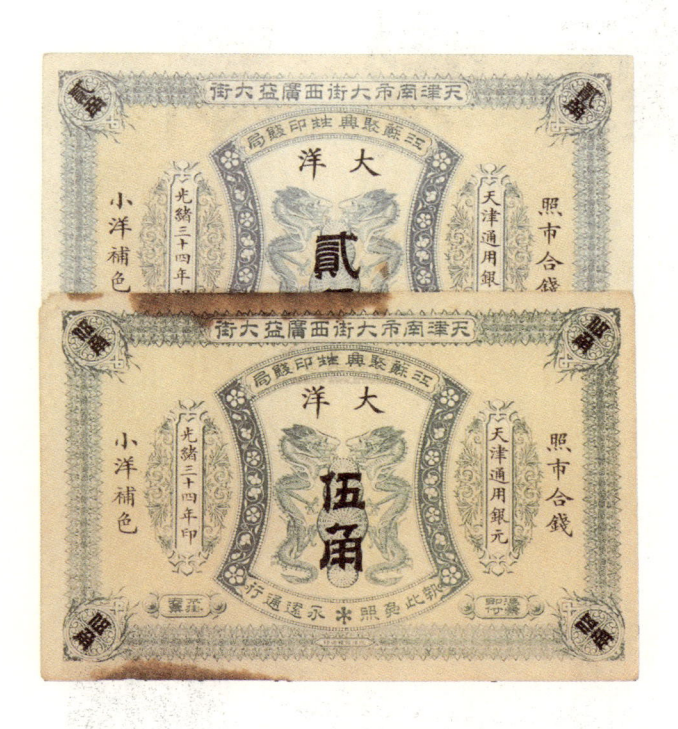

20 世纪初天津流通货币

天津六国饭店跳舞票

天津事变新闻剪报

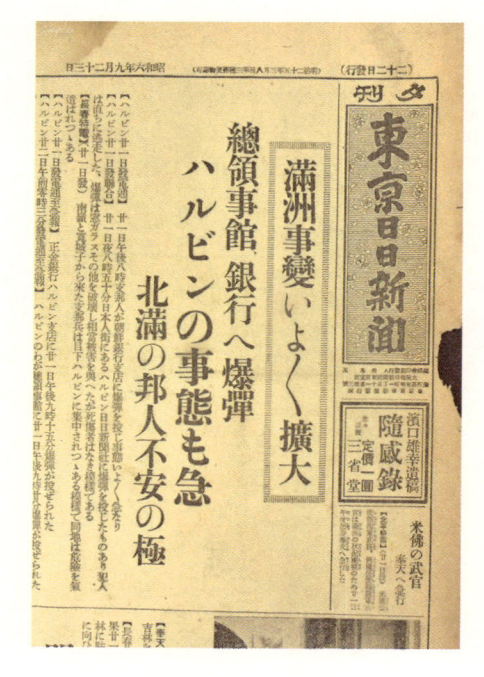

天津事变新闻剪报

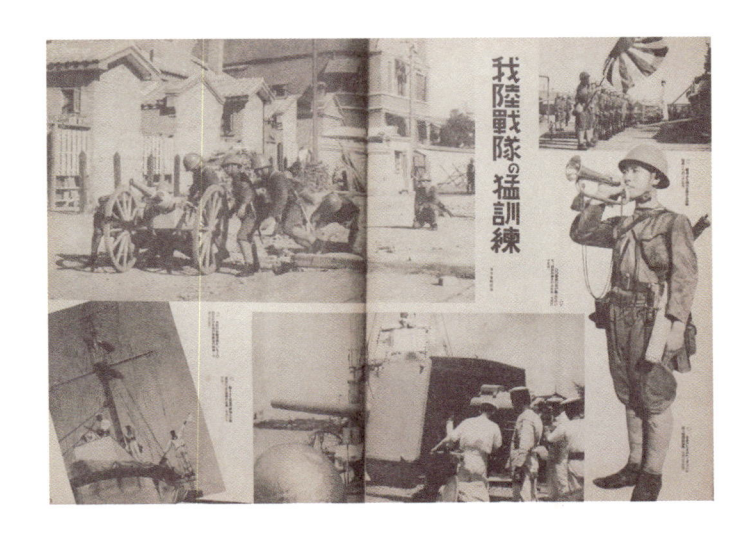

天津租界区的洋人日常

万国桥

《六国饭店 1931》
自序

（本故事部分真实，更多为虚构）

六国饭店真实存在，这个真实存在显得历史有那么一点儿不真实。外面战场上打得血流漂杵，六国饭店里双方的将领在一个西餐厅吃饭，甚至还能点头打个招呼；外面政坛上波谲云诡，吵得不亦乐乎，六国饭店里双方却一起嘻嘻哈哈地搓麻将、听堂会；外面世界饿殍百万、伏尸千里，六国饭店里却是燕语莺声，歌唱的是美国爵士，舞跳的是德国摇摆……

六国饭店是政客、军阀们的谈判桌，大到主权、主义，小到地盘、军费，在这里全是生意。

六国饭店 **1931**

六国饭店是胜利者的发布厅,全国名流汇聚、全球记者云集,慷慨陈词,挥斥方遒。

六国饭店是失败者的避难所,既有租界地的治外法权,又有兔死狐悲的彼此默契。头前通电下野,转身就在此花天酒地。

六国饭店是阴谋者的生死场,串通环节、打探消息、杯葛离间、党同伐异、偷蒋干书、献美人计、诈骗、绑架、投毒、暗杀……

六国饭店是冒险家的游乐园,各国古董有真有假,各路消息有虚有实,各色人物有龙有蛇,各种门路赌生赌死……

我找到的资料说明六国饭店最早始建于1905年的北京东交民巷,是比利时人的小买卖。后来六国加大投入,升级为当时北方最豪华的大饭店。由于设施完善,并有租界地涉外法权保护,因此称为从晚清到北洋时期最复杂而神秘的飞地。

六国饭店不光在北京,我查到的大约还有四处:
上海永安百货隔壁有一家;
天津万国桥下来,法国租界的承德路上有一家;

旅顺有一家，内蒙古科尔沁草原上有一家。这两家不是很确定，或者当时叫作六国饭店、六国旅社的居多。

我原本是想写北京六国饭店的故事的，后来找到的故事背景更适合天津，正好天津也有一家六国饭店，索性就用1931年"天津事变"的大历史作为背景，写下这个六国饭店的故事。

1931年是大变局之年，所谓"中华民族到了最危险的时候"。在这个巨变之年的三四天光景里，我们借用主人公余之蚨的眼光，展开三代人在六国饭店舞台上的表演。这三代人，我称他们为时代的"残党""旧党""新党"。而六国饭店自然是旋涡中的旋涡，里面的众生，全都在努力挣扎，而大部分难免沉沦。

人物小传

主角余之岦

余之岦这个名字是郁达夫先生的小说《茫茫夜》以及《秋柳》中的主人公于质夫。这个于质夫带有多少比例郁达夫先生自己的成分,余之岦就继承了多少比例于质夫的成分——人物虚构,照虎画猫而已。

郁达夫先生(1896—1945)是我们民族新民主主义革命时期重要的左翼文学家,也是民政局认证的革命烈士——他最终没能

六国饭店 **1931**

逃脱日寇的戕害，横死他乡。但我个人不情愿把他当作是一个斗士标兵，而更愿意接受他是一个亲切真诚的朋友。郁达夫是个写日记的人。在《日记九种》这部日记里面，郁达夫把自己1926年底到1927年的生活，完全摊开给读者看。不但说了心里话，而且一本正经地坦诚了自己情欲的纠结、身心的郁闷、行动的卑怯。而正是从这样的纠结＋郁闷＋卑怯里面，我提炼出一个住在《六国饭店》里面的余之蚨。顺便说一句，蚨就是蝙蝠，是介乎两种阵营之间的尴尬者。

郁达夫文学带给旧时代的意义恰恰在于对郁闷沉沦的坦诚剖析。这郁闷沉沦一方面来自人性本身的"爱欲不能"，另一方面则是祖国的"国难深重"。他陷入爱欲不能自拔的羞耻与自卑，与个性解放追求的自由，和其在行动上的放纵任诞，形成矛盾纠结；他投身救亡的"诗般热情"，与白色恐怖和生计窘迫带来"救国"行动上的矛盾纠结。这其中呈现出来的挣扎，不但是真实可以理解的，也是人性宝贵的光芒。而我侪自魏晋以降能将苦难化为审美的能力，既是我们需要继承的良药，也正是诚需反省的鸦片吧。

《日记九种》里满是郁达夫其人真实的碎片，足以支撑起余之蚨这个人物的骨肉，也便宜我搭建起百年前《六国饭店》的舞台。比如《日记九种》第一篇就写道："天呀天呀，你何以拨弄得我如此厉害？竟把我这贫文士的最宝贵的财产糟蹋尽了。啊，啊，儿子死了，女人病了，薪金被人家抢了，最后连我顶爱的这几箱子书都不能保存……"于是，来自《日记九种》的余之蚨，就以这样糟糕的境遇走进一个你方唱罢我登场的《六国饭店》，而他始终是个局外人，是个无意间卷入大事件旋涡的小人物。他无足轻重，无关痛痒，既生不出危机，也推不动剧情，更解不开矛盾。但我偏偏看中他若即若离、非此非彼的"蝙蝠"身份，让他作为观众，带着自己身心的郁闷，串联起《六国饭店》形形色色的人物。

这就是余之蚨，而他，是能用肉眼温情看遍乱世众生的人。

苏也佛与残党

小说中包括主角在内，人物关系错综复杂，却大致可以分成"残党""旧党""新党"三类人——每逢天地为工、万物为铜的大时代，往往大浪淘沙，呈现出残党凋零、旧党暴殄、新党流血的鼎革大戏。

在《六国饭店1931》这个舞台上，苏也佛就是时代残党的代表。苏也佛的人物原型苏曼殊（1884—1918），是"南社"中最重要的人物之一。苏曼殊能诗文绘画，通梵文经史，又曾经

六国饭店 1931

入军校学习军事。他写过鸳鸯蝴蝶派的言情小说，也闹革命、组织抗俄义勇队，乃至意图刺杀过康有为……而其放浪行止、风流绯闻更是闻名江湖。他绝望时索性顶替一个逝去的僧人名字出家了，最后据说死于暴饮暴食，留下了一个"人间情僧"的传说。

苏曼殊是郁达夫上一代的文人，这二人所遭遇的肉体上的折磨、心灵上的纠结都是一个病根儿，而从这个病根儿生长出来的诗歌，其风格也是非常相似的。但苏曼殊实际上死于1918年5月，刚好是五四运动的一年前。他的死刚好给改良、维新时代的彻底落幕，以及代表旧民主主义文人时代的彻底落幕作了一个注脚。而那时的郁达夫则正是风华正茂，受到了时代风气的感染，在日本参加反帝学潮，罢课抗议，弃医从文，从此走上了启蒙和文学之路。

小说中让苏也佛复活，并将两份信物分别给了不同的接班人：一个是把象征封建权力的青铜鼎给了一生痴迷复辟的旧党代表人物罗雪斋；一个是将象征暴力革命的手枪和剃刀给了"于心有戚戚焉"的余之蚨，继而又通过余之蚨，分别传递给了代表新党的青年，一个是向往苏区的金小玉，另一个是决心一死报国的吾飞。最后，复辟者的信物进了博物馆（吕鼎现藏于旅顺博物馆），而手枪和剃刀，或许还在新党中间永远传递着。

《六国饭店1931》舞台上的残党还有几位：如守着袁府最

后体面的金亚仙姑姑、守着北洋军阀最后尊严的孙传芳、守着白俄贵族最后底线的老明巴依、守着殖民主义最后狂妄的克里斯蒂安……当然还有那位和苏也佛关系最好的人物——守着旧世界最腐朽、最妖娆的"情欲之花"之美的老花魁——金姥姥。这位金姥姥人物原型是赛金花。我将她请出来和另一位传奇花魁金翠喜（原型是名妓杨翠喜）联系起来的目的，是把苏曼殊和郁达夫联系起来，同样是描述一种传承。（当然，现实中苏曼殊和赛金花并无恋情，而这个关系是嫁接了另一位诗僧李叔同出家前和杨翠喜的恋爱故事，因此，苏也佛身上也算是融合了一点儿李叔同的成分。）

当浪沙淘尽，江渚清明，这些时代的残党们不合时宜地硬撑着的已经不是成败，而是荣辱——文明和人性的荣辱。

罗雪斋与旧党

在《六国饭店1931》这个舞台上，罗雪斋则是旧党的代表。罗雪斋人物原型是大学问家罗振玉。罗振玉（1866—1940）其为人很难定义，并争议极大：第一个是他究竟学问如何？第二个是他究竟是国宝的保护者还是贩卖者？第三个是他究竟是狡猾的政

六国饭店 1931

治投机分子还是愚忠溥仪的"忠臣"？第四个是他和王国维关系如何评价？这个满身充满谜题的老者，似乎就是《六国饭店》高深莫测的本体——或者，历史学魅力的本身就是这个样子吧……

首先，关于罗先生的学问大可不必质疑，因为他是有师出名门的，他研习的考据和金石等学术是从十几岁少年时就师从乾嘉学派的名宿，而他的师父也对他的聪明和刻苦下过判断："此子若得永年，他日成就必远大。"而罗振玉不但永年，而且算长寿。也因此，在传统中国文化与西风东渐之间的大变局中，他开创和参与开创了甲骨文学、敦煌学、中国现代考古学、中国现代农学、中国现代教育学……发扬了古文学、目录学、勘校学……有人质疑他的很多学术来自"神奇的钞能力"和顶替了王国维的学术能力，但我个人认为研究金石学没有点儿"钞能力"怕是不行的，而王国维的学术能力固然伟大，但这也不是质疑罗振玉的理由。

第二点，罗振玉究竟是保护了文物还是当时最大的文物贩子之一？用一般通情达理的理解对罗振玉文物买卖行为的解释是：以藏养藏，更以藏治学。因此，为了新的藏品而卖掉旧的藏品也就成为必然之举。而当时中国文物状况又如何呢？借用当时的历史博物馆（今故宫博物院）筹备处长胡玉缙的哀叹就是："中国公共的东西，实在不容易保存。如果当局者是外行，他便将东西糟完，倘是内行，他便将东西偷完……"因此，罗振玉便以大行家的身份，深度卷入了"8000麻袋档案"事件、敦煌文献流失事件、宋版书造假事件……罗振玉自己曾说："自问平生文字之福，远过前人，殷墟文字一也，西陲简册二也，石室遗书三也，大库史料四也。"而他一人之福，却诚然是国家文物之祸。但换个角度想，没有罗振玉，也会有王振玉、张振玉、溥振玉……更何况，以当时溥仪内务府的所作所为，作为罗振玉主子的小皇帝溥仪，可能才是文物流失的罪魁祸首——罗振玉的收藏和贩卖，往往是在为小朝廷筚路蓝缕的复辟事业筹措资金。

第三点，罗振玉是什么时候卷入溥仪复辟集团的呢？从表面上看，他进入南书房比王国维还晚，而且他也没有表现出王国维那样的愚忠。但从他的人生履历来看，就变得非常诡谲。罗振玉在辛亥革命前，热衷的是"新农学""翻译学""新式教育"和"新闻学"。而他翻译的途径大量是日文转译的西方学术，甚至得到的很多帮助也是来自日本的"东亚同文书院"，并和日本汉学界保持了密切交流。而在辛亥革命之后，在敦煌文物大盗大谷光瑞的资助下，干脆流寓日本，并带着王国维与日本学者携手深入研究中国文化。而我们知道，这些对中国的研究，一方面成为中日友好的桥梁，另一方面，也成为日寇对中国人民攻心的弹药。

在这一期间，他与王国维一方面消化了流失日本的敦煌文献的研究，为创立敦煌学奠定了深厚基础。而另一方面，在与日本学术界的交流中，他们也分别受到西方学术的感染。两人不同的是，王国维似乎更热衷叔本华的悲观哲学之审美；而罗振玉则感到斯宾塞的进化论史学。或许是从内心接受了弱肉强食、优胜劣汰的历史观，也或许是真心接受了日本提出的"大东亚共荣"——对抗西方殖民主义的论点，回国后的罗振玉开始成为日本对中国渗透的重要工具人。他也因此成为溥仪复辟集团中重要的"知日派"。若不是他在1940年就死掉了，大概率会在抗战胜利后顶上一顶"大汉奸"的帽子而被追究责任。

因此，他与溥仪既不是一味愚忠，也不是钻营的因势利导，而是更复杂的"志同道合"，他是认为辛亥革命后中国"天下亡矣"，因此要寻找文明复兴的全新道路。可悲的是，他完全没有能力认识人民革命的力量，而是一头扎进了反动的溥仪封建复辟者和邪恶的日本军国主义的阵营，几乎遗臭万年。

第四点，罗振玉身上谜团很多，其大部分真相都随着他个人的逝世而永远湮没在了历史的尘埃之中。他所藏文物，如今成为旅顺市博物馆的重要馆藏。如今关于他的话题，却往往从他与王国维的关系引来——特别是追究他和王国维的自杀有没有直接关系。罗振玉比王国维大11岁，家世又好，因此二人早年关系可以说是"亦师亦友"。罗是王的学术引路人，研究素材和资金的提供者，也是他们学术团队的领导。后来，罗不但将王推荐进入了"南书房"，彼此还结为儿女亲家。但最后两人忽然绝交，乃至王国维之自杀，都与这次绝交大有关联。但事后，当时众人全都对此语焉含糊不详，似乎都有不愿明说的隐情，因此王国维之死因也成为旧中国文坛的一段公案。这段公案，我将在《六国饭店》第二部《鱼藻轩记1927》中，以王国维先生为一个视角，展开旧中国的另一幕历史大剧，并在其间试图解开王国维与罗振玉的关系之谜。

而在本部作品之中，以罗振玉为代表的旧党，还有几位：比如长袖善舞、在各路资本和政治利益集团之间周旋的金翠喜和唐云山；比如沉迷审美世界的周药堂；比如过气的北洋总长潘复；再比如三同会的军政、商界名流们，甚至袁文会、张天然这些民间帮会组织的头目等。

而这些旧党，固然掌握着天津最后北洋时代的旧秩序，却已经残灯昏昏，大难临头了。他们面临着的是新党的革命和外敌的入侵，而在未来的大决战之中，旧党即将被全面粉碎，扫入历史的角落，汇入残党的灰烬中。

曹添甲、金小玉、吾飞、从仁、金宪东、解方和新党

在《六国饭店1931》这个舞台上，新党是一群单纯、冒失

六国饭店 **1931**

但勇敢的年轻人。他们的单纯是因为涉世未深，冒失却来自时代大幕揭开的悲愤——1931年是中国国运的至暗时刻，时局之绝望已经让青年无法坐视。当时列强的凡尔赛国际体系正在瓦解，全民抗日已经正式开始，而中国不但孤立无援，而且旧党把持的国家正处在完全分裂、彻底腐败的深渊之中。这时的青年是不幸的，残党和旧党的彻底失败必须让青年流血来挽回国运了；这时青年又是万幸的，他们有机会走出沉沦的命运，通过牺牲和奋战，来挽救这个国家。

在这些青年中，曹添甲和金小玉、莎莎、从仁、吾飞是一类左翼知识青年，他们尽管出身相对优渥，却都成为左派的同情者。只不过因为个人性格不同，曹添甲选择温和地抗争，而吾飞却选择决死抗争。而莎莎会选择追随吾飞而不是身家更好、情商更高的小曹，也正是因为在巨变之前，吾飞的坚定更为可爱。虽然莎莎、从仁、吾飞都是虚构的角色，但却有一张老照片（左翼知识分子黄源、萧军和萧红的合影）影响了我。正是这样的青年在抗战中受罪、蒙难，也正是这样的青年最终赢得了胜利。

故事中曹添甲的角色原型是大戏剧家曹禺先生，曹先生，字添甲。当然这段与余之蚨的故事完全是编造的。我借曹先生入戏，一来是因为故事发生在天津的六国饭店，我需要一位幽默、健谈的天津地理通；二来，故事中唐云山、金小玉、袁教授等人物，都借鉴了曹禺先生戏剧中创作的经典人物素材，因此干脆请曹先生自己也下场客串了。

吾飞刺杀王竹林一事全属虚构。是搬运了白世维刺杀张敬尧和锄奸队刺杀王竹林两个故事。不过不同的是白世维是军统组织1933年在北京六国饭店刺杀的大汉奸张敬尧。而锄奸队是1938年在天津丰泽园刺杀的伪商会会长王竹林。

而金宪东的人物原型就是金宪东，其人为肃亲王善耆的小儿子，自小就和她姐姐金碧辉（川岛芳子）一起送去日本接受特殊训练。但他始终保持住了追求真理的执念和独自思考的能力，因而尽管出身于关系极为复杂的家庭，最终却能在黑暗中摸索出来，走上了抗日救亡和人民解放的正确道路。

解方将军是本故事中借用的最伟大的人物，作为抗美援朝战争的志愿军参谋长，他是功在千秋的民族英雄。他的生平我不敢乱编，解方将军确实是日本军校的高才生，也确实襄助同学张学铭执掌平津地区卫戍治安，也确实在弹压"天津事变"中做出了卓越贡献。当然本故事中关于解方将军的情节全部虚构，希望大家斧正，不要给将军抹黑才好。

其实，南京来的封书记，相对于国民党新军阀和西山会议派，也算是新党。只不过他所信奉和推广的，是邪恶的"法西斯"主义，也因此，他是在残党和旧党遗体上复活的僵尸爪牙。

当残党和旧党正在枯萎凋零，新党则趁势而起，所谓："漫江碧透，百舸争流。鹰击长空，鱼翔浅底，万类霜天竞自由……"可惜余之蚨这样被卡在中间的，一心想当个"审美的"局外人，尽管羡慕不已，却不敢投身其中。当然，如果余之蚨就是郁达夫，我们很快就能在历史的后页找到他的终点——他还是被卷入险恶的命运，大时代不放过一个蝼蚁……他有幸光荣地战斗到了最后，因而他最后和吾飞一样成为烈士……而那时，战争几近结束，无数青年早已流干了鲜血……

川岛浪速、金碧辉和侵略者

在《六国饭店1931》这个舞台上，还有一群人正试图占据这座舞台的中央，开始他们毫无人性的表演，这群人就是将半个人类世界拖入战火的日本军国主义分子。这场十四年的抗战中，中国付出了死伤3500万人的惨痛代价。这群人有一半是武装到牙齿的，拿着明晃晃的军刀杀过来的鬼子；另一半则是笑眯眯的，戴着文绉绉的金丝眼镜，永远彬彬有礼的鬼子。而前者往往是后者的学生，是后者规划路线的坚定执行者。而之所以能把烧杀抢掠的暴行包装成"为了大东亚民族振兴"的大义凛然，正是后者的可怕之处。

人物小传

因为《六国饭店1931》更加关注抗战前夕知识分子所经历的痛苦，因此，本故事也将注意力投向以川岛浪速为首的"中国通"。

川岛浪速在中国布局几十年，特别致力于"满蒙独立"的分裂中国的事业，并意图以满蒙为基地，向南继续鲸吞蚕食中国，并幻想着以中国为基地称霸世界。我们遗憾地发现，日寇阵营尽管也有老中青，或者也有文官派和武斗派，但在1931年，侵略者的整合程度远好于同时期中国的一盘散沙，这可能也是抗战损失巨大的根本原因之一。而他们能够统一思想的原因很大程度在于日寇军国主义的信仰和对必然要侵略中国的战略一致。

川岛浪速，一生投身于分裂和侵略中国，而他表现出来的却是对这片土地的无限热爱。正如，他和肃亲王结拜为兄弟，并托孤养育肃亲王的子女。结果他禽兽般强奸了养女川岛芳子，并让养女接受这个"爱"的关系，直到她为这样的命运牺牲。顶级的魔鬼如果行走人间，一定是"儒雅斯文"的吧。

金碧辉，也就是川岛芳子，大约是民国时期最为神秘复杂的历史人物。而她能够被称为"东方的玛塔·哈莉"，大约也正是因为北洋晚期各方"牌局政治"生态给她创造的生存空间。应该说金碧辉的一生悲剧一方面是源于家族使命的安排，而另一方面也源自她自己的野心。

历史上的六国饭店确实是金碧辉的主场，在这里她获得了

六国饭店 **1931**

张作霖的准确归程时间,从而导致张作霖被炸死在皇姑屯。而在1931年,也确实是她组织袁文会的流氓组织和张天然的一贯道组织发起了天津事变,掩护溥仪逃离了天津。

在故事中,金碧辉对余之蚨的情感,源自金碧辉对自己少女时期不幸的补偿。余之蚨在日本以诗词成名的时候,正好是金碧辉特别孤独的少女时期。金碧辉之后由于遭到养父强奸,继而与养父保持着不伦之恋的她,剪去了长发,以男装示人——表示自己与女性身份的断绝,并以全部身心投身于满蒙独立的阴谋中去了。

而金碧辉对金小玉的同情则来自她也曾因为家族使命而进行有名无实的政治联姻。而金碧辉其实也有能诗会画的文艺一面,这大约来自肃亲王家传的文化基础,肃亲王善耆书法就写得很好。

最后,作为重要道具的九龙宝剑是东陵大盗孙殿英从乾隆陵墓中盗取的。因为这把剑身份特殊,不同于一般国宝,因此孙殿英用来在各方打点关系。这把剑确实落在了金碧辉手上,但她却没有交给溥仪,而是一直自己留在身边,直到最后抗战胜利,她才交出这把剑给戴笠乞命。而戴笠居然也没有交出此剑,最后这把九龙宝剑跟着戴笠遭遇飞机失事,就此殒毁。

总之,川岛浪速和金碧辉两人作为侵略者的代表,他们身后是一群疯狂的军国主义者和怯懦的汉奸——而这些汉奸,大都是北洋时期的残党和旧党。

人物小传

最后，在《六国饭店1931》的舞台上，还有一群过气的侵略者，就是"洋大人"——白人殖民主义者们。从八国联军的盛极一时，到"二战"前，他们从原来六国饭店的主角，随着"一战"结束、俄国革命和大萧条的多重打击，已经跌落神坛。当时开往远东的邮轮上，很多为了逃离大萧条的洋大人不惜贿赂外交官而获取来中国的签证，然后靠着白人身份在远东这个冒险家的乐园混口饭吃。当时各个军阀的参谋、顾问中充斥着这样的外宾，而报业也一下子冒出以中国新闻崭露头角的独立记者。而混得差的，就是本故事中以老冒险家克里斯蒂安为首的，明巴侬和萨拉马特那些落魄的白俄——正是因为1917年俄国革命，逃往中国的几十万白俄曾经深刻改变了哈尔滨、天津、上海三座城市的气质。如果不是后来日寇穷凶极恶的迫害，今天这些人的后代可能还都生活在我们身边。克里斯蒂安这些人当然更是时代的残党，他们是更早一批侵略者的残党，他们在六国饭店的角落里艰难地维持着他们仅剩的尊严，并试图寻找一个叫作"波特港"的，不存在的自由之地。

六国饭店，正如金姥姥，是诞生于国难最深重的屈辱之花；也正如金翠喜，沉瀣于城头变换大王旗的狂欢，沉沦于恶魔张开

六国饭店 **1931**

的血盆大口；也正如金小玉，不甘为之陪葬，挣扎着走出绝境，从弱者变成强者，寻找革命的新生。六国饭店如今固然没有新生，北京六国饭店现在是华风宾馆，原来建筑毁于八十年代的火灾，现在是一座新建筑，而且又在翻新维修；上海六国饭店建筑还在，仍然佐伴着永安百货；而天津六国饭店湮没了，在一片八十年代的住宅小区中难辨踪迹……历史就这样无声无息地离我们而去，而我们应当记得郁达夫先生的一句诗："我生虽晚犹今日，此后沧桑变正多。"愿六国饭店，和那个遥远的1931年，安息。

目录

引子：旧饭店　　　　　　　　　1

第一幕：仙人局　　　　　　　**001**

　　第一场：屋顶　　　　　　　002

　　第二场：酒吧　　　　　　　014

　　第三场：CP　　　　　　　　030

　　第四场：午餐　　　　　　　044

第二幕：张良计　　　　　　　**057**

　　第一场：幻灯　　　　　　　058

　　第二场：姥姥　　　　　　　082

　　第三场：偷窥　　　　　　　098

　　第四场：宝剑　　　　　　　112

第三幕：过墙梯　　　　　　　137

　　第一场：澡堂　　　　　　　138

　　第二场：麻将　　　　　　　150

　　第三场：闹剧　　　　　　　176

　　第四场：事变　　　　　　　192

尾声：万国桥　　　　　　　　205

引子：
旧饭店

（一）路奠

1931年，10月7日，火曜日[①]，晴，上午，凉爽宜人。

天津郊外。

一辆车头镶有鎏金龙头的高级轿车[②]行驶在颠簸不平的砂石路上。

[①] 七曜日历是民国初年常用的日历法，是将古代五曜历法加上日月两星与一周七天的西方日历合并的一种日历法。
[②] 1924年北京事变前，溥仪购买了三辆别克牌高级轿车。是当时最时髦的款式，在京师警察厅注册车号分别是1381号、1382号、1383号。

六国饭店 **1931**

  余之蚨斜倚在轿车后座上,乜着车沉卷过蔓延的葎草,窗外成林的樗树和柘树①挂满白色的纸钱。天气很好,他却仍然精神不快,想哭,想奔跑,想和谁拼了,最后,还是想喝酒。

  余之蚨看了一眼报纸上的打了黑框的照片——是好友蒋光慈②的讣告。转一版,是名士杨度③的讣告。他皱皱眉头,又看看蒋光慈的讣告,眼泪就流下来了。他觉得走投无路,看着明晃晃的天空,却一句诗也作不出来。

  余之蚨的眼神被树尖梢上被大风吹落的一把纸钱吸引,这一把纸钱打着旋子在车窗前掠过,却让司机感觉心情愉悦地轻吹了一声口哨。这一小声口哨却像清晨的鸟叫一样让余之蚨精神了一下,他扯下自己胡乱抓过来盖在长袍上御寒的软丝绣凤的西阵织披肩,掸去披肩上散去的香意。他坐直了身子,端详一眼模样端正、乐观健康的司机,不禁有些心生好感,于是吁

---

① 葎草:北方常见多年生蔓草,常见于野坟、废墟、荒园。葎草多刺,阻人归路。
  樗树:野外常见臭椿树,《庄子》寓言的无用之才。
  柘树:野外常见落叶乔木,多用而无大用,可以粉碎造纸。
② 蒋光慈:1901年9月11日—1931年8月31日,中共早期党员、文学家、教育家、社会活动家。与郁达夫同为创造社骨干。因肺病辞世。
③ 杨度:1875年1月10日—1931年9月17日,用尽一生探索救国道路的社会活动家,一身兼有维新志士、复辟骨干、和尚、青帮分子……乃至共产党员多重身份……虽然大事无成,然无愧赤子之心。

引子：旧饭店

出一口闷气，笑道："哪里来的这么多纸钱？"

"嘿……余先生您怎么会不知道？这是袁寒云袁二爷①的白事，您不知道？二爷何等人物，他可不是白云生、袁文会②那样的草莽，人家是天潢贵胄……天津的黑白两道儿，哪个比得上他的脚趾甲盖儿？说句杀头的话，当今少帅的爸爸，见了他爸爸，那是要磕头的。谁比得了？"

余之蚨听得微笑，用手杖敲敲车铁皮底座儿，笑道："这车的主人呢？"

司机赶忙尴笑回话："那更不能比……那位我就不敢瞎掰扯了。说回袁二爷吧，那样一个人物……您猜怎么着，薨了，竟然没钱发送。在庙里搁了半年，那些将军啊，总理啊，教授啊，公使啊，竟然没有一个伸手的……结果您猜怎么滴，还是咱们天津这些苦力、婊子、混混儿，凑钱给袁二爷发送的。而且，咱们要办，就办最大的，那排场，是天津卫开埠头一遭，不为别的，谁让他袁二爷是咱们大字辈的老头子呢。"

这车夫说得抑扬顿挫，像是他的光荣，可也很对——他是

---

① 袁克文：1890年8月30日—1931年3月22日，袁世凯次子，民国四公子之一。其人才华横溢却命运多舛，因此他游戏人间，挥金如土，自甘下流。他纳妾多，且多是名妓，结交多，却多是混混，甚至担任了天津青帮的"老头子"。而他极度的自毁癫狂，却是内心极致的清澈悲悯……

② 白云生、袁文会：天津旧社会的大流氓。

六国饭店 **1931**

司机,看他体格没准也是习了拳,或是入了哪个会的。于是,余之蚨特地点上烟,也顺手让给司机一根,司机摆手谢过,表示自己不会①。这更加深了余之蚨的判断,点头笑道:"司机师傅贵姓啊?"

"不敢,免贵,姓薄,我叫薄奠。"司机摇下车窗,让烟气散出车外。

"什么?您难道和这车的主人同姓?"余之蚨听岔了,惊讶道。

"不不不……我是姓薄,单薄的薄,上头落了草的。"

"哦……是薄师傅,您受累了。"

"可不敢,这不是咱们应分的嘛。您看看这纸钱儿飞的,说是从北平请的八大怪撒的弹指神通,一沓纸钱飞得又高又稳,到了树梢上才炸开,像雪一样扬下来——这不,都半拉月了,树上还满挂的都是呢。这可多体面……"

薄奠师傅说得起了劲,后视镜里看起来有些眉飞色舞,话题却引不起余之蚨的关注了,他又有些倦了,也摇开窗,让烟气喷出车外,他心里想着——"光慈,我今晚一定烧一些

---

① 旧社会天理教等会道门持戒,不抽烟,不喝酒。当时这类会道门有些就是贫民的自发的互助组织,有些则是害人的迷信邪教组织,鱼龙混杂,相互渗透,流毒深广。现今民间还流传有某某气功、某某拳、甩鞭、文玩葫芦等活动、习俗,还都有当年这些会道门的影子。

4

纸钱给你，但这是很不唯物主义的，是我们反对的旧生活，那么，还是浇一杯酒给你吧。"车窗外秋日耀眼，树木葳蕤生辉，生命还是美好的，他的病和蒋光慈的病是一样的，这个秋天收割走了一个和他一样的生命，这让他有些紧张。他原本以为自己是爱慕着西普诺斯（睡梦之神）的，谁知却似乎害怕他的孪生兄弟塔那托斯（死亡之神），更何况，他还没饱尝恋爱的味道，以及还有那么多没完成的创作的梦想。

余之蚨把烟头丢到车外，对着秋日美丽的树林、田野和水泡子满意地梦呓道："江山信美啊……没想到北方的秋天这样好。"

"是啊，余先生。我们得赶快回去，酒吧的经理克里斯蒂安先生说如果天气好，就带金小姐到郊外拍照，我要去给他们当司机，当然不敢用这部车，应该是用饭店的老爷车。"

"克里斯蒂安还会照相？"余之蚨兴致又被提起一些来。

"可不是，您可别小看我们，个个都是多面手。克里斯蒂安管理酒吧，但还兼管着照相馆；甜品店的明巴侬老爷卖咖啡，也卖书；门童小张还兼职擦皮靴子、收发信件、收发电报；最厉害就是那个萨拉马特，这个姐姐不但在门口管小商店，还会看相、变戏法，而且是咱理发店的理发师和服装店

六国饭店 **1931**

模特……哎呀呀……晚上偶尔还在亚仙姑姑的队伍里赚外快呢……"薄奠说到这里,嘴角有些暧昧地翘了起来,在后视镜里瞥了一眼余之蚨。

余之蚨眼光刚好和他一对,立刻不好意思地闪开了,笑道:"萨拉马特?那个在门口卖纪念品和鲜花的吉卜赛女孩儿?"

"对,就是她,她说自己是什么茨冈人。"

"对,俄国叫茨冈人。原来她是苏俄来的,她真有一副好身材……"

"对,那一年,她一丁点儿大的时候和一大群白俄一起来的,后来白俄都走了,她却留下来了,那个明巴依也是,他就是白俄。是克里斯蒂安收留的他们,他们仨是一伙的。这个克里斯蒂安也奇怪……他明明是个德国人,却说自己生在中国,是中国人。又说自己家世出身在非洲,是非洲人。而且他又为了荷兰人和英国人打过仗(布尔战争)[①]。我真是搞不懂……他受过伤,他说他很会打仗。他说,他根本不明白中国人怎么

[①] 布尔战争:分别在1899年和1902年,英帝国殖民军和荷兰殖民者后代在南非土地上进行了两次残酷的战争。荷兰殖民者后代们采用了非对称的游击战,给予英军沉重的打击。因此,这些倔强不屈、骁勇善战的布尔人有着强烈的自豪感。但这种自豪一方面让他们成为自诩的"为自由而战"的勇士,另一方面又成为南非种族主义的中坚力量。

引子：旧饭店

会输给日本人，如果中国人能跟他学习作战，没有人能赢咱们。我看他只会吹牛皮……"

余之蚨又困了，他一眼又瞄到手边报纸上的讣告栏。

"今年太多人死掉了……"他心想："国家的精血要在今年丧尽了吗？眼前是杨度的讣告，还有司机薄奠念念不忘的袁寒云，更早一点儿，孙宝琦①也死掉了。如果说这些只是上一个时代的遗蜕罢了……可是，蒋光慈呢？蔡和森②呢？柔石呢？胡也频、殷夫、崇轩③……这些都是青年啊。难道真的要毁灭了吗？"余之蚨想起自己被困在天津的缘由，也是原本从广州到北京学校任职，却忽然在上海赶上柔石等人被枪杀的事件，于是主动担当起把崇轩的遗物顺路带给天津六国饭店金小姐的任务。结果他刚刚完成任务，就收到了北京学校解聘他的电报——说他有"CP"的重大嫌疑。而他既然中途被解聘，也就失业了，也没有别的地方可以去——广州和上海都在杀

---

① 孙宝琦：晚清和北洋时期重要的政治家、外交家。曾任前清山东巡抚、驻法公使和北洋的外交总长和内阁总理。
② 蔡和森：1895年3月30日—1931年8月4日，中共早期领袖，杰出的革命家、理论家、宣传家，于广州被捕牺牲。
③ 左联五烈士：1931年2月7日，参加第一次全国工农兵代表大会预备会议期间，殷夫、欧阳立安、胡也频、李伟森、冯铿五位左联作家，与其他21名烈士被捕杀害于上海龙华，被称为左联五烈士。其中崇轩是胡也频烈士的笔名，本小说借用其笔名，虚构了一个叫作崇轩的烈士。

六国饭店 **1931**

人，他是暂时不想回去了。

  于是，余之蚨就在天津六国饭店①暂且住了下来，想也许可以在南开大学谋个职位。余之蚨便托天津的玄背社文友们去攀南开大学方面的关系。结果从玄背社②的小曹处认识了朱公子和金少爷③，这二人真是一言难尽，他们就日日夜夜泡在酒吧、茶围和烟馆里面，如今盘缠也花光了，南开的张校长却没见到。昨晚酒后也不知道怎么出的城，似乎说是去罗雪斋的私寓里听刘喜奎的戏——他醉倒了，醒来早就曲终人散，他又昏昏睡了一天。还好金少爷终于想起他来，派了专车接他回酒店——这车，在天津可是大大的有名，原是原来褚督军④专门为了巴结溥仪，为他在日本改装定制的"龙车"，说是全世界只此一辆，这车在天津无论华界还是租界，无需鸣锣开道，一

---

① 六国饭店：据作者了解，旧中国有三处六国饭店，分别在北京东交民巷，天津承德道，呼伦贝尔扎兰屯。这三处六国饭店都有着复杂的时代背景，堆叠了丰富的历史记忆。总体上说就是帝国主义在中国横行肆虐的中央舞台。天津六国饭店最早是法国人经营的叫"大来饭店"，1926年年底改由国人买办经营，改名"六国饭店"。但本文中天津六国饭店历史都是虚构的。
② 玄背社：1924年4月，曹禺与从南开中学毕业的学长王希仁和南开大学学生王树勋等共同发起组织文学团体"玄背社"，并创办文学刊物《玄背》。
③ 朱公子：北洋重臣朱启钤的长公子朱北海。张学良的亲近幕僚，张学铭的大舅哥。金少爷：肃亲王善耆最小的孩子，金宪东。曾和姐姐川岛芳子一起被送到日本接受训练。虽然经历坎坷，但最终金宪东走上了正确的革命道路。
④ 褚玉璞：大军阀张宗昌手下的悍将，1926年担任直隶督军省长，在天津犯下累累罪行。1929年兵败被杀。

引子：旧饭店

律畅通无阻。结果这车一到天津，没过三个月，张园的公子①就图方便、气派，自己也照样子做了一辆。后来溥仪和张园闹了纠纷，改住静园。这辆"副车"就被半逼半抢，卖给了善耆（肃亲王）的公子金少爷——这可真是位少爷——金少王爷。

秋日晒得人暖洋洋的。一时间，余之蚨脑子里全是《鸿鸾禧》里头的金玉奴的唱段"花烛夜勾起我绵绵长恨……"，于是嘴里便哼唱起来。又想起来刘喜奎②拜托自己可否和小曹一起，把《茶花女》改成中国戏。他也不记得自己是不是答应了——这倒是个饶有趣味的事情，不过更适合小曹的才情。余之蚨忽然又想——当晚，罗雪斋③非得让刘喜奎唱"金玉奴棒打薄情郎"，这里面怕不是影射着谁呢？谁呢？金少

---

① 张公子（学毅）：晚晴湖北提督张彪的儿子。张彪的张园曾经是北洋时期天津一处重要的政治沙龙，先后接待过黎元洪、汪精卫、张作霖、冯玉祥等人，孙中山先生北上也曾经在张园小住，溥仪在北京事变后更是长年租住在张园。张公子由于与溥仪年龄相仿，因此成为溥仪出入相随的"近侍"。张公子曾长期任职于伪满政府，但后来在东北解放战争中做出过贡献。
② 刘喜奎：1894—1964年，京剧、河北梆子著名演员，因为演出新戏《新茶花》，成为中国第一位现代戏女演员。其人色艺双绝，却是梨园行里面少有一身正气的名伶，多次拒绝心怀不轨的权贵军阀的"堂会"邀约，又以民族大义拒绝为日寇演出，一生所得很多捐给贫苦灾民。
③ 罗雪斋：原型是大学问家罗振玉（1866年8月8日—1940年5月14日），其号雪堂，又称松翁。他是溥仪老师王国维的老师，也是支持溥仪复辟和建立伪满洲国的重要人物。其人学问极大，一生秘密极多，内心性格极其复杂……

六国饭店 1931

爷姓金，六国饭店的老板金翠喜也姓金，而六国饭店金老板的女儿——也就是崇轩遗物的接收人——金小玉也姓金……对了，前儿晚上，那个惊鸿一现，就告辞走了的金少爷的妹妹，十四格格自然也是姓金了，好像是叫什么"金碧辉"的——她似乎是听到"非是我性倔强不肯从命，思前情想往事我伤透了心……"就撂下茶碗走了，好像……好像……就披着眼前这块西阵织的披风……

余之蚨正捏着雕绣胡思乱想，汽车忽然在路边放慢停了下来。薄奠紧张地说："余先生，城怕是进不去了……学生又在闹事儿呢。"

余之蚨定神往前头看去，确实看见远处一大群黑色衣帽的年轻人举着白色横幅，赤白的手臂如林，嘴巴里高喊着："还我东北！抗战到底！打倒日本帝国主义！"他们随手扔出传单，就像漫天的纸钱。学生们似乎也正想往租界区去。余之蚨笑道："是学生们，怕什么，咱们又不是日本人和卖国贼……"

"余先生……这车！"薄奠苦笑着说，余之蚨顿时恍然大悟，也立刻紧张起来，考虑是不是自己下车走回去，让薄奠赶快把车先开回郊外去。

正待开口，却见对面传来一阵号令，几辆大卡车卷着干燥的尘土呼啸而来，车上随即跳下来几十个东北国民边防军战

引子：旧饭店

士。这些战士只是站成几排，挡住学生向租界区的去路。这场面余之蚨在广州和上海再熟悉不过了，他在心中哀叹起来："大约这些无辜的青年难免今天的厄运，这些嗜血的狗彘，真不晓得究竟有没有人类的心肝。"

这时，车夫薄莫却忽然惊叫一声，然后指着龙车后面一条街道喊道："今儿个可捞着热闹看了，这是顺天会的人来了，要出人命啊。"

余之蚨不懂，随车夫手指方向看去，却见一队青衣出家人打扮的大汉，高举"弥勒渡劫除厄救苦解脱……"的中幡，敲打着锣鼓铙钹，传师念着《弥勒救苦真经》，一众口唱"吭太佛弥勒"，大摇大摆地走了过来。①

而另一侧军队后头，摇摇晃晃地赶来几十个骑自行车的便衣保安队，全都半遮半掩地露着腰间的家伙。领头的走到军官面前，交涉了几句，接过军官的命令扫了一眼，双方各自礼貌地点点头，在嘈杂的人声中竟然耳语起来。余之蚨看见那军官和便衣队互相点点头，便衣队长仰头在学生群中找了找，便又点点头。军官便后退几步，呵斥着手下不要轻举妄动。便衣

---

① 这些不僧不俗打扮的青衣大汉是当时盛行于天津的反动会道门"顺天会"的信徒，也就是在民间底层猖獗一时的"一贯道"组织。这些反动组织在基层平民中渗透极深，危害极大，也因此成为川岛芳子等反动势力得心应手的"群众工具"，直到新中国成立后才被彻底粉碎。

队的却似乎无意间散开来，都盯紧了队伍中的一个人。但他们也被忽然闯到的顺天会教徒的队伍惊住了。

学生们本来正想冲击租界，却被顺天会的队伍硬闯乱了队伍，学生们不怕荷枪实弹的军人，却似乎很怕顺天会的大汉们。那些大汉却明显是来生事儿的，不断在学生队伍中冲撞着，有个年轻气盛的学生刚骂了一句，就听一个"打"字，顿时尘土和血光飞溅起来，学生们立刻被打得溃不成军……那些大汉一个个仿佛恶魔上身，口里念着什么咒语，手里抡起斧把儿，对学生乱下死手。

薄莫慌了神儿，想发动汽车调头逃命，却连续几下都没打着。余之蚨手心也攥出汗来，但心里却见怪不怪，上海青帮也常常收了政府的钱做打手，这个工作在天津原来交给了会道门——他用脚趾头也能算计出明天报纸上的头条"示威学生与顺天会教徒发生龃龉，双方械斗，各有死伤"，然后政府自然是过段维持恢复秩序，现在租界、华界已经恢复秩序，市井和靖，商户平安……

但四散的学生们眼看着四处乱窜，士兵们竟然不得不维护起学生的性命来，将部分学生围起来，不让顺天会的人行凶。更诡异的是，顺天会的人竟然连保安队的"便衣"一起也揍了，那些便衣没有命令不敢还手，屁滚尿流地跑回军队的庇

引子：旧饭店

护圈里。那些顺天会的人得意地将便衣队的自行车一一摔烂，故意扔到东北国民军的士兵面前，那军官愕然，却只能忍气吞声，并不敢下令抓人。倒霉的便衣队队长在混乱中杀出一条血路，放倒了几名顺天会的教徒，终于也退回庇护圈内，仔细地一个个辨认困在圈内头破血流的学生们，没找到目标，终于悻悻地放弃了。

烟尘和喊杀声混淆了视听，陆续有一些学生逃窜到龙车这边来了。余之蚨一眼看到三个学生挽着他们的老师往这边退过来，几名顺天教徒放倒了几个舍命保护老师的学生，狞笑着撵了过来。

"是程识先生！"余之蚨惊叫一声，赶忙吩咐薄奠道，"快，快救他，他是我的朋友。"

余之蚨顾不了那么多，跳下车，挡住几个学生，学生们看他眼生，又看他从"龙车"上下来，不由愤怒起来。余之蚨赶忙指着昏厥的程识先生说："这是程识先生吧？我是余之蚨……创联①的余之蚨啊。"

学生们立刻改了表情，鞠躬道："您是余先生？"

"快……把他搭到车上。"余之蚨被灰尘呛得有些喘息，

---

① 并没有什么创联，这是郁达夫参加的创造社和左联的代称。

六国饭店 **1931**

掩住口鼻。学生们立刻行动,和薄莫一起把昏厥的程识先生抬到车上。余之蚨刚觉得不妥,扭头却看见几个教徒围了过来,他心中豪气陡起,硬着头皮喊道,"你们别过来,他们只是学生。"

教徒们相视一笑,脚下反而快了,倒提的斧把儿在手里翻个花儿,下一下似乎就要招呼到余之蚨的脸上。这时,"龙车"喇叭一声长响,教徒们定神看过来,只见薄莫拍拍汽车,喊一声:"老爷请上车吧,外面灰大!"

那些教徒惊愕地互看一眼,连忙冲余之蚨鞠躬赔笑,随即转身跑开了。薄莫和余之蚨也对望一眼,心下略安,感觉却是劫后余生般的幸运。余之蚨冲那几个学生点点头,喘息一阵说:"我带你们先生进租界躲一躲,我住在六国饭店,你们明天去找玄背社的曹添甲①,他能找到我。记住了吗?"

"记住了,程先生就请您费心照顾了。"几个学生惊魂未定,彼此拉着手,扶助着伤员,结伴跑开去了。

余之蚨定定神,钻进汽车,看一眼犹自昏迷的程识,心中有些后怕,但想自己今天所幸有"龙车"庇护,这也是天意。所谓穷鸟入怀,好人今天要做到底了。虽然自己不是CP,

---

① 曹禺先生小名曹添甲,1931年曹先生21岁。

引子：旧饭店

但今天说不得要当一回 CP 的同情者了，谁让 CP 里面竟然有不少自己的朋友呢。他心里苦笑道："这事儿要是传开，北京的学校自然更有借口辞退自己，而自己的敌人，也更有理由抨击自己是赤党了。"余之蚨叹口气，心想要谨慎，于是拉过披肩①把程识盖住。

车子还是打不着，薄奠不得不下车去用摇杆发动。又过了几分钟，教徒们摇旗呐喊，唱着经文大胜而归。士兵们这才领命打扫战场，让救下的学生们帮助被打伤的孩子们搀扶着自行离去。只是扣押了几个看起来年长一些的学生头目，带回去问话。

龙车发动起来，余之蚨松了口气。车子缓缓向租界行驶过去，有些士兵似乎见过世面，指着龙车指点起来。那军官不屑地摇摇头，视而不见，却有几个老兵向车敬了个礼。他们敬礼却吸引了正在盘查学生的便衣队长的警觉，他眨眨三角眼，豹头一扭，伸手就让手下把车拦了下来。

薄奠却不惊慌，摇下车窗，远远朝那队长打个招呼："马爷！您辛苦！"

---

① 这个西阵织的披肩是日式堆绣的精美服装，当时中国多受战乱，自己的织造产品没落了，反而是日本的高端织造产品趁机崛起了。而这辆车上有一件女士的日本精制披肩也不奇怪，因为这辆车也经常被川岛芳子使用。

六国饭店 **1931**

那队长眯眼睛笑笑："薄爷，这是……"

"别……我可当不起……这不，金少爷朋友回六国饭店。"薄奠说的也是实话。

马队长想了一秒，三角眼在龙车的黑玻璃上扫了一眼，还是不敢造次，冲手下挥挥手，手下立刻散开。他挤出一丝笑来，努嘴让薄奠走人。

"谢啦！马爷！您公干！"薄奠客气两句，赶忙缩回头，驾车向租界地走去。

（二）路灯

1931年，10月7日。天津租界区，午时，微热。三岔河口万国桥上[①]。

华界最近人心不靖，风传日本人要在华北也来一下。因此很多有钱人都避乱临时住进租界。于是租界地各等饭店全都客满，街道上车辆、行人更比平时倍增，人人紧绷着面孔，护着腰包口袋，不时带出一份乱世的慌张来。

虽然刚过寒露，有人已经罩上了棉袍，露出些许冬烘的臃肿，却仍有些时髦的姐姐还是洋装或是旗袍，造作地加个披肩，款款地走着，是街上最后平和岁月的光辉。

六国饭店的门童赵亮双手拎着一个沉重的大皮箱，屁颠屁颠地向六国饭店跑着。他跑过桥，终于跑不动了，摇晃着脑袋把皮箱放在路灯下面，一屁股坐上去，摘下帽子揩拭汗水，让自己喘息均匀。他用力把视线从旗袍凸起的地方挪开，仰

[①] 天津万国桥今天叫作解放桥，北边是火车站，南边就是九国租界地，因此得名万国桥。

六国饭店 **1931**

起脖子看看电灯泡，琉璃的质感竟然也是凹凸有致。眼睛挪开了，脑子却飞转起来——这半大点儿孩子成年了。他并不知道，十五年前，就在这灯下，天津租界举行了全面接通电气路灯的庆典，"比商电车电灯股份有限公司"当夜举行花车灯会。

那一夜，整个租界区夜如白昼，电车插满鲜花，红男绿女乘坐车上，向车外抛撒荧光纸片、玫瑰花瓣，每个街角都散逸着浓郁的西洋香水味道和加工过的啤酒秽气。

那一夜，也是六国饭店重新开张的日子。据说这饭店原来是庚子年和北京六国饭店一起开张的新式饭店，因为要压过北京六国饭店一头，因此原名叫作"万国饭店"，可后来欧洲开战，洋人撤股回去打仗了，因此卖给了段督军[①]，这段督军当时走背字，两回跟错了复辟派。因此听了算命先生的忠告，非得和金翠喜撇清关系，于是大手一挥，竟然将万国饭店给了金翠喜，从此金翠喜摇身一变，成了万国饭店台面上的主人。而新股东里头，就有北京六国饭店的资本，因此拿下"万国"

[①] 这里借用军阀段芝贵的故事，金翠喜原型是晚清天津名妓杨翠喜。杨翠喜是段芝贵买下来送给当时权倾朝野的庆亲王奕劻的宝贝儿子载振的。但有传言说这其实是袁世凯让段芝贵布下的美人计，因为杨翠喜艳名天下，因此这段婚姻成为清廷亲贵的重大丑闻，并成为晚清丁未大惨案的导火索。最后载振不得不把杨翠喜送还天津……而杨翠喜也自然成为段芝贵的宠姬，六国饭店交际各方的沙龙女主人了。

引子：旧饭店

招牌，换成"六国饭店"，经营上也和北京六国饭店多有沟通，两边要紧的客人，很多都是同一拨人。

那一夜，还是六国饭店老板金翠喜女儿金小玉的十岁生日，谁知这姑娘却在漫天花火中跑了。急得她妈妈金翠喜、唐老板①（六国饭店大股东，金翠喜情人）团团转，最着急的却是金姥姥②，她最疼外孙女，而她一瞪眼，半个平津都要遭殃。

还好，克里斯蒂安和萨拉马特鼻子尖，循着金小玉乳臭未干的忧伤就找到了万国桥边。这里距离狂欢略远，空气里只剩了腥咸的海河水味道。桥边孤灯一盏，金小玉像卖火柴的小女孩儿一样蹲在灯下。灯下有一竹篮，里面就是弃婴赵亮。

金翠喜初看赵亮眉眼清秀，以为是个妞妞，还挺高兴，揭开尿布一看，立刻生厌。就说要克里斯蒂安送去法国人办的育婴堂去。话音没落金小玉就喊起来，金姥姥搂着金小玉一阵摩挲，发话让克里斯蒂安当干爹养下来，算是萨拉马特的弟弟。克里斯蒂安不干，把责任转给了甜品师明巴依，却给孩子起名了洋文名字叫什么"Joaquín"（华金），说也图带个金字。

---

① 虚构人物，载振退回杨翠喜后，名义上给杨安排了一个背锅的丈夫是天津盐商。
② 原型是晚清名妓赛金花，她们并没有血缘关系，而出同出一班的"母女"情谊。至于金小玉，无外乎是载振、段督军或唐云山的孩子吧……

六国饭店 **1931**

金姥姥也不反对,但给孩子起的中文名字叫"赵亮",因为不是女孩儿,也就别用金姓了,又因为在路灯下捡的,就叫"照亮"也图个念想。既然姓赵[①],也就算她的孙子——她答应养下来了。

赵亮此后是萨拉马特和酒店女服务员们东一把、西一把带大的。金小玉欢喜了几天就没了兴致,过两年就去上海读书去了,后来又跑去大革命中的广东,直到一年前才回来。回来后像是变了个人,或许是受了刺激,或许是看见赵亮变成个二流子样子,并不喜欢了,因此话都没对他多说两句。明巴依想用赵亮干爹身份找金翠喜要多一点薪水,结果碰了一鼻子灰,从此断然否认赵亮是自己的干儿子。克里斯蒂安却还和气,常常像是带条猎狗一样带着他四处转戏院、宝局、饭馆子、三不管……学着天津人的口气管赵亮叫"宝贝儿或亮亮"。他言传身教,教赵亮各种街面上的鬼话——问好用法语,办事用英语,买菜用西班牙语,看幻灯片用荷兰语(他家乡话),至于骂人……那是见什么人,就用什么语。而最开心的,则是教给他的几句非洲土著咒语,当面骂人用,他只说这咒语极其恶毒,而全世界不超过一千人能听懂——意思虽然不懂,但发

[①] 赛金花本名姓赵,名赵彩云。

引子：旧饭店

音之阴鸷古怪、恶毒凶残能让对方立刻像听到毒蛇吐信般矮了三分，胆小者则会落荒而逃。这个招数，让赵亮在街头和其他顽童的恶斗中，多次取得了上风。

赵亮从十三岁开始当六国饭店的门童。他很快在萨拉马特的指导下认清了每一个进门人的身份——新来的外交官、老油条外交官、中国通、传教士、记者、危险分子、流亡者、古董贩子……以及萨拉马特一直期待却从来没有来过的——金鹿号的船长，会带他们去一个叫作波特蒙的水手乐园，自由者的自由港。

认清这些人的身份，赵亮就不会再浪费他的微笑了，他有一双东方青年罕有的双眼皮大眼睛和一对酒窝。金姥姥总说着他的眼睛能让她想起早些年的韩家潭，金翠喜却遗憾表示现在用不上了。但赵亮却知道管用，只要他肯开门的时候灿烂一下，那些老油条的客人，就会或多或少塞给他几角铜圆。他攒够十个，就兴高采烈地交给萨拉马特，这是他们私自存下的船票。

赵亮十四岁被克里斯蒂安抓到偷酒吧的酒喝。克里斯蒂安揍了他一顿后，开始教赵亮调酒。克里斯蒂安自诩是南部非洲最懂酒的人，原因是更懂酒的人——他的游击队长——被英国人枪毙了。他又吹牛说他是天津唯一能懂洋酒、日本酒和

六国饭店 **1931**

中国酒的调酒师，因此，尽管六国饭店的西餐简直是西餐之耻，在北非连像样的酒吧间都赶不上；但六国饭店的酒吧，却可能是远东最棒的酒吧。他用绍兴吴阿惠的香雪酒[①]调出的中式利口酒成为六国饭店戈多酒吧的招牌餐后酒，然后为了向老板致敬，他分别给不同基酒的这三种甜丝丝的鸡尾酒起名为"金色初恋[②]1900、1910、1920"。当这两年有客人想要让他调制"1930"的时候，他反问客人说："1930年代，还是恋爱的年代吗？不，是告别的年代，只是我们没有人知道去哪儿，因此暂时还聚集在码头上喝酒。"克里斯蒂安决定在1930年开始的时候走人，然后把酒吧交给赵亮，但是华金还小，而且西部战乱，他说如果还想冒险，得等华金长大，然后就再去那个叫敦煌[③]的地方——那个地方就像神秘的宝箱等着他去打开。

想到酒，赵亮被萨拉马特训练出来的"狗鼻子"耸动起来，最后锁定在自己屁股底下的箱子，这让他有些尴尬。小伙

---

① 民国元年，绍兴师傅吴阿惠酿造香雪酒成名，品牌延续至今。但这酒其实和六国饭店没有关系。
② 郁达夫后来在苏门答腊避难期间曾经经营酒厂，其出品的酒就叫作"初恋"。那酒口味和销路异常的好，因此竟然在乱世中给郁达夫提供了一段小康的生活。
③ 罗振玉、王国维是敦煌学术的研究者之一，因此本文虚构人物克里斯蒂安被塑造成为一个冒险家，会受雇于罗振玉等人去河南、山西、敦煌等地"考古"，并且所获甚为丰厚。

引子：旧饭店

子重新戴上土耳其式的门童帽子，转身弯腰撅着屁股检查破皮箱子——果然，这带着甜香的酒气正是从箱子里面传达出来的，而他顺着箱子底面用手一捋，竟然是湿黏的，指尖上留下了红糖水般的酒渍。坏了——将客人的绍酒打翻了。赵亮吓得有些咧嘴，正摇着皮箱想验证听听有没有酒瓶脆裂的声音。眼睛里却看见——沿着万国桥，摇摇晃晃地，一辆龙车正沿着铁桥行驶而来。赵亮赶忙拎起箱子，屁颠屁颠地赶过去叫喊着："薄爷！薄爷！捎上我！"

薄莫请示了余先生，得到首肯才放了猴崽子上车。赵亮先把行李放好，原想就攀在车门上。余先生觉得危险，请他也上来，坐在副驾驶位置上。赵亮这才一眼看见余先生，尴尬地鞠了个躬，后悔不迭地讪笑道："余先生……真巧。您看，我刚去火车站把您的行礼取回来了。"

余之蚨略感哀伤，这是他拜托前妻[①]寄来的冬衣和书籍，还有拜托开贞兄[②]代买的香雪酒。这三样，都是他窝冬必备的法宝，可行李这样寄来似乎也就和江南彻底断了干系——就像不系的扁舟，漂荡到大海里去了。好在人和行李终于会齐，

[①] 郁达夫前妻虽是包办，但其人精通诗文，且性格温良，对郁达夫很是客气，应该不会做出本文中虚构的过分事情。
[②] 代指郭沫若，郭本名开贞。郭沫若和郁达夫、成仿吾等同为创造社创始人。

六国饭店 **1931**

这样就可以继续之前的写作了。从明天起,他应当重新振奋起来。

余先生对赵亮微笑感谢,道声辛苦。车辆顺着承德道下行而去。余之蚨忽然想起这样不妥,用手托住犹自昏迷的程识先生,犹豫再三还是对薄奠说:"薄师傅,这个人不能这样进酒店,六国饭店门口总有两个印度巡捕在那里打转,他们看见程先生,免不了后面生出事端来。"

薄奠本就不想惹事,眼珠一转,给猴崽子一个眼色,说:"宝贝儿,你想想办法,让那两个阿三[①]走远一点儿。"

赵亮呵呵一笑,这才转头看一眼挡在披肩下的程识先生。笑道:"这是个女人?"

余之蚨板着脸否认了。

赵亮点头:"那一定是赤党了。"见余先生诧异,自然地笑道:"现在除了女明星,也就只有赤党还躲躲闪闪的……您放心吧,交给我吧。这租界地里、六国饭店里,赤党多的是呢。不过……您得意思意思……"赵亮黑眼珠俏皮地咕噜咕噜转着,用手比画一个钞票的意思。嬉皮笑脸地要钱:"支开那两个阿三,至少得两块。"

[①] 作者:天津租界其实没有印度巡捕,是法国人、越南人、华人三级巡捕。但印度巡捕的符号性太过抢眼,忍不住还是安排进来了。

薄奠摇头，瞪了赵亮一眼，骂道："你这孩子不学好呢？"

赵亮赶忙"哦"一声，看着已经开始翻口袋找钱的余先生说："不……得四块……不怪我，我和薄爷，每人不拿您一块钱，您也不安心不是？"然后他麻利地比画了一个守口如瓶的手势，又熟练，又俏皮，又无赖。

余之蚨上下总共搜出四块多零钱，还在计算着零钱，就被赵亮一把抓过来，他谄媚地笑着说："剩下算是搬箱子的小费……薄爷停车，你们等一下再过去。"

说罢，还没等车停稳，他就开车门窜了下去——六国饭店已经出现在远处视野里了。他跑了几步又折回来，大声对薄奠说："你的一块钱晚一点儿我还是帮你下在唐吉坷德身上！"说罢，转身屁颠屁颠地向六国饭店跑去。

"这猴崽子！"薄奠咧着嘴骂道，然后转头对余之蚨说，"您别介意，他是金小姐抱回来养的，给惯坏了。"

余之蚨"哦"一声，本来他对赵亮也并不在意，这下反倒多看了一眼那孩子的背影——余之蚨心想："他跑得真快，年轻真好，有用不完的力气。"

赵亮一口气跑到六国饭店门口外街角的路灯底下。大口喘匀了气息，冲着街边站得笔直的两个锡克教士兵打个招呼，那两个锡克教徒自然和六国饭店的门童很熟悉，知道他一肚子

六国饭店 **1931**

鬼点子，兴许是之前就吃过亏，因此冲赵亮瞪起双眼，鼓着腮帮子吓他。赵亮也不慌，从怀里掏出一沓子钞票——他竟然比余先生有钱多了——他故意露出钱财，大剌剌地数着票子，却不住给锡克教徒眼色，引他们跟着他到六国饭店侧面小街暗处去。

他这样子在两个锡克教徒眼里，仿佛像是要把那些票子都给他们似的。两人互望一眼，还是忍不住贪婪和好奇，看看街面上却也没事情，于是一起跟了过去。

等确信到了不会看到六国饭店门口的地方，赵亮一下子将钞票收起来，转身神神秘秘地用蹩脚的英语单词庆祝二人说："（英语）祝贺，你们，发财了，很多钱。"

两个南亚大兵有些蒙，眼前看不到钱，就像驴子眼前没有胡萝卜，立刻不耐烦地想要走开。却被赵亮闪身过来挡住，伸手掏出钞票笑道："（英语）我们一起……发财。有机会。"

南亚大兵晃动着巨大的脑袋，对望一眼，一人一把攥住赵亮的手腕，问他什么意思。赵亮指着被攥住手里的钱，笑着说："（英语）这些钱……很少……太少了。马……知道吗？后天……马场比赛。"他把钱分成三份儿，指着最多的一份儿说："这是明巴侬先生的……这是克里斯蒂安的……这是亚仙女士的……我下午去帮

引子：旧饭店

他们下注。"最后他指着剩下可怜巴巴的两块钱说："这是我的……你们知道吗？马穆鲁克、唐吉坷德、光荣路易（三匹赛马的名字）……你们知道吗？一赔七……你们知道谁会赢吗？……"他停顿了一下指着自己说："我知道。"

锡克教徒其中一个心里默想一下，不想得罪六国饭店里面几个难缠的人，也不信这猴崽子的说法。而另一个有了些兴趣，问道："（印度英语）你怎么知道的？"

赵亮发挥出表演天赋，一边比画，一边描述说："（英语）唐吉坷德的驭手赛门和马穆鲁克的驭手易普拉新，昨晚在酒吧喝酒，克里斯蒂安听到的。"

两人锡克教徒终于放不下心，转身要走，却被赵亮一把拉住一个，恳求道："（英语）别走，别走，赢了钱一人一半。"

两人不屑地想要甩手，赵亮哀求道："（英语）我借……算我借的。赢了还是算你们一半……机会难得啊……"

一个锡克教士兵有些动心，但被另一个无情拉走。赵亮又挡住他们，像是下了极大的决心说："（英语）算我借的，赢了一人一半，输了，我也借一块还两块。"

另一个锡克教徒没了耐心，呵斥着推开赵亮。这时他们身后传来一个愤怒的声音："（带口音的英语）你们在欺负孩

六国饭店 **1931**

子吗？混蛋！"两个士兵一回头，看见一个红裙子黑发女郎怒气冲冲地抄着一根孔雀毛掸子赶了过来。两个士兵有些尴尬，连忙丢开手，表示没有纠纷。但怒气冲冲的美丽女郎让他们瞬间把脸上的神色变了几个季节。

"萨拉马特！"赵亮表演出比锡克教徒们还要惊讶的神色。

"（俄语）你住嘴……"萨拉马特怒气冲冲地咒骂："每天惹的祸都一大堆！"然后转头盯着两个无辜的大兵，用英语问："他们抢你的钱了？"

"（英语）不不不……萨拉马特，怎么可能，我们不是坏人，我们是……士兵。"锡克教徒连忙解释着。

"（英语）你！你把消息告诉他们了？"萨拉马特一把抓过赵亮的手，命令他："伸开手！……你把消息说出去了对不对！……（俄语）伸开手……"

赵亮苦着脸张开手，萨拉马特一掸子打下去，赵亮嗷嗷惨叫起来。两个锡克教徒想转身逃走，又好心想劝劝这个因为愤怒而变得格外艳丽的茨冈女孩儿。谁知萨拉马特用力一挥手，扬起的掸子就抽到了锡克教徒的脸上，她手忙脚乱地抚弄着被误伤者的大胡子的面颊。她一边轻柔地在大胡子脸上吹着气，一边伴作恶狠狠地呵斥赵亮："（英语）快去找亚仙姑姑

引子：旧饭店

要点药水！（粤语）红花油！快！"

脸上被吹气，因而变得羞涩的锡克教大兵连忙摆手，赵亮却得了令箭一般，一溜烟儿钻向六国饭店的大门。到门口一看，龙车早就停在门口外，薄莫笔直地站在车前，坏笑地示意赵亮不用着急了。

"余先生进去了？"

"我帮他抬进去了，跟亚仙姑姑说喝醉了。没事儿了，没别人看见。是我叫萨拉马特帮你去挡一阵的，其实也没事儿了。"

"嘿！薄爷……您真够意思。"赵亮竖起大拇哥。

"别贫嘴了……你的事儿还没干呢……"薄莫指着后备厢里面的大皮箱说："还不赶紧给余先生送上去，206房间。"

"是嘞……"赵亮点头哈腰地要去干活儿，却被薄莫一伸腿作势挡住。赵亮见躲不过，立刻堆下笑脸来，捏出一块钱，悄悄塞给薄莫。然后拎起大皮箱，走进六国饭店华丽的玻璃大门。

薄莫看着这猴崽子的背影，骂一句："介死孩子，属貔貅的吧。"然后钻进车里，调头回停车场，在街口他故意换了挡位，机器猛然轰鸣一声扬长而去，这是告诉萨拉马特没事儿了，她也可以撤了。

29

六国饭店 **1931**

（三）六国

　　每天早八点到晚十点的整点儿，六国饭店大厅左侧的自动钢琴会弹奏出小星星变奏曲，在空旷的大厅中，回响着轻松愉悦的曲调。六国饭店是一座三层巴洛克式宫殿式建筑，其原型是最早比利时大股东母国的国王行宫，而比利时行宫又参考了凡尔赛宫的样式，只不过到比利时就做了减法，到了中国又再减去几分体量和装饰，但在法国租界一带，也算得上是最富丽堂皇的建筑了①。据说建筑外墙的花岗岩石材和雕花都是从法国整船舶来的，同船来的还有大量奥斯曼织毯、意大利吊灯、德国铜器、英国瓷器、希腊玻璃、法国油画……而大厅的自动钢琴和楼梯各个拐角处的座钟，都是瑞士匠人的手艺。

　　饭店内部一直是白色简洁基调加上黄金色贵气的装饰。在1916年以前，原来的主人用名贵的油画和挂毯区分出各个功能区的色调和主题，金家接手后，由于过去主人带走了这些名

---

① 这里对建筑的描述按照北京六国饭店当时情况描写的，北京六国饭店今天仍在，现在是北京华风宾馆。

引子：旧饭店

贵艺术的品位陈设，新主人则拿出自己的收藏填充进去，变成了充满东方神秘感的珍宝空间——暹罗的牙佛、西藏的唐卡、巴厘的木雕、日本的浮世绘，乃至奇石盆景……当然最多还是中国历代的明器[①]。

据说，这些明器大都是赝品，是六国饭店一楼"松雪斋"古董店老板在北平琉璃厂找高手制作的。而如果哪个客人真的喜欢上这些精美的假古董，立刻就会有贴心的服务生递过来一张"松雪斋"的名片，可以持此直接去拜会罗雪斋先生，并暗示罗先生有办法搞到原品，或其他更有价值的收藏。

当然，罗雪斋先生一般不会待在店里，他会把钥匙让隔壁酒吧经理克里斯蒂安保管着，他和克里斯蒂安也算是生意上的伙伴，早年他们常常一起去中国腹地冒险。其实松雪斋里面的陈设并不多，简洁得更像个洽谈室，几把圈椅，一条金丝楠的大案横陈，上面满是文房四宝，一个青花大缸里面插满卷轴，两边却是罗汉松的盆景，拗着孤寒孑然的造型，中堂悬挂的是弘仁的《松雪图》，抬头上面悬挂着"学吃亏"三个篆书大字。六国饭店正门外两侧的门脸儿除了西侧的"松雪斋"之外，还有明巴侬的咖啡店（兼书店）。东侧则有理发店

---

① 这些中国古代文物大都是赝品，文物原件当然就是松雪斋的藏品。罗是文物收藏大家，也是赝品制造大家。

六国饭店 **1931**

和裁缝店。

　　明巴依的咖啡和茶点带有明显的奥斯曼风味,火热炙烈,经常因烧过头而焦苦涩口;他的甜点却正相反,浓甜酥脆,充满干果和无花果的异香,但很少做软滑Q弹的奶制品。从咖啡粉到点心都是在火上烘焙的,因此明巴依的甜品店里面往往散逸出浓烈扑鼻的香甜味儿,能将街上春心荡漾的女孩子们吸引进来与过量的甜分和超标的咖啡因来次"偷情"。而这些女孩子一闯进来,就又会被小柜台上挂满的"blingbling"放光的各式土耳其式铜咖啡壶与琉璃色的彩色玻璃杯而迷惑得就地"宽衣解带"——掏出零钱包。当她们掏钱的时候,老头儿明巴依会慢慢取下眼罩式放大镜,放下手里的活计过来收钱。他在闲暇时,会制作瓶子里的帆船模型,然后把做好的瓶中船,一艘艘挂在甜品店的墙上。墙上的书架上还陈列着世界各国的诗歌类书籍,这些书,你可拿下来看,也可以买走,因为是旧书,往往都打折出售。

　　独立对外开门的甜品店和南侧的戈多酒吧是打通的,理论上整个饭店一层西侧都是酒吧经理克里斯蒂安的天下,这半边儿(除了甜品店)似乎是六国饭店雄性的天下。男人在这里吃山东花生、抽阿拉伯水烟、喝西欧烈酒、吹世界牛皮……但是永远必须将武器藏在衣服下面。"这可不是美国人

引子：旧饭店

的酒吧[1]，这是文明人和体面人说话的地方——六国饭店，是和平的饭店。"年轻时参加过庚子年联防作战和布尔战争的克里斯蒂安一生身经百战，至今仍然保持着令人畏惧的豪强气魄。但毕竟老了，他眼袋松弛，双颊下垂，通红的高鼻梁有些歪斜，一副大胡子也花白了。但他身板儿笔直，双眼仍是鹰视狼顾、烁烁放光，细心的人会发现他手背上的层层老茧——那是仍在沙袋上磨炼拳法的痕迹。天津租界到处都流传着他快马神枪的传奇故事[2]，人们愿意把他的传奇当作戈多酒吧的广告而特地去捧场。酒吧的墙上全是照片，克里斯蒂安自己拍的照片。

酒吧后面的雪茄吧是间不见光的密室，也是一间暗房，墙上挂着猎枪，横拉的棕绳上永远挂着显影后还没处理的相片，房间里面是浓烈的烟草气味和化学药水味道。一台半自动的幻灯机，是他和最亲密的朋友们消磨大部分时光的宝贝。克里斯蒂安也常常客串六国饭店的摄影师，为这里的名流和重要活动拍摄合影——这些名流的照片当然是额外收费的。而酒吧里的照片没有什么名人照，比较多的是他所怀念的远方——斯

---

[1] 受西部电影影响，美国酒吧似乎是随时可以抽枪对射的地方。
[2] 克里斯蒂安设定是出生在山东的第二代洋人。那个时代出生在中国的外国名人有很多，比如司徒雷登、赛珍珠和小泽征尔……把中国当作第二故乡的中国通就更多了，比如溥仪的英国师父庄士敦。

六国饭店 **1931**

威士兰、莫桑比克、马达加斯加、加迪斯、里斯本、苏里南、菲律宾、巴厘岛、斯里兰卡……当然更多是中国的——威海烧毁的教堂、燃烧的正阳门，福建的蛋女，甘军的士兵，敦煌的官僚，西藏的农奴，西北的回教徒……他平生最大的消遣就是拍照、然后做成幻灯片，请朋友和他一起通宵饮酒、抽烟，没完没了地看，没完没了地讲那些遥远的故事——也不知道是因为遥远而陌生，还是因为讲得多了而记忆异化……他越讲越荒诞不经，甚至有时会放下杯子或雪茄，问在边儿上伺候酒局的萨拉马特或者华金，他问："这故事当时我是怎么回事来的？"如果是华金，就会老实地根据上次的记忆帮他续上，但萨拉马特就会根据当天的气氛添油加醋，而往往添上的都是吉卜赛女人世代相承的魔幻攀扯能力。

克里斯蒂安照相的爱好几乎花光了他的薪金，因此，他不得不保持身体和头脑的状态，以便参加下一次什么冒险，原本这种冒险机会在20世纪初的远东还不算少。"哎……比不上1900年的头十年啊[①]，那才是黄金时光，那是都是真格的冒险

[①] 20世纪头二十年，中国是西方冒险家的乐园，他们既有特权又有财力和武力，而中国的自然物产和文物宝藏成为这些冒险家成为博物学家、历史学家、考古学家的素材和滋养。而后十年，中国一方面战乱不堪，另一方面民族逐渐觉醒，还有帝国主义之间也卷得厉害了，因此克里斯蒂安这样的冒险家在中国的"黄金时代"也逐渐结束了。

引子：旧饭店

家，现在大都是些骗子手或者不知什么背景的间谍……"克里斯蒂安近年来常常这样感叹着，他讨厌30年代的到来。他也有些老了，而他最主要的主顾罗雪斋不但年岁很大了，已经不大可能亲自去探险了，而那个老人在他的暮年，却似乎卷进了一场更大的国运豪赌里去了。

每天下午后，六国饭店的经理亚仙姑姑[①]会带着她最喜欢的四个姑娘在酒吧最内侧的卡座上喝下午茶，帮她们安排人类最古老的生意。克里斯蒂安和每个姑娘都有过事情，他最喜欢四个女孩中最小的"筱醉"，是老板金翠喜从江南专门买回来的会说洋文的小脚女人。"第一眼看见她，就让我想起那些好的旧时光。"金翠喜这样给克里斯蒂安介绍筱醉，而克里斯蒂安对此深表赞同。因此克里斯蒂安经常邀请筱醉坐在他酒吧的尽头，灯火暗处，这样他就能一边调酒，一边和筱醉聊天，暗淡衰老的灯火照射在慵懒的唐装青春女郎身上、脚上——就是他对性最理想的幻想。其余三位筱醉的姐姐都是天津本地最时髦的姐姐，都认得几个字，大大方方的——分别是惜春、

[①] 本文中，饭店主人金姥姥、金翠喜、金小玉姓金是从赛金花名字中选的金字做姓；金宪东和金碧辉姓金，是满人改姓的金；而金亚仙的金来自朝鲜，她是袁寒云母亲（金亚仙）的陪嫁，而袁寒云的生母，是朝鲜国的"公主"。而"公主"在袁世凯死后为其殡葬了，因此金亚仙得到袁克文的特别赡养，而亚仙姑姑也因此在天津黑社会中有特殊的身份地位。

六国饭店 1931

扶风、香沉，加上筱醉，也就是六国饭店有名的"春风沉醉"四大风月领班了。

这个卡座儿后头原本是金亚仙的办公室，后来因为用得少，索性租给了日本人的惠通航空公司①筹备处，这样的好处是无形中带动了大批日本商人、政客、外交官在六国饭店南侧的走廊上络绎不绝，而他们当然也把好酒的习惯延续到了克里斯蒂安的酒吧。这让克里斯蒂安带有浓厚东方味儿招牌鸡尾酒"金色初恋"大受欢迎。酒卖得好却让克里斯蒂安大为恼火，因为酒吧南区和吧台区永远坐着几个正襟危坐不苟言笑的日本人，这让他刻意营造的自由区像是变成了占领区。这让他和亚仙姑姑大吵了一架，最后亚仙想出个办法，把南区的皮沙发全部换成日式竹椅，摆上盆景。这招果然厉害，日本人全都喜欢围坐在竹椅上一本正经地品酒。而克里斯蒂安则自己花钱重装了酒店西边的小门儿，没有特别，他进出酒店就走这个门儿直接到酒吧区，而不用经过南侧的"满洲沦陷区"了——他最近给南边儿新取了一个名字。

这段日子，应老板金翠喜的要求，"满洲"区辟出一个临展区域，供北京大学考古学博士在这里展出新发现的"北京

---

① 1936年10月17日，日本逼迫华北地方当局签订《中日通航协定》，正式成立惠通航空公司。这是日寇全面侵略中国的罪案之一。

引子：旧饭店

人"头盖骨①，并进行为期一周的研讨和讲座。这件事很是露脸，是托了很多关系才从东方大饭店和利顺德大饭店那里抢过来的，不但赢得几周的连续报道，这段时间更是因此高朋满座、名流云集，金翠喜也准备更利用这个时机连续办几场舞会和演出，让六国饭店一举成为天津最知名的酒店。

穿过西侧酒廊，离开照片土著人物们好奇且质朴的视野，有两间对门的办公室——被满蒙青年联谊会②和三同会③长年包租下来，满蒙青联会的主席是被称为饭店五朵金花之四的金碧辉格格，她哥哥就是借车来接余之蚨的金宪东，她爸爸却有两个，一个是已经过世的肃王爷善耆④，另一个是肃王爷的结

---

① 北京猿人头盖骨发现于1929年，测定为60万年前的人类遗骸，是当时认为最早的人类遗骸，人类中国起源说也随即推出，因此在当时社会各界引发轰动。今天人类遗骸在世界各地已经多有发现，更早的人类遗骸层出不穷，直到今天，人类单一起源说和多地起源说也尚未有定论。曹禺先生无疑对这件考古发现印象极为深刻，因此他后来写下名作《北京人》——"人一定要在黑暗中找出一条路来"——曹先生如是说。
② 三十年代日寇扶植的亲善组织，是以分裂中国为目的——特别是分裂东三省和蒙古独立建国为目的的反动汉奸组织。
③ 三同会是日本士官学校同窗会、留日学生同学会及中日同道会的合称，这个组织鱼龙混杂，是敌我相互渗透，相互工作的松散组织。
④ 肃亲王善耆：1866—1922年，晚清重臣，是中国现代警察制度的奠基人之一。清帝退位后表面上隐居旅顺，但实际上一直致力于清朝复辟，他的方针是组织满蒙独立运动——给当时的中国，特别是东三省和蒙古人民带来了深重的灾难。他的女儿川岛芳子继承了他的反动事业，但最终被枪毙在他一手打造的监狱中；他的儿子金宪东却走出家族的诅咒，加入了人民革命和人民解放的队伍中。

六国饭店 **1931**

拜兄弟——日本人川岛浪速[①]。而三同会会长，就是罗雪斋先生。走过这两个办公室，登上三阶台阶，脚下是松软的地毯，眼前就是六国饭店富丽堂皇的大堂。除了当年号称亚洲第一的水晶灯之外，最引人注目的却是水晶灯下放着一辆鎏金的胶皮人力车，明眼人认得这车天下只有两辆——上海黄金荣一辆，天津袁寒云一辆。这辆车在大厅里被一桶桶鲜花围绕，鲜花却是卖的，同时还卖仁丹、香料、香囊、苏绣、地图、邮票、明信片等旅行人的伴手礼或常用的小物件儿。萨拉马特日常就在这里负责，这个一身红裙的吉卜赛女孩儿，往往会让初到的游客眼前一亮，也让常来的登徒子和老客人们宾至如归。

　　萨拉马特摆摊的地方就可以监视门外门童猴崽子赵亮的一举一动，最近当她发现这孩子开始紧盯着街上的女孩儿身体的时候，感叹小公鸡也要打鸣了。她便开始想哪个姐妹可以配得上这个弟弟，然后便觉得没有一个合适的。但看起来要抓紧了，免得这孩子什么时候生出事儿来，或者就请扶风或者香沉帮个忙，因为弟弟肯定是看不上筱醉，而她自己又讨厌惜春的做派。

---

① 川岛浪速（1865—1948）是日本间谍，兴亚会骨干成员，是兜售日本军国主义思想和大东亚共荣圈理论的核心分子。是肃亲王的结拜兄弟，也是川岛芳子的养父、情人和引路人，是炮制满蒙独立运动的领导者。

引子：旧饭店

而她这么想的时候，却不知道东侧门口交通班门房里的薄奠正盯着她看。她却被人看惯了，更何况那个车夫也不是没吃过甜头，可自打去年这车夫和老家的女人完婚后，口袋里面就不剩几个铜板了。因此除非自己哪天犯贱，绝不会让这小子再占一点儿便宜去。她必须考虑赚些钱了，上个月因为和一个玩扑克的法国小子胡来，没忍住连玩带输弄光了她自己和赵亮的存款。她自然没敢和弟弟说，反正那也没几个钱，她有办法赚回来，但最近亚仙姑姑也不帮衬她的副业了，她当然知道是惜春在背后使的坏……现在口袋里装着赵亮刚塞给她的四块钱，她发誓再也不花弟弟的钱了。更何况她和明巴依正准备一起攒钱搭"金鹿号"离开，去那个叫作蒙特港的自由港。

萨拉马特托着腮坐在人力车边发呆，看着就要打蔫儿的康乃馨和雏菊，想着要不要去求一求亚仙姑姑，却不知亚仙姑姑正在她背后——酒店大堂东南角的经理办公桌后也正在盯着这边儿发呆。亚仙姑姑盯着人力车车棚上一行淡淡的洒金墨书写的小令《少年游》：

冰庭铺水，珠帘泻露，灯火隔飞寒。
篆气嘘云，研思吸月，偎梦近阑干。

六国饭店 1931

更声叠宵来宵去,春又一回残。

榻暖鸳痕,帐沈莺语,合眼看江山。

亚仙姑姑收回眼神,开始巡查酒店内的日常,她虽然已经是50开外的年纪,保养得却还好,身条匀称,穿着得体的洋装和圆头皮鞋,步履从容;头上盘着东洋髻,只是头发白了,她也不肯染,眼睛花了,也不肯戴镜子,因此要看账目,就得拿一个大号的放大镜——这时才不得不露出老态。亚仙姑姑并不在乎这酒店的生意和股东们的收益,她更不在乎自己赚了还是赔了,她只是不能离开这家酒店而已。1916年[①],她逃离主人家,隐姓埋名躲进这里,本来是要回高丽老家去的,但后来得到消息说那边的家里人全都离散了,便困在这里。最初,主人家扬言要她性命,多亏金姥姥和金翠喜全力保住了她,约好终生不能踏出六国饭店。今年金翠喜又帮她买了这辆车回来,她便把这里认作此后的归宿(墓穴)了。她以前在主人家里管事情习惯了,慢慢竟然代替金翠喜把酒店日常事情管理起来。金翠喜见她振作起来,自然格外开心,干脆认了她做姐姐,约好此生同进退。

---

① 1916年袁世凯复辟失败羞愤而死,随即其三姨太也就是袁寒云的生母金氏殉葬,金氏与袁家管事儿的沈氏素来不合,因而逃离。

引子：旧饭店

　　跟着亚仙姑姑往东走，下三个台阶，就是六国饭店最宽绰的西餐厅。说起六国饭店的西餐，是天津卫的一个笑话——名声极差。最初这里是比利时人全班人马的正经法餐，可欧战一打响，这帮人全都回去打仗了。段督军一接手就被人骗了，找了一个美国厨师，结果酒吧间的快餐水平弄倒了洋大人们的胃口，自此几乎没有外国人来了。后来金翠喜接手过来，又抄底找了一帮白俄，结果更惨，六国饭店的西餐彻底做不下去了。后来金翠喜和克里斯蒂安一商量，干脆来一个中西荟萃大改良，中餐西餐日餐，师傅请了好几位，但站得住的一个也没有。人家图品位，咱们来个全乎儿，反正洋人也不来了，现在来的都是中国人，特别是留洋回来的二鬼子们，这些人就好糊弄了，反正他们大都也是来糊弄请来的客人的。结果终于有一次翻了车，有回张伯驹[①]来这里请客，吃完打趣说这里卖的是"折箩"，只配卖到"瞪眼食"铺子里吃去。结果第二天这话就见了报，自此以后，天津瞪眼食的摊子上改了称呼，都说今天又去吃"六国饭店"了……弄得金翠喜和亚仙姑姑生了半个月的闷气。最后，金翠喜专门托人从菲律宾请了南洋乐队回来——饭菜不行，靠音乐舞厅吸引

---

① 民国四大公子之一，收藏大家，倾其家产收藏文物，新中国成立后将其藏品全部捐赠给了国家。

六国饭店 **1931**

人来吧。结果舞厅还真火了，六国饭店的舞票一票难求，"春风沉醉"四大美人艳冠津门。一到夜晚，华灯初上，觥筹交错，管弦弄巧，红男绿女款款互动、翩翩起舞，光溜的核桃木地板上，翻卷着花裙，滑动着鞋跟，精致的鞋跟、纤巧的鞋跟、活泼的鞋跟……只看得门外的赵亮目眩神迷，眼里梦里灵魂里只剩下那些白漆漆的大腿……而六国饭店招牌闪动的霓虹灯，则把这孩子的脸，打得一阵红、一阵绿、一阵模糊……

如果继续顺着小提琴的调子回旋上升，穿过悬挂水晶吊灯的天花板，穿上二层的客房，你会看到那些房客……那些失败下野的军阀、那些亡命的革命者、那些股金暴涨而来春风一度的小人物、那些躲出来抽鸦片的外交官、那些贪污犯、那些赌徒、那些间谍、那些诗人和作家……这里是天津最自由的垃圾站，却提供最卫生的床单、崭新的洁具、滚烫的热水，以及随叫随到的一切服务……

如果继续顺着小提琴的调子回旋上升，穿过石膏吊顶的天花板，则就来到六国饭店的顶层，这是以四个总统套间为中心划分的四个功能区域。每个区域都是一个总统套间，外面是一个宽敞的活动区——一般长期摆放着四个麻将桌。然后是拱卫总统套间的四个高级商务房，供大人物的随从下榻。这几年

引子：旧饭店

西南侧的套房是少帅长期包用，虽然他自己很少过来，常常是套房空着，商务房却总是爆满，麻将桌更是二十四小时无休。最近，总统套房里装了电台，这可把金翠喜吓坏了——解方①将军似乎要把这里也变成保安队的指挥部了。

西北侧的总统套房目前是下野的大军阀孙传芳②住着。东南侧的总统套房则刚被金碧辉③长期包用。东北侧没有总统套房，整个区域重新设计了，分别是金姥姥、金翠喜、金亚仙和金小玉的房间。四个卧室中央的起居区域算是三代女性老板共同的沙龙，但目前基本全被金翠喜使用，她的麻将局也常常是通宵达旦。有人打趣说，天津卫一半儿的军事会议和一半儿的经济会议，全都是在六国饭店的顶楼谈妥的。

还有人打趣说，六国饭店顶楼五朵金花——金姥姥、金

---

① 解方：1908—1984年，共和国开国少将，日本陆军士官学校高才生，东北军少壮派将领，31年襄助张学铭负责天津及周边地区防务。西安事变后毅然投身延安，加入中国共产党，身经百战，功勋卓著。其最重要的贡献是抗美援朝时期担任人民志愿军参谋长。
② 孙传芳：1885—1935年，直系军阀，曾担任五省联军总司令，是抵抗北伐军的主要对手之一。被北伐军击败后投入奉军寻求保护，在天津长期隐居，最后被仇家刺杀。孙传芳虽是旧军阀，并且毕业于日本陆军士官学校，但他人生最后关头大节不亏，没有当汉奸。
③ 金碧辉：1906—1948年，前清肃亲王女儿，也是日本特务川岛浪速的干女儿，取名川岛芳子。从小就被送到日本接受专门训练。她学成回国，成为满蒙分裂运动和清朝复国事业的中坚分子，深度参与了皇姑屯事件、九一八事变、天津事变、一·二八事变等一系列重大历史事变，是日本侵华的先遣队、排头兵。

六国饭店 **1931**

亚仙、金翠喜、金碧辉、金小玉，正好是平津三十年的五朵金花——这话题，如果你回到饭店一层，在戈多酒吧点上一杯"金色初恋"，可能会有熟客跟您讲讲这三代女性的传奇人生，等你听完，而酒量又足够好的话，也就刚好尝尝"金色初恋1900、1910、1920"三种口味细微又显著的变化。

第一幕

仙人局

六国饭店 **1931**

第一场：屋顶

1931年，10月7日，火曜日，晴，下午，阳光强烈，温度宜人。六国饭店二层标准房间，东北侧，206号。

白漆房间，半开的窗前挂着一件平整洁白的衬衫。屋内弥漫着酒精味、腌肉蛋三明治味、烟草味和肥皂的味……整齐的写字台上散乱着杂物：烟灰缸、墨水瓶、三支钢笔，成摞的书籍大都胡乱折角做了阅读的记号，一打报纸有些被撕下来做了剪报，一个画刊女郎的媚笑被诡异地撕开了，反面保留的是一篇关于创联的文章。很多信封扯开了，有些体贴地用丝线绑好，有些则随意地扔在一边，有些已经团成一团儿，扔在地上——有一封信明显已经揉烂扔掉了，又捡回来铺平，用红笔圈了重点，估计是准备给予正式的回应。

被救回来的程识先生醒了，正在接受克里斯蒂安的检查，洁白的床单上压着程识有些寒酸的破皮鞋，显然救助他的先生们都没有细心到帮他脱鞋的程度。而皮鞋的寒酸和黄泥污染的床单让刚刚苏醒的程识感到局促不安。

第一幕：仙人局

克里斯蒂安检查了他头部的钝器伤和眼球以及四肢反应后，轻松地做了个鬼脸说："（英语）幸运儿，你没什么事儿，会疼上一阵子，我想你会挺过去。"

余之蚨从盥洗室拿来一条用热水泡得滚烫的毛巾，走过来拧干，笑着说："没事儿真是太好了。来擦把脸，然后敷一下伤，好在没有大出血。"

"No！不行……今天要持续冷敷，明天早上才开始热敷。"克里斯蒂安制止了余之蚨，然后走到电话机边，打通了酒吧的电话："（英语）明巴依？让萨拉马特弄点儿止疼药来……没有吗？那么送一加仑牛奶上来吧，还有一瓶威士忌，嗯……美国货就行。"他放下电话，看余之蚨老实地换了凉毛巾给程识敷上，点头用流利的北京土话说："没事儿，会头晕、恶心，所以不要吃太饱，不过我想你也不会有胃口。睡两天，就没事儿了。饿了、渴了，就喝牛奶。想吐，就吐。"

"不需要吃药什么的？"余之蚨插话问道。

"需要，威士忌，太疼或者睡不着，就喝一杯。"克里斯蒂安做一个干杯的姿势，挤挤眼睛。

"谢谢您，还有余先生，谢谢，幸亏你救了我。"程识用一个别扭的姿势顶着毛巾，减缓疼痛，强睁着眼，对两个好心人表示谢意。

"不用客气，毕竟我们都是创联的同志。对了，新的会议还

六国饭店 1931

没开除我吧?"余之蚨一屁股坐在凳子上,讪讪地问。

"那怎么会,毕竟你是创始人之一,大家还是尊敬你的,不过很多人对你当年没有去南昌耿耿于怀,后来那些事,你也要理解,有些年轻人比较偏激。"程识含糊地打着圆场,有外人在,他也不便说得太多。

余之蚨却似乎没把克里斯蒂安当外人,笑着对他说:"亚仙姑姑那边,还请你帮忙解释一下,我们躲躲风头,等他伤一好就离开。"

"没事儿,六国饭店嘛,这种事儿多了去了。不过你们要知道,这里是进来容易出去难,在这里屁事儿没有,能不能出去,就看你们本事了。"克里斯蒂安毫不在意对方是什么身份,并且他很得意六国饭店的这个飞地的特色,甚至忍不住要炫耀炫耀。

这时,敲门声传来。是萨拉马特端着牛奶罐子和威士忌来了,她头一眼就看见了程识的脏皮鞋,嗔怪地瞥了两个男人一眼,过去不由分说帮程识躺舒服了,解开扣子,脱掉鞋袜,盖上被单。然后,捏着皮鞋问余之蚨:"这个要不要我拿下去找人清理收拾一下?"

"呃……"余之蚨刚一犹豫。

"不用了……谢谢。"程识忍着疼赶忙说,他心里知道那个"找人收拾一下"还不如买双新的便宜。

萨拉马特做一个随你便的表情,将鞋放下摆好。朝克里斯蒂

第一幕：仙人局

安眨眨眼，准备一起告辞。却见余之蚨把赵亮刚送上来的大皮箱放到茶几上，扯开封条，打开了。三个人一起发出惊呼——"简直是灾难！"

只见半皮箱书和半皮箱棉袍全部湿哒哒的，全都浸饱了黄酒，皮箱里散发出一股霉臭和酒精混合后又腥又甜的诡异味道。余之蚨一下惊呆了，人心怎能如此恶毒？

克里斯蒂安捂着鼻子摇头道："华金搬的箱子？猴崽子这回死定了……"

萨拉马特伸手翻了一下箱子，更证明了余之蚨的猜想，箱子里根本没有瓶子——酒是故意淋上去的。萨拉马特问余之蚨："没有瓶子……谁给你发的邮件？"

"我前妻……"余之蚨狠狠抓了一把自己的头发，抓得乱糟糟的。他心疼地将衣服扔到一边，开始翻检图书和手稿，看看有多少还能幸存下来，一时真想回去投黄浦江。克里斯蒂安忍着笑，同情地拍拍余之蚨的肩膀，和他一起翻检书籍。萨拉马特则捡起地上的棉衣，皱眉问道："要我……帮你收拾一下？"

"不必了，请帮我扔掉吧……反正……其实，大都是她帮我缝的。"余之蚨鼻子一酸，又想起那女人种种的好。手稿全毁了，这个月的生活费预警，书损失不大，精装的大都还能抢救。

"哦……维克多·雨果的《宝剑》，这个流放的老头儿！我的最爱之一。"克里斯蒂安翻出一本《自由戏剧集》扒拉着，赞

六国饭店 1931

赏地点点头，然后对余之蚨说："跟我来吧，我们看看能不能抢救一些出来。"

然后，两个男人各抱着一摞书走向顶楼，把不能要的手稿和衣服还都放回皮箱，交给萨拉马特去丢掉。

六国饭店的楼顶视野极好，特别是秋天晴朗的日子，简直是天津卫的巴别塔之巅。这里是萨拉马特的空中花园，也是克里斯蒂安的拳击训练场，明巴侬也在这里有个临时的手工小棚子。而视野最好的东北角上，则是克里斯蒂安常常为泳装美女拍摄写真的私房取景地。这里拉开的长绳上晾晒着洁白的床单、桌布。桌布在秋风中掀开一角，露出近处的残花和远处银亮的海河。这是一处不接天津地气的，隔绝了喧嚣和苦难的，干净明亮的地方。

余之蚨先是俯瞰了一圈儿天津的景色，性情好多了，于是耐下心来整理书籍。他小心地打开每一页，萨拉马特则将烘焙纸裁好帮他垫进去，然后再用重物压住，使它阴干后变得平整。而有些书已经泡得完全散了架了，克里斯蒂安则负责把这些走了胶的书页干脆拆了，在搪瓷盘里涮一涮，然后像晒相片一样夹在晾衣绳子上。他喜欢的《宝剑》也在其中，他不断朗诵着扯下来的只言片语：

"匕首后退，宝剑向前，我不要不体面的胜利，我们身后有自由、公正和上帝；暗杀后退，决斗向前，我要用我的宝剑，让我的敌人面对着我倒下去。"

他用夸张拙劣的即兴演艺换来了余之蚨和萨拉马特热情洋溢的鼓掌，他于是假装从幕后——白床单间——走出来，鞠躬，继续朗读：

"给我！这鸟笼子……"（假装放生）"飞吧，鸟儿，飞吧，自由的鸟儿！离开黑暗，全到光明里面去吧！天上的鸟儿，自由吧！"

这时，楼梯间里面传来一个曼妙婉转的声音，接着剧情的台词朗诵道："好人，那么，人什么时候自由？克里斯蒂安，人什么时候自由？"

三个人一起回头，却见金小玉一身泳装，自己抬着一张沙滩椅，像是来楼顶享受太阳浴的。但当她看到余之蚨，却惊讶且羞涩起来，便急忙转身想退回去。

"No，No，别走，小姐，等一下，我们正在排练演出呢，演出刚刚开始……刚好你是戏剧家，请来吧，而且，我这儿有东西给你。"说罢，克里斯蒂安迎上去，接过她手里的躺椅，帮她在阳光最好的地方摆放好，请她躺下。

"可是，我这一身不大好吧……"金小玉扭捏地含着胸，自嘲地笑着说："毕竟你们都穿着衣服。"

"可惜我没穿游泳裤，不过这个也简单。"克里斯蒂安和萨拉马特取下一张床单，利索地帮金小玉围上，用铁夹子夹住。克里

六国饭店 **1931**

斯蒂安得意地说:"看,希腊式的,我的阿芙洛狄忒……这下好了,你是我们中间露得最少的人了。"他晃晃自己卷起的袖管和毛茸茸的胳膊。然后他对萨拉马特说:"趁着好天气,把老明巴依叫来,让他带着六角琴和点心。"

萨拉马特答应着跑下去了。克里斯蒂安则像变戏法一样从西装口袋里拽出一条项链。余之蚨一看项链脸色一沉,那是他从上海受人之托带给金小玉的那两件遗物组合而成的,一枚象牙戒指,一颗杀死崇轩的子弹。金小玉的目光和余之蚨接触了一下就跳开,然后如获至宝地抢到手里欣赏起来。那颗扭曲丑恶的子弹被用金子包裹了起来,然后被套在洁白的象牙戒指圈儿里,再用一根老金链子穿了起来,有一种质朴手工的温度。

"我根据你的要求把它们组合成一个项链,呃……更多是明巴依的手艺。不过我牺牲了一条金表链子。"克里斯蒂安像是看着自己的女儿,慈爱地安慰着她。

"谢谢,谢谢叔叔,这样我就能一直带着他了,而且我觉得这样更有意义了。"金小玉紧紧抱住克里斯蒂安的脖子,克里斯蒂安则在她脸颊响亮地亲了一下:"希望这能让你好受些……我想他一定是个让你骄傲的英雄。"说着,轻轻放下金小玉,然后对余之蚨报以一笑。

余之蚨则假装继续抢救着书籍,他无意瞥见书堆里最残破的一本特里文纳的《石楠花》,他一下就回忆起那一年有天

第一幕：仙人局

夜里与成仿吾[①]、胡也频、崇轩一起讨论这套书所讨论的荒原意象以及人性中的残酷、坚韧和超越，那是他们几乎唯一一次深谈。余之蚨赶忙捡起这本书，完全被酒渍腻住了，休想再打开。

这时候，金小玉果然又哭了起来，再次诉说着崇轩的死："……知道吗，克里斯蒂安，他们打了他十五枪，打一个弱不禁风的书生，他们用了十五颗这样沉重的枪弹，我想他死掉的时候，是他一生中身体最沉重的时候……"

楼梯口再次传来萨拉马特爽朗的笑声，明巴依也跟着上来了，萨拉马特端着大托盘上面是土耳其式的下午茶套装，后面的明巴依已出现，六角手风琴就像见了阳光便即刻成精了似的，随着秋风的节奏，吹响了悠长的惆怅。乐曲声中，他们放置好简陋的陈设，让余之蚨和金小玉并排坐在一起，一边享用下午茶，一边欣赏克里斯蒂安和萨拉马特跳起了探戈。

"一个战败的义勇军游击队员、一个亡国的老贵族、一个永远流浪的茨冈人……如果我们也亡国灭种，逃亡异乡，我们能不能也像他们一样快乐坚强？"金小玉凝视着在白色床单和秋日艳阳天下起舞的三个异乡人，不禁发出这样的感慨。

[①] 成仿吾：1897—1984年，创造社缔造者之一，后投身大革命，成为黄埔军校兵器初代处长。大革命失败后，在中国革命的最低潮加入共产党，并参加长征。是忠诚的无产阶级革命家，卓越的教育家、文学家、翻译家。

六国饭店 **1931**

"我……不知道。"余之蚨低头喝茶,想说些轻松并聪明的话。于是斟酌后审慎地说:"如果是我们中国人,大约会蹈海投江而死的吧……就像屈原,就像王国维,就像陈天华……"

金小玉"哼"地一笑,拨弄一会儿项链,大眼睛躲在睫毛后面揶揄地说:"余先生……您还沉浸在那部《沉沦》①里面吗?我听崇轩抱怨过,您主动把《洪水》②也停刊了,还准备去北平当教育部的官?"

余之蚨想起房间里被他揉烂的信件,那是青年读者质疑他软弱的檄文,他一下子有些恼怒——"为什么要把人都架在火上烤呢?我有自己战斗的方式,而且我不也是一直在战斗呢吗?"余之蚨脸上青一阵白一阵,但嘴上只是解释道:"北平原本是去教书,不是做什么官,而且现在我是不会去的了……广州和南京也不会去,所以我现在是困在天津……"他心想,这还不是拜你所赐,是啊,陷在天津的困局,不正是这位金大小姐所赐——他有些恨恨地想。

谁知金小玉像是看穿了他的心思,高居临下地道歉说:"对

---

① 《沉沦》:郁达夫早期小说作品,创作于1919年,小说中开诚布公地坦白了青年的性苦闷和忧国忧民的痛苦。
② 《洪水》:这个期刊是五四运动风潮过后,在大革命中和大革命失败后,面对当时社会新的苦难和革命低潮,左翼知识分子勇敢发声的舆论阵地。郁达夫是《洪水》的灵魂人物,多次为共产党发声,并深刻地讨论了《无产阶级专政和无产阶级的文学》问题,是近代思想史具有里程碑意义的作品。

第一幕：仙人局

不起了余先生，看来天津之行是我和崇轩的事情，连累到您了。"

"不不不……崇轩是我的朋友，这自然是分内的事情。"余之蚨感到金小玉的恼怒，于是想把话说得聪明一点，作为尴尬的润滑，他说："虽然我也一向爱当报喜的青鸟，但命运让我这次充当一回报丧的鹏鸟[①]了……"

金小玉闻言忽然哈哈笑起来，她点头道："鹏鸟，好一个鹏鸟。"随即她站起来，像是白色的飞蛾一样扑向萨拉马特红裙般的烈火，和他们几个一起跳起舞来，金小玉疯疯癫癫地高声吟唱起来："且夫天地为炉兮，造化为工；阴阳为炭兮，万物为铜。合散消息兮，安有常则？千变万化兮，未始有极！忽然为人兮，何足控抟；化为异物兮，又何足患！"

余之蚨顿时兴趣索然，他放下茶杯，抽出几本已经抢救回来的书，和那几个自由的人打个招呼，借口回去放书，转身就钻回楼梯间下面去了。

他回到房间，关上窗户。程识打着微鼾，牛奶喝完了，威士忌却一点儿没动。余之蚨坐在写字台前，重新看一遍青年读者声讨自己的文章，忍不住难受地落下泪来。他真是感到嵇康阮籍般的郁愤和穷途末路，他恨现在青年的单细胞，也恨自己的颓唐和无作为，更恨这个时代、这个国家。他想："我应该写一部小说，

[①] 鹏鸟：传说中鹏鸟是报丧鸟，进入人房间，那人便要死掉。因此汉代文学家贾谊见到鹏鸟入室，因此写下千古名作《鹏鸟赋》，就是后面金小玉吟诵的诗篇……

六国饭店 **1931**

就叫作《迷羊》,他要用寓言鞭挞那些蠢笨的羊,盲从的羊,自以为是的羊,还有那些高高在上的屠夫,化装成牧人伪善的屠夫,驱使羊自相残杀的主义的屠夫……"

想到这里,他一把抢过威士忌酒瓶,就用程识喝牛奶的杯子涮了涮,倒上酒一饮而尽。

他展开一张纸,写上——"在开满石楠花的荒原上,羊群咀嚼着草根,明天,它们就要被卖到市场上去了,但它们毫不自知……"

他没写满一张纸,就团成团儿扔掉了。对着墨水瓶发呆,胸口像是吞了一口气,横亘在胸口吐不出去,他一声不出哽咽起来,眼泪掉落在稿纸上。他拭去泪水,又开始写信,一会儿就写了三封,一封信寄给乡下母亲报平安,一封信寄给曹添甲问求职的事情,最后一封电报发给徐志摩借钱——他今早被赵亮搜走了最后的钱后,他已经身无分文了。写完信,他略微松了口气,开始对着窗户喝酒。

良久,窗外已经黑了,他醉醺醺地拽亮台灯,磨好墨,蘸饱了笔,略一思忖,提笔如飞,行云流水地写下诗云[①]:

醉眼蒙胧上酒楼

彷徨呐喊两悠悠

---

① 郁达夫诗《赠鲁迅》。

群盲竭尽蚍蜉力

不废江河万古流

　　写完投笔冷笑，畅快了不少。他下定决心，明天起，要发奋用功，写成一部名垂青史的小说。

六国饭店 **1931**

第二场：酒吧

1931年，10月8日，水曜日，阴雨，凉冷。
十一点整，饭店206房间。

余之蚨从宿醉的绮梦中醒来，白衬衫在眼前晃动，这是他特地熨烫平整准备去南开求职面试的时候穿的。然后酸疼的身体和麻木的下体让他意识到自己和衣躺在地毯上睡了一夜，应该是半夜程识醒了，帮他盖上了一条毯子。尿急，他拖着麻木的腿勉强却又顺利地上了厕所，老了……回想起青少年的时代，让他自嘲地笑了起来。

回到房间，他坐下来，点上一根烟，这是他最后的给养，带给他的却只有一阵老爷车发动不起来似的咳嗽。程识也醒了，劝他少抽烟，却在余之蚨强烈的推荐下自己也点上了一根，熟练地抽了起来。

余之蚨顺嘴讲了一个刚刚想起来的笑话："我到天津，黄包车夫给我讲了一个笑话，劳动人民的笑话。就说三不管[①]有对姐

[①] 天津南市三不管，类似北京天桥，是贫苦人民讨生活的自由市场。因为人死了没人管、坑蒙拐骗没人管、打架斗殴没管人，因此称为三不管。

弟来讨生活，却被宝局的混星子欺负，孩子便说，你喜欢赌，咱爷们赌一局。混星子只能应承，让孩子划下道儿。孩子便说，我做三个动作，你若也能做，我便把我姐姐输给你；你若输了，就把宝局输给我。混星子拍着胸脯答应了。小孩上来就把裤子脱了，混星子想这有啥，跟着就脱了。小孩又叫他姐姐从里屋出来，上去就抓着奶亲了一下，混星子大喜，跟着上去也是抓着奶亲嘴。结果小孩嘿嘿一笑，抓着自己的小东西就弯了个对折……混星子一看，立刻跪下认输叫爷爷……哈哈哈……"余之蚨一边咳，一边笑，一边掐灭了香烟。

程识跟着尬笑又收了笑意，正色对箕坐的余之蚨用商榷之口吻说："余先生，你这个笑话，我觉得是贬低劳动人民的趣味，似乎不宜提倡……"

余之蚨戛然收声，憋着尬笑一下说："对，您说得对。"

于是，他们又聊了几句北方创联与出版相关的事情，与上海相同，在政治局势不明朗之前，《创联月刊》[①]是没有人敢于刊印和贩卖的，天津的左翼出版部，也大都被少帅查封了，不但封门，里面的财物也都抢劫走了，还捕去了好几个人。余之蚨又烦躁起来，他从来就不是能同时应付两边的人，于是成为两边的弃子，漫无目的，穷途末路。

---

① 原型是左联机关刊物《萌芽》《拓荒者》，编辑曾是蒋光慈。

六国饭店 **1931**

　　话不投机，余之蚨便讪讪地站起来，晃一晃手里的三封信，说下楼把消息传达出去。虽然昨天已经告诉程识的学生去玄背社找小曹，但最好还是再给小曹一个消息，让他尽快跑一趟。

　　"您好好休息，我去弄点吃的上来，你大约一天没吃东西了。"余之蚨在镜子前看看自己的模样，胡子拉碴，眼袋深黑，一身酒气，完全符合他的境遇。他懒得打理自己，于是脸也不洗，直接出门去了。

　　下楼，是午餐前忙碌的大堂，络绎不绝的客人间或从大门进来，但都是向东侧西餐厅去的。余之蚨则把信交给活猴子一样的赵亮，吩咐他尽快送出去，赵亮麻利地答应了，但指一指外面的连绵的阴雨，做了一个加小费的暗示。余之蚨哈哈一笑，左边掏掏，右边掏掏，然后做一个两袖清风的鬼脸儿，说："快送出去吧，这就是去要钱的信和电报。发出去，钱就汇过来了……"赵亮并不烦恼，而是乖巧地点头，转身加快速度冲进雨里——这样潦倒的二世祖，他可是伺候得多了去了。余之蚨盯着雨发了会儿呆，觉得自己一定忘了点儿什么，心里空落落的，他看萨拉马特没在镀金人力车边，只有随着转门和自动钢琴的旋律微微晃动的野雏菊。难道自己在想念那个红裙子的茨冈女孩儿……那可……好像也没什么不行？

　　他于是真的就想着萨拉马特转身朝西边儿酒廊走。经过南区日本惠通航空株式会社筹备处的时候，看见酒店大股东唐云山先生,也就是老板金翠喜的情人,正在和一个清癯孤傲的日本老头谈事情,唐云山说得恳切,那老人却听得风轻云淡。老人身后明显还有几个日本人等着要跟他汇报什么,都用厌倦的眼神瞥着唐云山,或用谨慎的眼神乜着匆匆路过的余之蚨。谁知风轻云淡的老人看见余之蚨,却站起来,微一躬身。这让余之蚨条件反射地停下来还礼,双方都用东京腔互致问候,然后各自摆开。

被打断了遐思的余之蚨坐到吧台上,管侍应生要了两杯热可可,两份腌肉煎蛋三明治,一份给自己,一份送去206房间。然后,他和正在仔细擦拭水晶酒杯的克里斯蒂安打了一个热情的招呼。白天的酒廊客人并不多,零零散散几桌客人,而且都在吃点心、喝咖啡。因此,克里斯蒂安也在享受一天里的闲暇,并且他毫不意外余之蚨的到来。

"日安,早午饭哈?余先生。"克里斯蒂安点头回应道:"嗯,昨天的威士忌,记到房间了。"

"啊,当然。还有今天的……都记上吧,谢谢,克里斯蒂安,真的谢谢你帮我做的一切。"余之蚨嘘口气,真诚地感谢。

"伙计,你是不是忘了什么?"克里斯蒂安挤挤眼睛问余之蚨。

"呃……牛奶的钱?"余之蚨尴尬地问。

"上帝……余……外面下雨了。你还晾着书。"克里斯蒂安摇头戏谑地调侃他。

"糟糕……我就说忘了什么!"余之蚨立刻跳起来,却被哈哈笑的克里斯蒂安制止了。

那上年纪的酒吧经理像个恶作剧成功的孩子,笑着让他坐下,然后指一指身后的雪茄室说:"早上萨拉马特收床单时顺手帮你收下来了,还没干,都晾在我的暗房里面,我们晚点再去看看。"

"哦……"余之蚨为刚才提起牛奶的事情不好意思,赶忙说:"这可救了我的命了,我还得靠那些东西吃饭呢。我真得好好谢谢你们。"

"不用客气,六国饭店嘛,就是这样的。说实话我也忘了,所以你要感谢就感谢萨拉马特吧……嗯……她喜欢看电影,你可以请她看电影。我们昨天,你走后,我就像老爸爸一样带着两个女儿去看了一场电影。你们中国的电影《黎山侠女》。"

余之蚨一听名字就知道是哪类电影,不置可否地笑笑,开始专心应对面前端上来的三明治。克里斯蒂安却饶有兴致地凑过来,一边用审查官般犀利的目光对着阳光检查水晶杯的干净程度,一边用学究般吹毛求疵的口吻给电影点评——他说他完全不能理解中国的游侠电影,为什么主角总是女侠?而男主角却都一个个软弱得不像样子?这在西方,特别是美国西部电影里面完全不可想象。如果有一两个传奇人物原型也就罢了,可是似乎一个也没有,就算有原来的例子,想到底也是胡编的传奇故事。那这样的风气是哪儿来的？还有就是，为什么每次女侠解救了男主角的性命，还要帮他去解救另外一个女士，而且往往会因此献出性命，就算侥幸全都大团圆活了下来——竟然这个侠女要帮男主角和救回来的女人结婚，继而转身离去？这是什么样的东方伦理？

余之蚨听得哈哈大笑，他塞满面包的嘴差点喷出来，他忍住吸到气管儿里失礼的风险，勉强吞了下去，将热可可干了，这才笑着说："我想这很简单，我们东方读书人普遍像我一样身体孱弱，而强壮者大都不会编故事，因此那些故事全是孱弱者的意淫。"

"嗯……可是，为什么你们设计出那样一个美丽又强大的女孩子，又不去爱她呢？也是因为软弱吗？"克里斯蒂安盯着余之蚨的眼睛，似乎狡猾的警探在拷问一个头次落网的扒手。

"哦……这个问题有意思。"余之蚨想了一下，猜测说，"因为不合伦理，虽然又美又强大，但我们的传统还是想要一个纯良温顺的太太。"

"嗯？又想冒险，又想别人替你打架，最后还要得到听话的奖品？这是什么狗屁理想？用北京话说……这太怂了……"克里斯蒂安放下水晶杯，无法忍受地摇头。他往后看一眼忽然哈哈一笑，低声跟余之蚨说："就像日本人是坏人，抢了你们的女人——满洲，然后你们希望国联这个女侠帮你们抢回来，但你们又不爱国联,希望她完事儿赶紧离开……"

余之蚨憋红了脸,正想反驳,却听见身边传来一句干巴巴的蹩脚英语:"一杯薄荷酒。谢谢。"

余之蚨一转头,见正是刚才打过招呼的日本老人,他身体似乎有些难受,清癯的脸上有些潮红,腹部似乎挨了一下。他和余之蚨微微一笑,用日语解释道:"中国产的鱼生,让我无法抗拒,却也无福消受。"

他的出现让余之蚨解了围,用"中国"的说法更让余之蚨放下了戒备。而且他这个聪明的话题也很轻松。

"所以,您应该用中国烧酒反复消毒。"余之蚨也开玩笑说,他们用流利的日语交谈,克里斯蒂安觉得无趣,帮日本人倒上酒,然后开始专心工作——检查铜罐子中正在发酵的啤酒的酒精度。余之蚨看老人将小杯烈酒一饮而尽,忍不住用日语搭话道:"先生认识我?"

(川岛浪速以下改用流利的汉语,余之蚨自然也用汉语回答)

"小女在早稻田求学时,她常常读一首汉诗,次数多了,老夫便也记得几句——'劳劳尘世几时休,沟水悠悠日夜流。陇上秋风香稻熟,前人田地后人收。'作者是个叫作春江钓徒的中国留学生。诗意浅白,言语流畅,当时大受欢迎。"说罢,老人含笑盯着余之蚨看。

第一幕：仙人局

余之蚨尴尬地作揖道："不才正是鄙人所作，当时年纪小，诗词浅白，不足阁下一哂。想来您知道了，我就是余之蚨。"

川岛浪速："幸会，幸会，在下川岛浪速。阁下的诗其实也取了巧，其中——'前人田地后人收'这一句，原是宋代圣人范仲淹在《书扇示门人——一派青山景色幽》一诗中所作，可是以圣人名声也并未流传天下。后来明代才子杨慎又有一首小令——'道德三皇五帝，功名夏后商周。七雄五霸斗春秋。顷刻兴亡过手。青史几行名姓，北邙无数荒丘。前人田地后人收。说甚龙争虎斗。'这首西江月更上口、简白，就此说书先生们都如数家珍地脍炙人口了。因此，您的作品浅白，但更利于传播，这不就是你们这些年鼓励新文化的意义吗？您说我理解的对不对。"

余之蚨听到这名字心里就乱了——原来这人是大名鼎鼎的川岛浪速——从晚清就在中国活动的日本社会活动家（也可以说是大特务头子）。于是余之蚨有些惊惧，谈话内容便如风过耳，只是勉强应对说："您说得对。"

川岛浪速却起了兴致说："所以，你们的文人现在鼓励白话文，这是对的，很好的。我们东亚，只有都用白话，才能更好共融交流嘛。我倒觉得，中国，日本，高丽，满洲，蒙古，安南，泰缅……这些国家，都是有基础可以同声同气、共同合作的，这样的文化基础，比欧洲有优势，是一个屋子里面对话的基础。"

021

六国饭店 **1931**

余之蚨再愚钝，也听出这个日本老人的言下之意了，不由得恼火起来，攥紧了拳头，道："日前东北发生的事件……也是一个屋子里面对话的方式？这是一个屋子里关起门来欺负人吧？"

川岛浪速见对方愤愤然竟然毫不在意，用他的温文尔雅和垂老的岁数让余之蚨稍安勿躁。他等余之蚨脸色平静后才慢慢说："阁下是中国小说界的领袖，早年梁任公[①]有一本幻想小说叫作《新中国未来记》，阁下可曾读过？"

余之蚨点点头，脑子转动起来，倒想看看这老狐狸要作什么妖？

川岛浪速点头道："那本书还没出版在下就已经拜读了。梁公幻想的是1962年的中国，已经屹立于世界民族之林，成为东亚强国对不对？"

余之蚨黯然点头。"梁公写在1902年的小说中将中国之奋斗分成以下几个步骤，阁下可还曾记得？"

见余之蚨茫然摇头，川岛浪速接着说道："第一个步骤是清廷逊位，全国自治；第二个步骤是大统领专制——我想这两个阶段梁公预测堪称神准。"

[①] 梁启超：1873—1929年，号任公，中国最重要的启蒙思想家之一。曾在流亡日本途中写过一本政治幻想小说《新中国未来记》，其中对未来中国前途做出很多惊人预言。

见余之蚨恍然点头，川岛浪速："第三个步骤是产殖时代，讲的是列强金融的入侵与中国的产业发展——我想，眼前这十年也大抵上预测准确了。"

余之蚨回想起内容，也不禁惊讶起梁公的神预言：

"那么目前刚好过去了30年，基本预测准确，后面三十年则不简单。乃是艰苦卓绝的外竞时代和突飞猛进的雄飞时代。可惜，梁公小说只写了前面五回，只是开了头，但后面的大纲是发表了的——余先生，梁公对中国之前途判断是：联合日本，抗击俄国，继而联盟日本和东亚各国，一起打败欧美列强——这才取得了国家的复兴。而对这份蓝图，我们很多日本的有志之士，为了争取东亚共同的大繁荣，也是非常之支持的。"

余之蚨摇头道："梁公说的是我华夏民族自觉的奋斗，与日本平等之联盟，并不是被你们压迫，如果是被压迫而为你们所殖民，那又与被列强殖民有何不同？我们一定会选择抗战而不是妥协。"

川岛浪速笑道："还是梁公在这本小说中讨论的，要想完成奋斗，则必须团结，内部团结民心，外部结成同盟。这都需要一个强力的政治领袖不可。"

见余之蚨默不作声，川岛浪速接着说："我国上下一致的共识是，整个东亚都必将进入梁公所说的'外竞时代'，这将是不同文明之间的大对战，会比欧战还要激烈，战后或者崛起为新的

六国饭店 **1931**

秩序领袖，或者堕落为附庸。我们日本之所以能在之前战胜清国、战胜俄国、战胜德国，是因为我们由万世一系的天皇作为领袖，因此全国上下能够团结一心。我的朋友——胡子龙王大将[1]曾自信地说过，日本人是——千万竹枪，天下无敌。更何况我们已经有了钢铁的拳头。如果不是这样……我们一万关东军，怎能几天时间，就打败了你们东北几十万军队？如果你们不团结，为什么不接受日本的领导，一起赶走西方列强？就像美国人说的——亚洲也应该是亚洲人的亚洲。"

余之蚨不服气地反驳说："且不论亚洲问题，我觉得如果贵国想把你们的天皇强加给中国是完全不能的，我们中国一定会战斗到最后一个人。"

川岛浪速第一次严肃地摇摇头，刚要开口，就听一声日语的"父亲"，话音未落，一个身穿黄呢军装，脚蹬马靴，腰上挂着指挥刀的年轻将军出现在门口，而稍微仔细看一眼就能发现，这是一个女人——一个英姿飒爽的年轻女将军。川岛浪速立刻回头向余之蚨抱歉地微笑一下，然后招手让女儿过来，然后介绍道："芳子，这是余之蚨先生，这是我女儿芳子。"

金碧辉僵硬地点点头，摘下白手套高居临下地和余之蚨握了手，不失礼貌地问候："余先生您好，《沉沦》的作

---

[1] 荒木贞夫：日本陆军大将，狂热的军国主义分子，甲级战犯，战后仅被判处无期徒刑。

者,久仰。"

余之蚨头一次看见这样的女人,就像李靖遇见红拂女、许仙惊艳白素贞……他赶忙收敛自己的仪态,可不能在这样的女人面前出丑。可他还没组织好身形和语言。金碧辉已经转过头去,对克里斯蒂安笑着说:"克里斯蒂安,三杯金色初恋,你没看见他们要是再干聊下去,就要打起来了吗?"

克里斯蒂安立刻放下啤酒桶,微笑着比画一个 OK,然后问:"哪一种?"

金碧辉指着川岛浪速"00"指着余之蚨"10"指着自己"20"。

克里斯蒂安又比了一个 OK,就忙着开酒调配了。

金碧辉俯身在父亲耳边用日语小声说:"唐云山和您谈过了?金翠喜说有事找我。"

川岛浪速点点头,却也无所谓地只交代一句:"我什么也没答应他。"

金碧辉立刻点头,表示明白了。正欲转身离去,却又转身对余之蚨说:"文学家,余先生,在下确实有一件事情请您协助。今晚有个文学上的会议,我哥哥还有罗雪堂、周药堂[①]

---

① 周药堂:原型是周作人,号药堂。卓越的文学家、翻译家。遗憾的是抗战时期因为性格和家庭关系投敌,留有人生污点。

025

六国饭店 **1931**

两位您是认识的,木镜先生①想来您还不认识,他们今晚都会参加。"

余之蚨心中一凛,罗雪堂是前辈,周药堂却是留日同学会中的领袖,并且余之蚨和他哥哥是同志关系。而木镜先生是前清摄政王载沣的世子,却一向深居简出。虽然大家都是留日同学,但似乎这个局大有背景。但他看金碧辉的恳切眼神似乎也并无阴谋,心中虽还有些忐忑动摇,嘴上已经不由得顺承地问道:"几点?在哪儿?"

"三楼我的会客厅,今晚九点,我们等您光临。"说完,双脚跟一个立正,踩着马靴,咯噔咯噔地离开了。

克里斯蒂安连忙问:"格格……酒这就好了。"

金碧辉站住回头笑道:"我倒忘了,克里斯蒂安,可你也忘了,我不喝酒的。他们两位谁吵架赢了,就赢我这杯酒好了。"

女将军抽身而去,留下三个男人相视一笑。

川岛浪速接过酒杯,举杯感叹道:"还是中午,却喝了很多酒。余先生,不如我们也不要争论了,我们不如就用梁公的小说打一个赌——梁公小说中说,中国会暂时分离成东南、北方、东北三个国家,然后又统一在一起。我们就赌一赌这三个国家中,东北会不会先强大起来。"

---

① 木镜先生:即醇亲王载沣的小儿子溥任。虽然是溥仪的弟弟,却继承了家族低调谦和的基因。他致力于儿童教育工作,一生平安度过。

余之蚨满腹狐疑地端起酒杯道:"我赌就不会分离。"

"余先生,如果,十年后,东北人民的生活很好,完全超过中国,甚至可以和日本相比。那么从东北人民的福祉看,是不是很值得期待呢?而东亚也会因为东北的强大而团结在一起的。您愿意看到这样的未来吗?"川岛浪速抿了一口酒,眼中露出一闪惊心动魄的光芒。

余之蚨不知道如何回答,兜圈子说:"总之,中国人不会接受你们的天皇,我们现在虽然不团结,但梁公小说中也说了,外辱会让我们完成团结。"

川岛浪速眼神一转,狡黠地眨了眨:"这个自然,中国人需要自己的领袖,亚洲需要一个领袖,目前是有些障碍,但或者未来,可以是统一血脉的领袖。好了,我们就赌十年后,东北会不会比日本更加富强。"

余之蚨勉强同意了,和他碰杯,也抿了一口醇香的甜酒。

川岛浪速高兴地站起身,把金碧辉的酒推给余之蚨,遗憾地笑道:"十年,也不知道我这把老骨头能不能活得到那天。我还是要借您的诗告辞——'我生虽晚犹今日,此后沧桑变正多。千载盖棺良史笔,老夫功罪果如何?'余桑……借余先生的诗歌,克里斯桑的酒,浇我之块垒……不亦快哉!谢谢你们,余先生,梁公说:'欲新一国之民,不可不先新一国之小说。'我们共勉,来日方长,再见。"

六国饭店 **1931**

  余之蚨目送老人孑然而去,心里像是堵了块石头,不知是什么滋味。他有些后悔答应了金碧辉的邀请,这事情传出去,自己岂不又多一个罪名——成了汉奸?但转念一想周药堂的哥哥既然不怕,自己又怕什么?虽这样想,究竟还是惶恐起来。

  这时,赵亮屁颠颠地快步回来了,先是高声报告说:"金鹿号还是没有消息……余先生,今天也没有您的信。不过……"他神神秘秘地凑近吧台,掏出一张报纸,报纸里夹着一张通缉令,他低声说:"这是张学铭①司令亲笔签发的通缉令,还热乎呢。这是我回来路上在街口,保安队的马队长特意叫住我给我的,你们看——悬赏通缉赤党程识,赏格500块……"

  余之蚨心里一沉,程识果然还是被通缉了。虽然意料之中,但事到临头又岂能不惊心动魄。如果……如果……如果……一时间无数后果从脑袋里滚落,砸在胃里。他抓起金碧辉的酒,一饮而尽,却又有了一些模糊的主意——这女人,一定有办法帮他。

  心里打定主意,一抬头却看见克里斯蒂安无所谓的表情——哦,这里是六国饭店嘛,被通缉不是家常便饭的事情吗?于是,余之蚨也放宽了心。

---

① 张学铭:1908—1983年,张作霖次子,就读于日本步兵学校,1929年担任天津警察总长、天津市市长,天津事变后下野。新中国成立后担任全国政协委员,是著名的美食家。

这时，赵亮炫耀地拿出一块钱笑道："余先生，您朋友曹少爷来了，我刚才不知道您在这里，就直接把他带去您房间了，您看看曹少爷多大方。"

余之蚨听说曹添甲来了，心更是又放下一半儿，高兴地站起身，和二人打个招呼，就离开吧台快步回房间去了。

六国饭店 **1931**

第三场：CP

1931年，10月8日，水曜日，雨疏风骤，凉冷。
十二点整，饭店206房间。

  六国饭店中庭，美丽的茨冈女孩儿正在把新到的鲜花放进马口铁桶里，逆光中的水珠儿飞溅而出，在余之蚨的幻境里映出一片彩虹来。亚仙姑姑对他投来一个温和又满怀深意的微笑，而她手里却拿着一把和她身份完全不相称的铁扳手，在她长裙边儿上，老明巴依刚刚修完了自动钢琴，跪着伸出手，请亚仙姑姑拉他这把老骨头站起来，却好像是那个唐璜的情敌，在向女贵族求婚。余之蚨莞尔着走上楼梯的时候，明巴依把钢琴一掀，流畅的《土耳其进行曲》就像魔法一样跳动在六国饭店里面了——正是中午十二点了。仿佛受了莫扎特的魔法激活，从楼上面对着余之蚨小步走下两拨儿军人来，先是满面堆着塑料樱花般笑容的日本参谋石原和文官吉田茂等人①；后面是大马金刀、横披呢子大氅、满脸晦气的东北国民军的几名校官。他们身上都还弥漫着会议上带下来的烟气，让余之蚨的烟瘾也被勾了起来。

与这些煞神错肩而过，余之蚨忍不住回头目送他们一程，却看见门厅里面多了一个人——身材魁梧、光头油亮、面色铁青的保安队马队长鬼魅一样在门厅萨拉马特面前站着，像是在跟茨冈女人调情。他的三角眼像是无意地和余之蚨眼光对了一下，就立即闪开，快步跟在东北军军官的身后，一起走进了西餐厅里面。

通过阴沉天气下，被明器陈设装饰得神秘而不真实的长长走廊，余之蚨见自己的206房门虚掩着，从门缝里溢出的烟雾被背光一打，散逸开了。他轻声咳嗽一声，屋内本就小声的嘈杂一下停止了，他说了一声："我回来了"，这才推开门。却惊讶地发现屋内满满的人，除了在床上读文件的程识，还有倚盥洗室门而立的曹添甲，床上还别扭地围坐着两个青年学生，而他唯一的座椅上，挤坐着的除了一个俊俏的圆脸儿女青年之外，竟然还有身穿

---

① 石原莞尔：1889—1949年，军国主义分子，九一八事变的罪魁祸首之一。在其亲手发动的罪恶战争中稳步晋升到陆军中将。他在战犯审判前竟然写信给美国人说自己爱好和平。他最终死在自己钟爱的军刀下——不是切腹，而是由于不慎被自己军刀捅伤了下体，导致前列腺发炎溃烂而死。
吉田茂：1878—1967年，日本外交家，长期在中国活动，战后曾担任多届日本首相。天津事变时，吉田茂是日本驻天津总领事。

六国饭店 **1931**

一袭藏蓝旗袍的金小玉——她两个拗出的造型，倒像是上海滩时髦的香烟广告。而他立刻看出屋里神仙洞一样的烟雾来自随意撕扯开分享的几罐子南洋兄弟烟草公司的红双喜香烟。这大约是金小玉从她妈妈沙龙的牌桌上随手带下来的。

程识和学生们热烈地欢迎了余之蚨，这让他颇为意外。由于房间过于狭窄，学生们颇费了一番周折才重新排定了座次，程识先生自然不动，女孩子们也不改变，最后两个男学生为余之蚨让出床脚请他坐下，两个学生一个干脆一屁股坐到了写字台上，另一个学曹添甲的做派，倚在房间门口。

"之蚨，我给你介绍——这是我的学生，这是吾飞（坐在写字台上英武帅气的青年），这是从仁（倚在门口的儒雅男生）。这位女同学是莎莎，嗯，也不必瞒你，两个小同志，莎莎，我想很快就成为我们的同志了。"他说罢愉快地朝莎莎点点头，弄得莎莎小姐很不好意思。

这时守在门口的从仁向余之蚨鞠了一个躬说："余先生，我要先向您道歉，上个月，我在创联北方第六刊发过一篇不恭敬的文章。昨天知道您冒险救了程老师，我这才认识到自己的错误，其实程老师早就教育过我们，'不要光看他说什么，还要看他怎么做'。我原来也只是单线条理解这句话，没想到……"

"不不不……"余之蚨一下子不好意思起来，最近创联刊物上的文字确实令他很困扰，但他早已记不清哪篇是哪篇，而且这样道歉,岂不让人肉麻。他赶忙打断了那青年的自我批评,反而也自我批评道:"最近一些文章确实犀利,我也在反思,我是不是也成了第三种人[①]了。"正说着,他目光却正撞上金小玉的大眼睛,他心里一荡——这眼神竟然也和昨天顶楼的揶揄完全不同了。

这时程识以领导的气派挥手让大家的客套话暂停,他瞟了一眼年龄最小,一脸机灵的曹添甲,总结性发言道:"今天我很高兴,收到了三封信,当然——这封是大先生给金小姐的。而第二封是大先生和胡先生给我的这封信[②],是结合今天的局势,要我们在团结的主题下,开展新时代的斗争。不要光看到黑暗,也要看到熊熊的怒火正在点燃。之蚨,小曹,我想我们创联内部和与外部什么'揪出第三种人'的龃龉,确实应该放下了。"

余之蚨脑子麻木地点点头,曹添甲却热情洋溢地笑着说:"我们玄背社愿意接受创联的领导……那个,我知道你们还有顶要紧的话,我就是等余老师带句话——余老师,张校长[③]让我跟您

[①] 第三种人:就在三十年代初,一批知识分子厌倦了左派和右派无休止的论战,提出"文艺自由"理论,提出自己是第三种人。于是,第三种人立刻成为左联旗下文人批判的对象,但批判很有一些扩大化的倾向。但很快,由于日本帝国主义加快了侵华进程,民族危亡的紧迫性结束了论战。

[②] 大先生:即鲁迅先生。
胡先生:即胡风先生。

[③] 张伯苓:1876—1951年,南开大学创办者。杰出的爱国教育家。先后创办南开中学、南开大学、南开女中、南开小学和重庆南开中学,建立了影响深远的南开教育体系。

六国饭店 **1931**

道歉,前面这些天他事情太多了——这可是真的,您也知道现在救亡学运的情况——不过,张校长说,反正您在六国饭店,而六国饭店明天白天的'北京猿人化石发布会'是他和北大袁教授[①]一起张罗的,因此,明天如果会议间隙,当可面谈。"说罢,曹添甲起身拉一下余之蚨衣角,两人走到门口停下,曹添甲大声说:"余老师,我这就去接袁教授,因此今天下午还来。我和亚仙姑姑打了招呼,中午已经全安排好了,一会儿您带大家下去就行。"说罢,小曹像大孩子似的咧嘴一笑,转身走掉了。

余之蚨回到房间,还依床脚坐下,刚想说程识已经被通缉的情况,却仍是被程识开口拦住了:"之蚨,这次真是感谢你们,也幸亏小曹,我们才知道金小姐原来也逃回天津了。这巧了,我想一定是烈士们英灵的庇佑。"他用眼神询问一下门口的从仁,从仁默默点点头,表示太平无事。这时,余之蚨才发现吾飞的眼睛余光一直瞟着窗外。

程识郑重地举起一封信:"这封信虽然是给我的,但却更适合给金小玉小姐,这是大先生亲笔写的,他告诉我……我们。关于今年2月上海龙华牺牲的22位同志——这其中有我们创联的5位青年作家,中央已经下了结论,是革命烈士。而且他们的牺牲是特别有意义的,一方面,让我们记住敌人和叛徒的丑

---

① 原型本来是北大考古学教授等人,却因为曹禺《北京人》中人物称为袁教授,故而袭用。

恶凶残……"说罢，他举起香烟罐，指了指南洋兄弟烟草公司[①]的牌子，然后接着说："而他们鲜血正是为了组建苏维埃共和国而流。"

程识默默打开一封大先生的亲笔信，给大家扫了一眼，然后说："金小玉小姐，崇轩他们的牺牲组织上已经定性，组织正在寻找你们，希望你们能尽快回到组织的怀抱。大先生正在撰写对五位烈士的纪念文章，题目准备叫作《为了忘却的记念》，同志们，让我们为了忘却而纪念……我提议，我们为烈士默哀一分钟，而请金小玉小姐为我们朗诵大先生为烈士们写下的悼亡诗……"

余之蚨尴尬地坐立不安，但看见别人都低下头默哀，他却不知为啥想笑，这自然是无论如何要压制下去的，只好也死死垂下头听金小玉逐渐强止住抽泣——这女孩儿哭了——余之蚨立刻沉静下来，也被拽进无边的沉痛之中去了。

> 惯于长夜过春时，挈妇将雏鬓有丝。
> 梦里依稀慈母泪，城头变幻大王旗。
> 忍看朋辈成新鬼，怒向刀丛觅小诗。
> 吟罢低眉无写处，月光如水照缁衣。[②]

---

① 南洋兄弟烟草公司创立于 1905 年，著名品牌就是红双喜香烟。中共历史上最大的叛徒顾顺章就是这个厂的工人出身。
② 鲁迅《无题》诗，创作于 1931 年。

六国饭店 1931

诗词像一道闪电，劈得余之蚨登时心火灭却、焦尾陡燃，他立刻想和歌一首，却又责备自己，就算写一万首悼亡诗又有什么意义？前一排的战士倒下了，他不是应该接过他们的宝剑，后继冲锋的吗？他猛然抬头，正对着金小玉的泪水，他羞愧中想要自爆了，他逃到天津当然和金小玉不同，他既没有遭受她遭遇的风险，也没有承受她的心灵遭受的重击，他只是跑了，望风而逃地跑了……如今，他自己都想写一万字的文章痛骂自己，不……要写十几万字，几十万字。

在与金小玉目光的交接中，他脑海里电光一线，在青年们的饮泣中脱口而出说："要为死者而纪念，更要为生者争得胜利！"

"之蚨，说得太好了！你这话说到我们心坎里了。"程识用紧紧握住的拳头，不轻不重地捶打一下余之蚨的肩膀。青年们也都拭去泪痕，投射来信任和敬佩的目光。程识郑重其事地让金小玉保留大先生的第一封信，然后拿出第二封信说："刚刚也大约说过这封信胡先生的意思了，中央确实检讨了'左'倾的一些问题，并结合今日国难当头的形式，在我们文坛斗争中，对第三种人的批评，对人道主义的批评虽然还要继续，但要在团结的大前提下批评。不是批评人道主义，我自己就是人道社[①]的创始人之一嘛……是要他们警醒起来，不要做大时代洪流的局外人，风花

[①] 天津启蒙时期的早期进步社团，周恩来是创立者之一。

雪月，卿卿我我，醉生梦死……这些颓废对青年的欺骗性和迫害性，有时候还坏过敌人的刺刀。看……对不起，我又一不小心开始批评了……我也要改正。创联当年可以向大先生认错，也是为了团结大局，现在看，是多么英明正确的决定。所以之蚨你看，咱们当年向大先生认错，今天从仁向你认错，这就咱们创联人才有胸襟和风骨嘛！"

在得到余之蚨谦和点头的笑容后，程识严肃起来，瞄一眼信的内容后说："胡先生要我们警惕所谓黄种人的文学对抗西方人的文学的危险说法，民族主义是帝国主义的温床……嗯……而我们新民主主义革命，是要用阶级的文学，去对抗帝国主义的文学。"

程识看一眼满头雾水的余之蚨和频频点头的青年们，跳过几行，开始转达下面的意见："救亡应当成为时下最重要的主题，文学内容只要是表现民族的抗争和生命力的，也都是有益的，也都是要团结的，当然，不是我们进步青年要放下阶级矛盾的武器，而是团结一切不甘于当亡国奴的同胞，暂时停止内部的龃龉和斗争，枪口和笔锋都要一致对外。"

这话大家终于明白了，余之蚨也松了一口气，但心里想着国民党反动派和北方军阀可没想着跟你团结、一致对外什么的，人家想的是"攘外必先安内"。

程识却忍着头疼凑过来拉住余之蚨的手，用五四时代的口吻

六国饭店 1931

对他说："如大浪淘沙,大时代正在把我们这一代的记忆洗荡掉了,余先生您知道吗?我们的过去正在成为沙滩上的足迹而湮灭不见……不要总盯着城市腐坏和租界地里的花天酒地,今日之中国,正从腐败的根基处绽放出最耀眼的红色火花!"

程识郑重地欠身起来,亢奋地展开第三封信说:"我报告给你们一个天大的好消息,中华苏维埃共和国临时中央政府已经在瑞金成立,亲爱的同志们,金小玉同志——我想可以这样称呼你了……还有莎莎小姐,余之蚨先生,我亲爱的战友。共和国成立了。金小玉同志,您的爱人没有白白牺牲,崇轩他们就是为了参加第一届苏维埃大会被叛徒出卖而牺牲的,但是烈士的鲜血没有白流,我们自己的苏维埃共和国,已经成立了。我提议,让我们为我们新生的共和国欢呼吧!"

在程识一个手势下,三个共产党人拉着手围聚起来,莎莎和金小玉也紧紧凑了过去,余之蚨的手刚好被金小玉紧紧握住了,他就像被洗礼的信徒一样被神父一下按进革命的洪流之中,淹没了头顶,淹没了,淹没了……耳边响起这几个共产党人压低声音但整齐而富有力量的口号:"红军万岁!共产党万岁!苏维埃万岁!共和国万岁!"

口号声结束,余之蚨有些低血糖,他自知自己一定像个肺结核患者一样脸庞苍白、双颊潮红。而他身边的金小玉和莎莎则像分到糖果的小朋友一样激动不已;吾飞、从仁则握紧了拳头,风萧萧易水寒般的壮怀激烈；程识老成地让大家迅速恢复原位，检查环境，然后说出最后的重点："因此，我们要从大革命失败的颓唐中彻底清醒过来，要把目光放到未来，放到乡村，放到正在发生生死的战场上。到土地革命中去，到苏区去，到前线去，到斗争的第一线去！"

余之蚨忽然想到什么，他从怀里掏出程识的通缉令，略显扫兴地对大家说："程先生，抱歉有点儿唐突，但我还是不得不说……现在你处境很危险，你看，张学良亲自签发的通缉令……通缉五百大洋抓你，我们要不要先议一议您怎么逃出去……这六国饭店也未必安全，他们张家一贯行事心狠手辣毫无底线，千万不要再蹈守常先生①的覆辙。"余之蚨指一指楼上，小心地说："这上面，就是张学良的临时司令部。"

"哼……什么司令部，不就是输赢江山的麻将桌嘛……"程识坦然地研究着自己的通缉令，不屑地扔在床上，被莎莎小姐好奇地捡起来，崇拜地看着程识先生。程识哂笑道："没想到我程识的脑袋才值区区500块，也就……对了，余先生你这个房间一天是25块吧？啧啧啧……不吃饭也只够住20天的……金小姐，你不会把我拿了去抵余先生赊欠的房租吧？"

这话把大家逗得哄堂大笑起来，程识索性继续调侃："拿我

---

① 守常先生：即李大钊（1889—1927），中国共产党创始人，1927年被张作霖强行闯入苏联大使馆逮捕，并杀害。

六国饭店 1931

也太方便，直接请到三楼就可以收钱销账了嘛……"大家又是哄笑，程识摇头道："不行，邓发悬赏 5 万块，邓演达 20 万……我还真是一个贱货嘞①……"大家更是笑得东倒西歪了。

程识便叫吾飞和从仁、莎莎过来，抱歉地对余之蚨和金小玉说："二位抱歉，我们三个有件机密的事情要商议一下，还请你们先回避一下……"

余之蚨赶忙起身，点头看手表说："嗯……半个小时够不够？我们到一楼西餐厅会合？程先生还是不要露面为好，我会叫人把午餐送来房间的。"

"嗯……他们两点整下去吧……谢谢，多谢款待。谢谢之蚨，也让这两个小子开开洋荤。"

余之蚨微笑告辞，和金小玉出门，却被金小玉扯了一下袖口，示意余之蚨跟着她走，两人一前一后，金小玉四下不住留意有没有人看到，确认没人注意，两人再次来到屋顶天台。雨刚停，不知什么时候会再下起来……积水的倒影里，映出一黑一白两个人影，秋风一过，两个人影纠结在一起，风过了，却又互相散开，毫无痕迹。

金小玉盯着余之蚨再次道歉说："昨天……对不起，我看低

---

① 邓发：1906—1946 年，中共早期重要的领导人，不幸死于飞机失事。
邓演达：1895—1931 年，中国农工党创始人，著名爱国人士，1931 年 11 月被国民党秘密逮捕杀害。

了你,没想到你能在便衣队手里挺身而出,救了程先生,还敢冒险庇护他。这说明,大家原来都看错了你……"说着,脸竟然潮红起来。

余之蚨想必她是冷了,赶忙脱下西装给她披上,自己却打了一个寒战——这天儿,果然是凉了,北方一场秋雨一场寒,果然不是假的。金小玉用纤美的小指头捏着满是烟味的西装外套裹紧,咬咬牙,直接说:"余先生,我们要想办法把程先生救出去。"

"那是自然,我也正在谋划,我想……"余之蚨想起只有求助金碧辉的办法,却一时说不出口,又咽了回去。改口说:"我想这里鱼龙混杂,一定能有办法的。"

"鱼龙混杂?不……是沆瀣一气。我出身在这里,我太清楚这里的龌龊了……余先生,克里斯蒂安和萨拉马特他们一定会帮我们的。"金小玉提议道。

余之蚨点头认可:"克里斯蒂安倒是……或许……能帮上忙……可是他会不会听命你妈妈?"

"是的,因此,我也必须逃走。就这两天,否则我就要死在这里了。"金小玉脸色忽然变得果决和狰狞,她上前一步抓紧了余之蚨的手:"我必须逃走,余先生,我们一起逃走吧,不光程先生,我也快要死了……我不想死,我想去苏区,想去前线,想为崇轩报仇!我们一起走吧……"

说着她从怀里抽出大先生给程识或是给她的信,朗诵起来：“生命诚宝贵，爱情价更高；若为自由故，二者皆可抛！”

余之蚨冰冷的手和金小玉冰冷的手一起暖和起来，余之蚨仰头看天，想从低矮阴霾的阴天中寻找勇气，哪怕一只海燕飞过，哪怕一道闪电划过，他都会接受暗示并立刻答应下来，然后和金小玉一起逃亡，一起面对迎面而来的烈火和枪弹。但，天色就这么黯淡着，他们身后却传来一阵恍如隔世的音乐声……

"打倒列强，打倒列强，除军阀，除军阀，国民革命成功，国民革命成功，齐欢唱，齐欢唱……"

两人赶紧丢开手，目瞪口呆地看见一个缁衣长袍的僧人，费劲地抱着一个箱式留声机，狼狈不堪地走上天台。这个僧人看都不看两人，只是自顾自地将留声机放好，然后立正，开始围着留声机走起军人的队列，他自己喊着号子做了几个军姿动作后，开始做军人体操。这老和尚虽然年龄不小了，但身板笔直，口号嘹亮，中气十足。

这可把余之蚨看傻眼了，他好奇地看向金小玉，金小玉见他愕然，摇头鄙视地指一指那个老和尚说："你不认得他？这就是我们当年奋力要打倒的大军阀孙传芳。现在是天津佛教居士林的会长，法号智园和尚。你别以为他是来修身养性的……他是怕死，有仇人要杀他，他害怕才躲进六国饭店的。"

余之蚨正在惊讶，却听见楼梯口里一个中年女人轻轻咳嗽一声，说："小玉，下楼，吃饭了。"

金小玉登时脸色大变，求救似的看了一眼余之蚨，却立刻觉得这时候余之蚨毫无用处，于是一跺脚，冲余之蚨做一个保密的手势，答应一声，就披着余之蚨的西装跑下楼去了。

余之蚨这也感觉寒冷起来，他抱着肩，故意放慢了脚步往楼下走。却和老和尚四目相对，老和尚运动后印堂红亮，僧袍挥舞如飞，像是蔑视地对余之蚨一笑，自有一份军人的豪气。余之蚨像是见了兵的秀才，自己就短了三分锐气，回报以自嘲的微笑。不服气地假装不冷，伸展手臂做了几个深呼吸。老和尚似乎赞许地又笑了，更不理睬他，嘴里喊着号子，在打倒自己的军歌声中，独自锻炼起来。

余之蚨无聊地看一眼惆怅的天气，让酸风和湿气钻进身体，他脑筋又飞快地转动起来。他忽然意识到，自己只要和程识他们在一起，人越多，他就会觉得自己脑子越慢，越没有日常的聪颖和机智，更别提作诗和小说创意了，这可真是怪事。

六国饭店 **1931**

第四场：午餐

1931年，10月8日，水曜日，秋风吹，冷意飕飕。下午一点还不到，西餐厅。

余之蚨下到西餐厅的时候，大部分客人已经酒足饭饱后离开了，扔下满桌的杯盘狼藉等待服务生收拾。他一眼看见小曹正陪着两个学者吃饭后甜品，一个是个头高大的红头发白人，他的遮阳帽和登山杖粗放地搁在边儿上，猎装西装便服却仔细地搭在手杖上。他正在自顾自地往海泡石烟斗里塞烟丝；另一个中国人则更为年轻、健硕，脑门儿上高高的发际线和雄壮的两道蚕眉更显得精力旺盛，他畅快地直接用手抓着明巴依烘烤的千层干果酥饼大口嚼着，一边儿滔滔不绝地说着什么。小曹早就用余光照顾着门口，瞄见余之蚨，立刻热情地站起来，并给大家介绍："这是中国知名的小说家余之蚨先生，这两位则正是震惊世界的'北京猿人'的发现者，北京大学的袁博士和瑞典学者安特生博士。"双方自然是寒暄一番，互道久仰，但余之蚨对古人类并无研究，袁博士则热情地说听说过余先生，也坦承自己从不看小说……因此，小曹立刻打圆场说："余老师还没用餐吧，来，咱们这边坐。（用英文）安特生博士，袁博士，我不打扰二位休息了，预祝下午的发布会成功。"

说完，小曹转身和余之蚨再找一张大桌坐下，等楼上几个人下楼。小曹掏出哈德门香烟让给余之蚨，伙计立刻乖巧地帮忙点火，送上铜制烟灰缸。余之蚨打趣小曹说："你不是去接袁教授的？"

"这不是接到了，您这不也先下来了吗？"小曹吹出一口烟气，向上翻一下眼睛笑着说："他们总是神神秘秘，我也自然不要讨人家嫌弃。说来也难怪，天津近来封掉了十几家报馆，人都不知道抓了多少……北京那边也差不多的样子。"

"嗯，就像那一年[①]的上海……不过还没到那个程度。那年真是吓死人，满街都是死人，有好心人给搞个被单一盖，放眼望去，就像街上一排蚕茧，弄堂里淌出的水都是红色的……上海人也真是的，这边杀人，那边买菜杀价，三天就一切照旧了。因此，我一下跑到广州，广州又暴动……现在北方又是这个样子，偌大个中国，却放不下一张书桌。"余之蚨感慨着。

"余老师……"小曹谨慎地扫了一眼门口，确认无人后才说："您不要和他们走得太近了，还是很危险的，我不是说程老师，

---

① 指1927年的四一二反革命政变。

他是有分寸的,被通缉的很多,但不一定危险,有时进去换身衣服,就又是座上宾了。小心那几个小的,我北京的同学里面也有他们的人……有风声说他们在准备做件大事,您千万不要卷进去。"

余之蚨不在乎地笑笑说:"我是他们批判的,且做不成事的,何况大事。我现在就想老老实实找个职位教教书,本来是去北京的,又被这边说拿了卢布。这边批判,那边开除,真是'无立足境,方是干净'了。呵呵……我真羡慕你,你是两头做人,我是两头不是人。"

小曹摇头笑道:"才没有,我有自知之明的——我算个什么,不过是仗着家里的根基,自己又没有名气。因此借着爷爷、爸爸、哥哥们的大树遮遮阴凉罢了。其实,我家如今也是一代不如一代了。君子之泽不过三代……何况我家哪里算得上君子。"

"说起你家里人来我就生气。"余之蚨佯作怒气,捻了烟头说:"你哥哥和你嫂子在楼上和金少爷搓麻将,你哥哥输了钱,你嫂子却死命抓着我回房间拿了两百块给你哥哥,结果又输光了……我原想也平常,可第二天北京又来电报说我不要去了……哼……你嫂子还一个劲儿说我是什么大作家吧……小意思吧……她哪里知道我现在用钱的地方太多了。"

小曹听得哈哈大笑,假装向后躲闪说:"余老师您可别赖到我的头上,我还没有毕业。我哥哥嫂子欠债,你找他们要。有道理说赌债赌偿,又说父债子偿,没有说哥债弟偿,嫂子债小叔子偿的……不过这六国饭店确实太铺张,而且太吵闹,其实马场后面福庆栈那几家也都不错,闹中取静,倒不为别的,您要是静下心来,写几篇稿子什么都有了。北京《世界日报》的李编辑托我跟您说过几次了,很想您给写一篇专稿撑撑场子。"

余之蚨见他说得认真起来,便也认真回答说:"《世界日报》的稿子不能写,他哪里是要文章?明明是要子弹,要刺刀的。我很看不惯他拿了政府的钱就找党鞭骂'左'派,拿不到就找'左'派骂政府的行径。我给他写过信了,劝他们办报要真诚,要有自己的观点,要真心扶植和爱护新进的青年作家……不过我猜他们也听不进去。"

小曹默默点头,收起了顽皮,叹口气,反而劝余之蚨说:"您既然知道他们做派,何苦又写信批评他们?无来由的得罪人做什么?"

余之蚨点头说:"哎……那晚喝了酒,就忍不住一挥而就,酒醒后,信都发走了……啊哈哈……真是生前不修死后拔舌……"

小曹笑着点头说:"现在'左'派的报刊大都封禁了,确实还是找个学校教书为好。其实学校也不安宁,天天运动。现在东北局势弄成这个田地,真是我都想上街游行了。我爸爸电报叫我回家,其实就是怕我跟同学去'胡闹',可再不闹,中国还有救吗?可是余先生,这次似乎是真的是要出大事了……您没觉察到吗?

六国饭店 **1931**

这些日子,连海河底下的淤泥都掀起来了……少帅这边儿自不用说,我听说原本深居简出的小德张①现在都门庭若市了。金少爷那边儿……不也是天天应酬?天津的各大馆子、茶楼、戏园子、私寓……全都彻夜不歇……三不管的混星子都发了制服了……我觉得静园那位——要出事儿。"

余之蚨笑道:"他不是打离婚呢吗?来接刀妃②回家的她妹妹文珊,也住在六国饭店,说是住在三楼。"

"那不是什么大事儿,您还是抓紧处理一下你屋里的事情吧,咱们这类人,最大事也就是打个离婚……你屋里那几位,可是来拆房子的。"曹添甲认真地劝说比他大十几岁的余之蚨,冷眼却看见莎莎、从仁和吾飞下楼来了,连忙收声、起身迎接,笑着说:"叮咚一响,肚皮一痒。都下午了,几位同学都饿坏了吧?天津有句话说——南有大千世界,北有六国饭店,今天咱们几个好好当一回老饕,贴一贴秋膘儿。"说罢,他拉莎莎在身边坐了,殷勤地递给那两位菜单。莎莎似乎很熟悉这里,一边问了他小玉姐去哪了,一边随口就叫了蘑菇汤和香煎鳕鱼;余之蚨跟着叫了万年不变的炸猪排;小曹自己叫了红烩牛尾,看那两位有些犹豫,干脆

---

① 小德张:隆裕皇后身边的大太监小德张,出宫后在天津当寓公,生活优渥,还娶了一堆姨太太撑门面。
② 刀妃:北京事变时,溥仪的妃子文绣出宫时贴身带了一把剪刀,说是如果有人非礼,立刻刺喉自尽。溥仪很是感慨其刚烈,便称其为刀妃。

帮他们叫了茄汁洋葱烩猪扒和烙葡汁牛肉，结果吾飞不乐意，自己改了叉烧火鸡脯。余之蚨赶忙吩咐不用改——茄汁洋葱烩猪扒送去206房间。小曹又加了几份红菜汤，男人叫了啤酒，莎莎叫了橘子汽水。

小曹闲扯说："原本这一带吃西餐必须去起士林，她家一直压得六国饭店抬不起头，结果欧战的时候，这个起士林的德国厨子非得和法国兵争论谁的国家打得好，结果自己挨了一顿臭揍不说，饭馆子也被砸了……他也不想想，这是谁的地界儿……法国租界嘛。更好笑的是，'一战'后，六国饭店可算没有了对头，想出风头，弄个天津顶棒的法国菜，结果一不留神却找了个白俄厨子，厨子没干几天被金翠喜赶跑了，不过这道红菜汤却留下了。"他觉得自己在说笑话，谁知桌上人也不知道是没听明白笑话还是都心事重重的，除了余之蚨微笑倾听，别人面无表情。

好在餐包、黄油、明巴依自己熬制的果酱都上来了，余之蚨带头招呼大家动手，大家也跟着吃了起来。

小曹殷勤地帮莎莎斟上汽水，看这气氛实在不能忍，只得转头和余之蚨说："余老师，刘喜奎提议让我们一起把《茶花女》改成国剧，再把《鸿鸾禧》改成电影，我倒觉得很有兴趣，至少《茶花女》改成国剧，如何设计一个恰如其分的出将入相的语言环境，想想很难，也就很有意思。"

余之蚨一边儿把黄牌辣酱油倒在碟子里，一边点头沉吟说：

049

六国饭店 **1931**

"我是真的觉得《茶花女》完全有骈文辞藻的审美可以抽离出来的改造基础,这是有共性的,但是,恕我直言——西皮流水填词进去不难,可总像是变了味道,你一身青衣唱念做打,岂不出戏?翻过来穿着洋装唱念做打,似乎也成了这个六国饭店的西餐了——弄得好是改良,弄不好就是折箩。"

"嗤……"莎莎忍不住笑出声,却连忙扳回脸专心吃鳕鱼边上的青豆,一个一个,耐心地赶豆子入壳。

小曹赶忙接话头儿下来,诚恳地问:"莎莎小姐是南开戏剧社的,想来您一定有高见?"

莎莎放下豆子,看小弟弟一样对小曹说:"我倒也没什么高见,就是笑余老师一个南方人居然也知道折箩。不过,要说《茶花女》或是《娜拉》,从春柳社到南国社,从林纾到胡适,从周恩来到李叔同,从苏也佛①到欧阳予倩,几十年了,上帝啊……难道到了我们这一代人还要演?我们先生说,我们几代人都跟在日本教育的后面,岂不知欧洲美国在欧战后已经巨变,现在欧洲的年轻人时兴的是'达达主义',小曹,你知道达达主义吗?"

---

① 苏也佛:原型是大才子苏曼殊(1884—1918),能画,善诗,通晓汉文、日文、英文、梵文等多种文字。为人飘忽不定,时而僧,时而俗,文能创"南社",武能加入义勇军,提笔作书画洛阳纸贵,依马写《讨袁檄文》天下击节。捡到一张度牒,就算自己出家了,看到一只轮船就上去远行了,逢局必喝,逢酒必醉,醉必尽欢……明知自己有糖尿病,却大量饮酒吃糖……只为速死……是民国时期一奇人。

余之蚨辣酱油都忘了蘸,心想果然"时光容易把人抛",幸亏他在南开大学申请的是教授统计学的职位,如果是文学——这样先锋的学生,他都不敢教了。

哪知小曹眸子里冒出光来,对着莎莎小姐小笑着朗诵道:"达达什么都不相信,恋爱、工作。达达不求什么,达达就是达达。"

在其他三个男性茫然的表情中,莎莎和小曹竟然默契地一起轻拍着桌子笑着说:"打倒回忆,达达!打倒过去,达达!打倒未来:达达!打倒人类的一切痕迹!达达!"

这时候一声大笑,他们背后桌子上袁教授和安特生站了起来,袁教授笑着对大家说:"同学们,别太自信,我现在手里可是有人类四五十万年过去的痕迹!能不能打得倒,你们掂量掂量吧……我是北大的袁佩兰,对,就是发现北京猿人头骨的那个家伙,下午在隔壁大厅有我的报告,欢迎大家一起去听听,欢迎……呃……打倒,欢迎打倒,哈哈哈……"说罢,他和安特生与大家点头致意,从容离去。

莎莎和小曹相互吐一吐舌头,莎莎赶忙说:"我可不敢打倒什么,不过,咱们也应该有属于咱们这个时代的戏剧吧?"

小曹沉吟着刚想点头,却听从仁朗声说:"莎莎你说得对,咱们这个时代,就得有属于咱们这个时代青年的作品。"

这时咣当一声,大家一惊,却是吾飞扔下刀叉,泄气地瞪了眼前枯白干涩的火鸡胸一眼,端起啤酒盯着莎莎,乜着小曹,坚

六国饭店 1931

定地说:"批判历史是对的,批判未来吗？我们都知道,不言自明,那是虚无主义和无政府主义,莎莎,你别忘了,巴枯宁①那一套是被钉在历史的耻辱柱上的了……我们……"

听到"主义"之前,余之蚨已经收拾完了猪肋排上的最后点儿肉,他推开小曹胳膊拿起哈德门香烟,抽出一支放在嘴里,服务员赶忙过来点烟的时候——吾飞刚刚说到了"我们",服务员擦火柴的动作打断了他的演讲,一扬脖子干了杯中的啤酒。

余之蚨吐出一口烟气,小曹看到吾飞盘子里干涩的火鸡肉,看一眼服务员,笑道:"请拿一瓶旗牌黄芥末来……"然后殷勤地帮吾飞满上啤酒,然后笑着说:"整个北平天津,只有北京饭店的火鸡可以试试,别处的,都味如嚼蜡。来,让我显摆一下我家祖传的火鸡复活大法……"说着,他取过吾飞的盘子,先是将火鸡脯切成小块,然后撕开餐包把碎肉加进去,又用少许蔬菜沾了芥末酱塞满,转眼变成几个mini汉堡,分给大家。

大家一试,立刻一片欢腾,都称赞小曹有火鸡界化腐朽为神奇的能力。而莎莎看见吾飞吃得香甜,也转忧为喜,但目光再也不离开他了。小曹环视一圈,讪讪地和大家碰了啤酒,转身起来去柜台结账。余之蚨有些不忍地跟了过去,结果凑过去一看,小曹大咧咧地签的是三楼包房金宪东的名字。小曹看余之蚨揶揄的

---

① 巴枯宁:俄国早期无产阶级运动领导者,无政府主义者,因此被开除出第一国际。

表情，厚着脸皮笑着说："金少爷赢我哥哥的钱，我哥哥偷我嫂子的钱，我嫂子拿你的钱，我帮你拿金少爷的钱，最后，我们全没了钱，只有饭店赢了钱。上帝呀，我以后有了钱，一定开一个大饭店。"

两人哈哈大笑起来，倒弄得收钱的 Number One 摸不着头脑起来。小曹和余之蚨赶忙笑着说没事儿……那领班走了。他们转身，整个餐厅只剩下他们和一个穿白色休闲西装、白色皮鞋的南洋绅士——他独自喝着酒，玩弄着桌子上的一盒咖啡洋糖，他将吃过的红色、白色的糖衣扭成跳舞的小人样子——也不知他已经吃了多少粒糖。

余之蚨和那个男人温和的眼光一对，却好像被雷劈了一下，立刻转头低声对曹添甲说："你看那个先生……"

曹添甲看了看，并不认识，疑惑地耸耸肩。

这时，仿佛从时空隧道里传出一声尖利的叹息，一个身穿青布大褂，光着头，佝偻着身子的老奴才走进餐厅，仰头狂傲地扫视一周，又怯生生地凑到那南洋绅士身边，用他尖锐的公鸭嗓子压着声音说："爷吉祥，姥姥说，自是您来了，还通报什么，就随时上去……怪我……刚才姥姥用了芙蓉膏，我想怎么也得让她老人家透透不是？就让您久等了……"

"没事儿，我刚好吃口东西，现在她得闲了？"那绅士微笑道。

"这不立刻请您过去呢吗？"老奴才躬身做请。

南洋绅士起身,看见余之蚨疑惑的目光,走过他身边笑道:"小友认得我?"

余之蚨惊愕道:"我……参加过您的追思会。"

"哈哈哈哈……是吗?幸会……再会。"那人一挥手,随着老奴才飘然而去。却朗声念了一句《茶花女》的台词:"你是忘却一个对你说来相当冷酷的姓名,我是忘却一种我供养不起的幸福……我的追悼会吗,我自己也参加过好几次了。"

余之蚨顿时再无猜疑,转头对曹添甲说:"你刚才说什么?海河的淤泥都掀起来了?何止是海河啊……这是太平洋海底的劫灰都掀动起来了呢……"

"啊?什么意思?"曹添甲看余之蚨高深莫测的表情问道。

"苏也佛……他就是南社的苏也佛……"余之蚨肯定地说。

"那个革命家,光复会的苏也佛?"

"对。"

"那个出家人,曹洞宗高僧,那个苏也佛?"

"对。"

"那个诗人,写'披发长歌揽大荒'的苏也佛?"

"对,也是写'行云流水一孤僧'的苏也佛。"

"那个刺杀康南海的苏也佛?"

"对,也是演《茶花女》的苏也佛……"

"……他,不是死了吗?得有……"曹添甲回忆着。

第一幕：仙人局

"十三年了……那年我在名古屋学医，是全体留学生做的公祭。"余之蚨想起那一天他喝了很多酒，还哭了一鼻子，感觉中华人才凋零，再无希望了。

曹添甲又耸耸肩，那年他才八岁，自然毫无记忆。

余之蚨却想起柳亚子[①]先生在南社的一次聚会上怀念苏也佛说："我们一同吃花酒，就在此时，大约每天都有局，不是吃花酒，就是吃西菜，或是中菜。西菜总是岭南楼、粤华楼，中菜在杏花楼，发起人总是渠……"

于是余之蚨笑了起来，却兴味索然。他匆匆和青年们告别。从仁和莎莎要回学校，曹添甲说有车执意要送。吾飞却要留在六国饭店，余之蚨想也没多想，觉得他大抵上是程识的卫士，是不肯离开领导一步的樊哙。于是胡乱应承下来，失魂落魄地走着。

余之蚨心里想起洞山良介[②]的偈子，他轻声念道：

切忌从他觅，迢迢与我疏。

我今独自往，处处得逢渠。

渠今正是我，我今不是渠。

应须恁么会，方得契如如。

---

① 柳亚子：1887—1958年，中国近现代政治家、民主人士、诗人。民革中央委员，民盟中央委员，南社创始人。
② 洞山良介：807—869年，唐代高僧，佛教曹洞宗创始人之一。

他念着问身边紧随的吾飞说:"你听过这首偈子没?"

他看吾飞摇头,微笑着说:"你去看看程先生恢复得怎么样了吧……我还去收拾一下我昨天的旧书……"

吾飞答应一声,立刻就去了。余之蚨犹自念念有词,拔腿穿过大堂。在大堂里,正撞见一大群黑色僧衣的俗人进门厅来,呼啦啦地钻上楼去了。僧人走完,却见萨拉马特笑靥如花,对他说:"余先生,克里斯蒂安让我请您去呢,我看您有客人,没惊动您……"

余之蚨连忙答应,正待搭话,却见萨拉马特传完话,就低头不理他了。他讷讷地叹口气,用力转身,赶着向着酒廊走去。

第二幕

张良计

六国饭店 **1931**

第一场：幻灯

1931年，10月8日，水曜日，秋风吹，阴晴不定，冷意飕飕。下午两点半左右，雪茄吧兼暗房又兼幻灯放映室。

克里斯蒂安没在酒吧，只有门童兼酒吧学徒赵亮趁着中午午休时间在捏着鼻子学习克里斯蒂安给他留下的功课，一大本魔法书一样的调酒手账，都是克里斯蒂安当作旅行随笔制作的，里面不单记载着各种酒的酿制、鸡尾酒的调制方法，还夹杂着各种植物照片甚至植物标本。

"四季莫西托……白朗姆酒，单糖浆，碎冰，柠檬碎，留兰香，应季水果，嗯，春季草莓、杏子、夏季桃子、李子、秋季覆盆子（高山树莓）……冬季梨（山东硬梨），苏打水……或起泡葡萄酒……"赵亮结结巴巴地阅读着克里斯蒂安的调酒秘籍，短短一段文字，却至少出现三种语言和好几处错别字。

余之蚨问他克里斯蒂安在哪儿，赵亮困倦地指指后面，忍不住想打哈欠，被他双手捂着嘴咽了回去，眼睛里却涌出不想学习的泪水。余之蚨鼓励地冲他笑笑，想想，找出一支钢笔送给了这孩子。那孩子不敢置信地精神了，眼睛里一下恢复了机灵。看着余之蚨已经离开的背影，他跳下吧台凳子，对着玻璃把钢笔得意地插在……胸口没有兜，夹在耳朵上太不成体统，别在胸口？不管了，他要先去找萨拉马特炫耀一下……于是，赵亮举着钢笔跑向门口。

余之蚨却正在暗房门口发呆，门口被克里斯蒂安装了一个医院手术室似的红灯，红灯亮显示是——操作中；他正想回头，却见红灯一闪，变成绿灯的"非请莫入"。余之蚨想自己大底算是被邀请了的，于是扬手敲了敲门——叫克里斯蒂安开门，里面克里斯蒂安应声开门，屋内幽暗，四壁全是茶色丝绒垂幕，里面一张大工作台上铺着蓝色呢布，上面零星有些被烟头烫伤的痕迹。靠墙又是一溜工作台放着各种摄影、放大仪器，一根长铁丝上万国旗一般挂满了正在晾晒的照片。屋角一排三个镂花大书柜，第一个大木柜子里面全是显影药水和胶片，另一个柜子里面全是各式雪茄和洋酒，最后一个全是幻灯片和相册。桌上的幻灯机亮着，投放的竟然是昨天金小玉在楼顶的泳装照。

余之蚨嘴上和克里斯蒂安调侃着，眼睛却随着铁丝上晾晒的金小玉的照相一张张捋了过去，除了泳装，还有各式洋装在饭店各个位置的取景。最后，一张还泡在搪瓷盘显影液里的金小玉，那一丝笑意朝他荡漾了一下——"带我走，我们一起逃走吧……"他脑海里金小玉的声音恍惚了一下。耳朵里听见克里斯蒂安滔滔不绝地讲昨天的光线、金小玉的服装、海河远景层次什么的……最后,摄影师让余之蚨替他选一张最好的多洗几张,余之蚨挑了两张笑容最灿烂的。摄影师摇头道:"或许你懂女人,但肯定不懂摄影。"

"干吗拍这么多金小姐的照片?要捧她做电影明星吗?"余之蚨捏一张他自己喜欢的肆意欣赏起来,被克里斯蒂安劈手夺过,一张张从铁丝上都收起来放好,他扔一根雪茄补偿余之蚨,嘴上回答道:"老板要求的,说是给饭店做宣传,可还说让我们去拍一组郊外或者海滩的,我不明白那和饭店还有什么关系。"

余之蚨闻着雪茄,心里豁然有些明白了金小玉的处境,他发愁地说:"我可不会抽这个,你有烟卷吗?"

"有的,我这里什么都有……不过,我可以教教你怎么抽雪茄。"克里斯蒂安切换幻灯机,金小玉的笑靥一闪不见了,屋子里一派灰暗。咔嗒一声,一束火苗燃起。克里斯蒂安举着一个白铜蚀刻的新鲜玩意儿——"煤油打火机"凑了过来,他告诉余之蚨这叫"火绒枪"。他自己也拿出一根雪茄,教余之蚨如何旋转地让雪茄头部均匀受热,又如何反转吹一口,看看是不是燃烧均匀了。克里斯蒂安演示了烘烤、旋转、点燃,剪烟帽的全过程后,往椅背上一靠,喷云吐雾后把打火机推给余之蚨,示意他自己试一遍。

第二幕：张良计

余之蚨接过打火机端详一下，立刻找到窍门，咔嗒一下点燃了橙红的火苗，刚要把雪茄倾斜地凑过去，那火苗却摇曳一下，呼地灭了。余之蚨的雪茄只挣扎出一丝残喘的青气就熄灭了。克里斯蒂安嬉皮笑脸地站起来四处找煤油，却没找到。只得拿出一盒洋火，笑着说："哎呀……这火绒枪打不着，这对男人可不是什么好兆头啊……余先生，我听筱醉说，你好像和那几个女孩表现得不怎么好啊？"

余之蚨一下子涨红了脸，想争辩，却张不开口。克里斯蒂安把火柴递给余之蚨，又从桌子底下的铁盒子里面翻出一瓶药水，贱兮兮地说："这个，老板从印度搞来的，便宜算你50块，保你找回十八岁的感觉。"

余之蚨绷着脸接过火柴，低头专心点雪茄，对递过来的印度药水不屑一顾。克里斯蒂安哈哈一笑，将药水扔回铁皮箱子里面，嘴上依旧说着："书读多了对那件事儿一点儿好处也没有，我们就简单得多，这是兽性的、自然界的事情，而你们要从脑子绕一圈回来，还要过一遍审美。"这时候余之蚨却狠狠地咳嗽了起来。克里斯蒂安赶忙示范道："别吸进肺里，这和卷烟不一样，烟在嘴里，涮一下，就吐出去，别吸得太频繁，一两分钟来一下，和抽烟斗是一样的。"

余之蚨摇头道："我也不抽烟斗。"

克里斯蒂安笑道："你知道烟草最早不是叫吸烟，叫作喝

061

六国饭店 **1931**

烟……烟其实可以通过味蕾感受……就像咖啡，而好咖啡是鼻子喝，雪茄，是舌头抽……"

余之蚨学着吐出烟，想把烟灰弹掉，又被克里斯蒂安阻止，但这回克里斯蒂安看他有些不耐烦的表情，便没说什么，耸耸肩。他把雪茄放在黄铜烟缸上，站起来对余之蚨说："余先生，特地请您过来，是想请您见证一样东西……"说罢，他走到暗房最里面，打开一束聚光灯，抽开一块绒布。

余之蚨眼前一亮，倒吸一口气，连忙也搁下雪茄，凑过去看——这是一座年深日久的石雕佛像，他立刻被这造像吸引住了，这石像栩栩如生，衣带如飞，璎珞华丽，冠悬宝蝉，头衬莲花，神情安详，举止雍容。似乎曾经有的彩绘却早已湮灭了，两只手也断掉了，却更让人有残缺的遐想。克里斯蒂安笑道："你们古老的维纳斯……"

"我是不大懂的……但是，你看着精气神……这气度……不得了。我看中国往前边一千年，和往后一千年都不会再有这样的东西。你看这衣服褶子……这是犍陀罗[①]的；你看这头冠，南北朝的；还有……你看到他的胡子吗？"

"啊……对……她有胡子。嗯？观音菩萨有胡子吗？……

[①] 犍陀罗：印度古国，印度佛教兴盛时期的古老帝国，其佛教造像、绘画等艺术深受希腊化影响，并继而随着佛教传入中国，而对中国此后的艺术风格有了深刻的影响。

那他不是维纳斯？她？"

余之蚨不知如何解释，点头道："我也不大懂，但就凭这几点，虽然不至于比云冈的早，但绝不比龙门的晚……这是国宝，你是哪儿弄来的？"

克里斯蒂安耸耸肩，笑道："不是我的，是老板娘的。"

余之蚨眼里闪过一丝愤怒和无奈，转身回去坐下，颓丧地让克里斯蒂安盖上遮布。悻悻地问："你们又准备把这件宝贝卖到哪国去？法国？美国？"

"别对我发火……不是我偷的，也不是我卖的，我只是个打工的，给她拍照，以便卖个好价钱。别发火，我倒是觉得艺术品就应该待在博物馆里，最好的艺术品，就要待在最好的博物馆里，越早进博物馆，就越安全。"

"就是说弱国活该被抢掠咯……"

"'贫穷的，连他仅有的也要夺过来'[①]……现实世界就是这样的。不，别这么看着我，我是布尔人，我的祖国也被强占了。我们斗争过。我们堂堂正正地战斗了，甚至可以说打赢了，可英国太强大了，所以还是输了。我现在是个没有国家的人，你的痛苦我能理解……但是，你们的军队可不怎么样……我们布尔人五千人打英国五万人，我们死掉38个，他们死掉3000个。可你

---

① 出自《圣经》马太福音。

六国饭店 **1931**

们东北几十万人，日本人只有一万人，居然输了……我可以告诉你，这座佛像，就是你们的军人卖的……你们的国家，也是军人们卖掉的。就在这座楼上……麻将桌上输掉的！"克里斯蒂安摇头说道，手指往上面一指。这时却听见座钟"当"一声，同时门外响起了整点的音乐声，外面也是一片掌声。

"哦，北京猿人的发布会开始了，我得给他们去照合影，你要出去看看热闹吗？"克里斯蒂安这样说着，拎起相机就要出门。

余之蚨却被他一番话说得意兴阑珊，雪茄又让他头昏脑胀，于是摆手说不想见那么多人。克里斯蒂安耸耸肩，再次点亮幻灯机，让余之蚨自己看幻灯、抽雪茄，打发时光，等他回来。

余之蚨吐一口雪茄烟，让自己笼罩在烟雾之中，看着缥缈的烟雾中，一张张幻灯片在眼前闪过。照片都是克里斯蒂安精挑细选的自己的作品。最先是一些六国饭店的日常：赵亮的成长，萨拉马特的舞蹈，筱醉的忧伤，喝醉的明巴依，高贵的亚仙姑姑和她美丽的姑娘们，司机薄奠，法国警察，街角的印度锡克兵……

第二组是克里斯蒂安自己的冒险，他年轻时在庚子年北京义勇队的时光，布尔战役中的伙伴，战争的惨状，在难民船上，驾驶着马车改装的暗房在中国西部探宝，和罗雪斋在考古挖掘现场……

第三组是金小玉，应该是刚刚赶制出来的一批幻灯片。随着雪茄烟无的升腾、飘散，仿佛方士为汉武帝的爱妃招魂，显现出虚妄的执念来——"北方有佳人，绝世而独立。一顾倾人城，再顾倾人国。宁不知倾城与倾国？佳人难再得。"余之蚨轻声吟哦着悠远的诗歌，忽然之间就明白了摄影家的深刻——他从金小玉刻板的笑里面捕捉到了僵硬融化后的倔强，她并不是对命运逆来顺受的女人，她只是一只暂时缩在主人怀里的猫儿，她有她自己的算盘。

最后，幻灯片又呈现出一组家庭老照片的翻拍，看手法明显不是克里斯蒂安的作品，只是记录生活的全家福罢了。他一下认出这是肃亲王一家的旧照。余之蚨一眼认出少年英武的金宪东，然后逐一识别出著名的肃亲王本人，还有与他通家之好的川岛浪速。后面有一张像是在日本或是旅顺拍摄的，肃亲王完全颓唐而衰老了，而川岛浪速却穿着一身满蒙马匪的戎装。他们面前是一个身穿日本海军式学生制服的少女——那是金碧辉。让余之蚨有些异样感觉的是，女孩肩膀上搭着他父亲的手，再一看，是她义父——那个马匪兼浪人的手。

幻灯一闪而过，再一张，就是金碧辉和哥哥金宪东的合照，应该是在日本，两人同样分头发式，同样西装穿着，像一对英武的双胞胎兄弟。又一张，就是上次见到金碧辉的样子了——一身

六国饭店 **1931**

安国军司令[①]的戎装,带着毋庸置疑的坚定果决。余之蚨想到今晚还有和金碧辉的约会——他不由得有些期待起来,然后自己想——这是要去求助金碧辉,以便化解程识的危难。

正想着,一根雪茄没抽完,暗房大门一开,饭店老板金翠喜挽着罗雪斋,一口一个"松翁"地叫着,走了进来。金翠喜一身月白雕绣的长袖旗袍,外裹着银红小夹袄,剪裁得体贴婀娜,大约四十岁的人了,却仍显得活泼俏丽,一来是脸色保养得好,二来是发髻黑亮时髦,三来一双美得惊心动魄的眸子丝毫不减当年。她收拾得恰到好处,可怪的是上下一切头面首饰全无,原本满手的猫眼儿、祖母绿、翡红翠绿一应全无,赤白的手挽着一身烟油子气息的罗雪斋,倒显出几分可怜兮兮的动人来。

"松翁,您现在越来越不心疼我们了,要不是我亲自冒了枪林弹雨给您请了这尊佛爷回来,又舍了这张面皮,终于请来袁教授在这里做讲座,您才肯回来瞅瞅,不然怕是您都忘了有这个六国饭店和我了吧?"金翠喜嘻嘻笑着说着喷怪小话儿,倒像夏日的杨梅浸在苏打水里,那么酸溜溜的舒畅。

罗雪斋一看余之蚨也在,颔首受了余之蚨的礼,用手拍着金翠喜的手背,示意有外人在得"得体些",嘴上笑着对余之蚨说:"之蚨,听说在我别墅里你让那几个丘八卷包儿会了?我早

[①] 川岛芳子担任伪满洲国所谓的安国军司令其实要等到1933年后,因此这里的一身戎装并不符合实际情况。

就劝过你,那几个丘八打牌都是出千的……你这个直眉楞眼的,哪里玩得过他们?"

"让您见笑了……这不是秀才遇见兵嘛,他们都是杀气,我只有书(输)——生气而已咯……"余之蚨摇头苦笑。

"余先生,您也不吃亏,有道是赌场失意,情场得意。您那边输了钱,我这边却要和您算算账了……"金翠喜乌溜溜俏皮的眼睛在余之蚨脸上热辣辣地一勾,就让余之蚨坐立不安起来。

"哦?我这小兄弟想是欠了你金大老板的店钱了?翠喜,你可不要落井下石啊,别弄得我余老弟还得在六国饭店'秦琼卖马'。"罗雪斋打趣两人说。

"哈……余先生这一出怕不是《秦琼卖马》倒是《红拂夜奔》呢……"金翠喜又满是深意地飞了余之蚨一眼,把罗雪斋请到上首坐下。跟随伺候的香沉、筱醉两个姑娘一个奉茶,一个熟练地帮他点好雪茄。罗雪斋一听话里有话,笑起来捋着胡子道:"原来是风流债……那我倒要拭目以待咯。"

"嗯……您就等着看戏吧……我们这六国饭店尽是些真人大戏……不但有风尘三侠,连昆仑奴都是现成预备的——克里斯蒂安,快给罗爷看看咱们请来的佛爷。"

克里斯蒂安再次扯下绒布,聚光灯照在石雕造像上,一派肃穆庄严的气场,一下镇住了暗房内的歪风邪气,大家都收敛心神,等着罗雪斋鉴赏、品评。

六国饭店 1931

罗雪斋放下雪茄，围着造像仔细端详了一番，沉吟道："慨慨慷慷多兴废，人间消磨最可怜。翠喜啊……你这是从石友三[①]那里弄来的吧，尔等又是罪过不小……"

"嘻嘻……什么都逃不过您老法眼。"金翠喜点头承认说："要不说是枪林弹雨里面来的呢。"

"石友三这个两面三刀朝秦暮楚的东西！呸！现在这些跳梁小丑，就属西北军最不是东西，口号喊得山响，做的都是断子绝孙的勾当。石友三他这三年间，反蒋投蒋，投张叛张，这回居然投了汪精卫！哈！被蒋和张两面夹击，岂有不败之理？怎么？现在他是看蒋介石要下野，又准备钻回张学良裤裆了吗？我认得这是邢台石佛寺的古佛，我7月份一听说他石友三把司令部设在了石佛寺，我心里就咯噔一下……果然……只是可怜了这菩萨。"罗雪斋又端详了半晌，恋恋不舍地依旧让克里斯蒂安盖上，回到座位上，狠狠嘬了一口雪茄，吐出一片暮气。老人冷了脸，露出渣男本色的腔调，端着架子问金翠喜："说吧，你这又是唱的哪一出呢？"

"松翁……我清楚您近来不爱沾我们的事情了。可您不能见死不救不是？唐云山因为参股办奉天大都会银行，投机'北方航空公司'，不但把自己身家全都押进去了，六国饭店也被他抵押了。如今东北眼看要变天，英国银行就慌了，催着要钱……您

[①] 石友三：1891—1940年，直系军阀，反复无常的倒戈将军。不但是屈节投敌的汉奸，还是火烧少林寺的文化罪人。最后被爱国将领高树勋设计除奸。

第二幕：张良计

看……"金翠喜伸出赤条条嫩藕似的手腕子说，"我现在连一身首饰，但凡觉得值三个两个的，都让克里斯蒂安送到天宝行金铺里去了……我真是山穷水尽了，我的爷，您得替我想想办法。"

"翠喜，我早说什么来着？最早我就说你和唐云山……嗯……不说这个了，我也是越老越唠叨。我早说过，别老跟着朱启钤①他们家那几个不争气的孩子混，清清白白一家人，跟这么几个混账丘八，弄出个'赵四风流朱五狂'的笑话来，成什么人家了？他那个儿子就是张学良的跟屁虫，你们跟着他投航空公司？和日本人竞争？你自己说，我劝过你们没有？"

"是，我的爷，您劝过。"金翠喜眼泪说来就来，泪珠子吧嗒吧嗒地直掉，一边接过筱醉递过来的帕子抹泪儿，一边可怜巴巴地望着罗雪斋。

"你说，我巴儿巴儿地让内山②把惠通航空公司的筹备处争取落到你六国饭店来……不是让你近水楼台的吗？怎么就让你唱成'盗令箭'了？这件事情，我可告诉你，满铁那边上上下下非常愤怒。我猜你是想让我出面劝说满铁或是惠通航空收购北方航空在东北的名下产业——这不是和强盗谈买卖吗？如今这些产业已经全被日本人没收了，怎么还能让他们吐出来？"罗雪斋熟

---

① 朱启钤：北洋重臣，北京近代城市规划建设的奠基人，营造学社发起人。儿女与奉系军阀多有姻亲。
② 原型是内田良平，黑龙会创始人，日本侵华急先锋。

六国饭店 **1931**

练地在烟灰缸一侧蹭掉了雪茄烟的灰烬，端详着雪茄的烟火，像是要从炙热的火红中找到灵感似的，但还是摇头说："为今之计，北方航空是完了，至于六国饭店则没那么复杂。或者你们能找到一笔钱先把英国人糊弄过去；或者能有个人出头为你们作保斡旋；再或者，我再给你一个忠告，眼下时局波谲云诡，这劳什子六国饭店不开，也焉知非福呢。"

金翠喜听出罗雪斋不想帮忙的意思了，泼辣劲儿上来，哼一声，用手一摩挲脸，登时止住泪水，用妆花了的脸倔强地说："松翁，自打民国一拾二年起，您和您那位主子来天津，要用钱就把六国饭店当银行了，您看看里里外外多少东西？只要是您老有急用，随便放个物件儿，哪回不是几万几万地拿钱走？京城的张伯驹回回嘲笑我们没见识、冤大头。可我们心里有您，知道您是办大事情的，哪回驳过您的面子？如今我们有了些小难处，也并没有拿过去的这些物件儿烦您，也是冒了身家性命的干系给您献宝进贡来了。您就不能发发慈悲？给我们孤儿寡母指一条生路吗？"

"翠喜，你话可别这么说，当然，我刚才话是说得绝对了些。而且你也先放宽心，这事情也不是完全没有缓和……国联[①]还没

[①] 九一八事变后，蒋介石和张学良都是寄希望于国联干涉，责成日本退兵。但国联一味绥靖，造成中国陷入独立的抗战中。因此所谓"二战"是1939年开始，而中国早在1931年就开始艰苦卓绝的抗日战争了。

来嘛。我看东北局势国联定会干预，到时候日本人未必能占领东北，兴许是多国共管，东北自决，这样的话，英国人还能再撤火？那时候不但北方航空能起死回生，而且旅顺、沈阳、哈尔滨的新租界里面都得再开几家六国饭店。若是那样，没准你们这回还赌对了呢。"罗雪斋一看金翠喜开始揭他老底儿，这才明白为啥要弄个余之蚨在边儿上，这是要这个笔杆子当个"陪审团"呢。因此，罗雪斋索性信口胡说起来。

"松翁，您这话算是说对了。国联没来，谁也说不清东北的局势呢。可我们在这儿相濡以沫呢，你也别扯什么大江大河的，自古朋友救急不救穷，如果我们娘几个真是大限到了，不过是一瞪眼一蹬腿儿的事情。实话讲，今儿的天津，我们蝼蚁一样的性命，能救我们的也就三个菩萨，一个是您和您的主子，一个是日本人，最后一个是蒋先生那边的人。您有钱，英国使馆那边也熟悉得很；日本人有钱又有力量；蒋先生那边说话英国人也肯听。可我现在是拎着猪头，找不到庙门呐……您可别见死不救啊。"

罗雪斋悠悠噏了一口雪茄，当下推脱道："翠喜果然是冰雪聪明的人，那我也不妨直接告诉你——我没钱，我主子眼下也没钱。此外我们主仆，眼下也顾不上当六国饭店的鲁仲连。这是实话——我不瞒你，如今我在天津的洋房、别墅、汽车、古玩、字画、藏书，全都抵押给了别人了……不错，你别瞪我，我自己现在还正在没命似的筹钱呢，哪还有心思再买一个劳什子压在手里呢？

六国饭店 1931

再说这东西我虽然很是喜欢,但不是我主子的爱好……实话说吧,我是马上要离开天津的人了。你既然已经想到这一层,我劝你多在日本人身上下下功夫吧。"

金翠喜一听,一按桌子就要站起来撒泼,却听大门一开,一个略带南方口音的京腔儿脆脆地说:"孩子,别难为人家松翁,人家是嫌弃你的礼物没送到坎儿上。你要是能弄到乾隆爷的九龙宝剑[①],你看人家还推辞不?还是咱娘们儿没有本事伺候好爷们儿。"话音未落,余之蚨眼见到一个扭捏的老年妇人摇晃着小脚,步步金莲地挪进门来了,她披着西洋的羊绒披风,底下却是老式喜相逢的团花藕荷色大袄,日本的精细绸缎,苏工的刺绣,纽扣和流苏上都是珍珠缀着,熠熠生辉。头上梳着蝴蝶望月的旧式发髻,脸上薄施脂粉,眼睛脉脉含情,一眼望去似水,再看下去却照见人心,那可怜巴巴的弱弱本色里透着老成事故的练达老成,让人丝毫也轻视不得。这妇人身后跟着三个人,一个就是刚刚遇到过的苏也佛先生,后面是那个老太监和另一个奶妈子,手里都捧着茶壶、烟杆……之类的东西。

余之蚨、克里斯蒂安和金翠喜都立即起身迎迓,余之蚨知道

---

① 乾隆九龙宝剑:这一段公案缘起孙殿英东陵盗墓,他掘开了慈禧和乾隆的陵寝,盗走大量珍贵文物以充军资。这些文物中就有传说中的九龙宝剑。这把宝剑据说最后落到川岛芳子手中,她又送给戴笠祈求活命。但随着戴笠飞机失事、川岛芳子被枪毙,这把宝剑就此消失人间。

第二幕：张良计

这是"京津沪"三地都大名鼎鼎的金彩云金二爷，十四岁出使欧陆五国，庚子年京城十万百姓给她建过生祠的传奇红倌人。就凭她写下的"国家是人人之国家，救国是人人之本分"这句话，就当得起他余之蚨一个大礼。可金彩云却不受他的礼，快言快语地笑道："余先生快别行礼了，你行礼我也不受，你是读书人，多尊贵些。"

余之蚨坦然作揖道："我也是宣南诗会①挂了名的，这样论，您也是前辈。"

金彩云嘻地一笑，风轻云淡地快叫余之蚨坐下，紧摆动的小手和笑起来的酒窝格外亲切，让余之蚨如沐春风——这金家三代真是怪了，这最老的像是春天，中间的金翠喜滚烫得像盛夏，亚仙姑姑像是葳蕤收敛的秋天，只有最年轻的金小玉，像是冬日冰窖。克里斯蒂安亲热地问金姥姥要不要雪茄，金姥姥赶忙摇头哧哧笑道："女人家叼那么个狼坑货，成什么样子。"说着还是从奶妈手里接过一根长长的罗汉竹烟杆儿，也不抽，撂在手边儿上了，留下纸煤在手里一亮一灭地把玩着。

苏也佛也不抽雪茄，对着目瞪口呆的罗雪斋笑道："松翁，

---

① 宣南诗社：宣南诗社不是一个组织，倒是一个传统。历来宦游京城的文人学子每逢春天百花烂漫之时，便成群结伙到城南赏花，赏花便要饮酒，饮酒便有好诗，诗歌成为雅集——便是宣南诗社的传统。民国时期，宣南诗社多在陶然亭活动，其间文人就有张大千、齐白石等这样赛金花的崇拜者，也拜这二位雅士所赐，赛金花在陶然亭颇留下了几处遗迹供后人凭吊。

六国饭店 1931

这就是你的不对了……当年我们拒俄义勇队成立,凑银子去喝花酒,当时一起立誓,说是咱们一生就算违背朋友、同志、主义,也绝对不欠缠头。我们不是常说……革命反复寻常事,风流孽债还不清吗?"

罗雪斋哈哈哈大笑道:"你这厮,真是十年总在扬州梦,天下青楼恶少名……你怎么又活了?什么时候再死?"

"有事便活,事了便死,还问什么?"苏也佛爽朗一笑,一把拽住克里斯蒂安的手道:"怎么干聊呢?你有没有什么好酒来?"

克里斯蒂安挑挑眉毛,咬牙切齿(纯粹因为死记硬背)道:"莫使金樽空对月?……没问题!"说着俯身翻出一大坛女儿红来,笑道:"这个,我自己从会稽大桑树底下刨出来的……刨出来都有十年了。"

苏也佛眯着眼笑对金二爷说:"听听,听听,十年……就算红倌人也被他搁成老倌人了……"

金二爷乜他一眼,不理他。笑着对罗雪斋说:"让您见笑了,乾隆爷的九龙宝剑我们确实想给咱们爷弄来——那孙殿英[①]为了巴结,原想把宝剑给蒋介石。结果,刚送出去,蒋介石就宣布要

[①] 孙殿英:1889—1947年,出身土匪的军阀,被北伐军击溃后移防河北,趁机盗掘了慈禧和乾隆的陵寝,成就了他千古恶名。他一生反复无常,终于被解放军击败俘虏,死于战俘营。

下野了,这孙殿英立刻后悔了,派高手又偷了回来。月初,我听说这把剑到了天津……然后,怪我们消息不灵,就淹没在这海河地界里了。"

罗雪斋眼睛里闪过一丝异样的光芒,刚好接过克里斯蒂安递过来的女儿红,笑着道:"在下不日就将迁往旅顺定居,今日难得故人相逢,我们无为歧路沾巾,儿女同求一醉。干!"

大家齐声喝彩,纷纷干掉了杯中酒。都静待克里斯蒂安把酒一一满上,幽暗中只有雪茄和铜烟锅里面的星火,次第点亮,还有浓厚的呼吸声,像是黑暗中孤独的诘问。

苏也佛微笑着打破沉默说:"松翁,在下这次专程为了彩云的事情而来。虎禅①走得突然,我也不瞒你,他一走,又把这劳什子还给了我。我原本是想把它交给陈独秀的,这也是杨度死前的遗愿,你知道虎禅最后是皈依了CP的,可是,一来他陈独秀像是丧家之狗,偌大上海,我根本找不到他。二来我忽然接到彩云先生电报,这一来才知道,咱们同志中,也就还有你在谋大事。松翁,我登时换了想法……把你老兄的命根子,给你带回来了。"

闻听到此,那老太监探手把一个青布包裹放在罗雪斋眼前,打开是个锦盒,锦盒再打开,取出斑斓古意的一座青铜鼎来。余

---

① 杨度避难出家号虎禅。

六国饭店 **1931**

之蚨当时倒抽一口凉气,罗雪斋却一下佝偻了,颠着脚步凑过去看。然后抱着鼎冲着苏也佛笑道:"快三十年了,没想到还能再见……当日,犹如今日,和尚……当年你我同学年少,日俄大战一触即发……我们男生,从黄克强、蔡锷,一起习练兵法,女生就学习包扎急救。当时你我二人回国筹措经费,创立义勇军,结果经费一筹莫展。还是你胆子大,教唆我晚上潜入刘铁云①家里,盗出此鼎……然后委托给张静江②送去法国拍卖,而咱们从卢焕文③手里得到了三万大洋预付款,义勇军就这样诞生了。"

苏也佛点头微笑:"结果这鼎,还是被压在了海关,还是忠毅伯花钱疏通取了出来,那晚上叫咱们两个去见他——他说,咱们青年,学问再多,祖宗不能丢;事情再急,国宝不能卖……否则日后必然就是董笔铁铸,万世骂名……咱们两个当时还梗着脖子求死,结果人家不再多说一个字,不但放了咱两个,鼎也送给了咱们。从此,这个鼎在咱们义勇军同志里面薪火

---

① 刘铁云:刘鹗,《老残游记》的作者,晚清官员,也是金石学大家。
② 张静江:1877—1950年,国民党四大元老之一,蒋介石的入党引路人。出身民族资本主义家庭,因此也是旧民主主义革命者,最终跟不上时代,淡出历史舞台。
③ 卢焕文:近代最大的文物贩子,无数国宝经他之手流失海外。他最初是张静江的仆从,跟随张静江、孙宝琦出使欧洲见了世面。并依靠独特的渠道和眼光开始做文物交易,但不同于张静江是为了革命而走私,卢焕文则全是为了钱,而革命又需要钱,反革命也需要钱——中国的文物就这样不断通过手眼通天的卢焕文流失出去,换成了杀人的子弹。卢焕文为自己辩护的言语是:"这些文物,没有一件是我从原址上偷来的……"哦……他居然还知道是偷的啊!

相传……"

"嗯……第一代是钮永健①。"罗雪斋追忆道:"然后……钮永健给了陈天华②。"

"陈天华投海前给了我。"苏也佛用指尖儿轻弹出一滴酒花。

"你转手就给了黄克强③。"

"黄克强给了蓝天蔚,换了他滦州兵谏,给袁世凯一个下马威。"

"蓝天蔚④入狱前给了蔡锷。"

"蔡锷匆忙离开北京,这鼎抄出来又归了杨度。然后,蔡锷病死,杨度出家……"苏也佛又用指尖儿轻弹出一滴酒花。

"1921年蓝天蔚复出北伐,杨度又把鼎寄给了他。"

"结果蓝天蔚被孙传芳打得全军覆没,自杀殉国了……"苏

---

① 钮永健:1870—1965年,旧民主主义革命家,同盟会员,拒俄义勇队的领袖。在大革命后跟不上历史形势,成为反共积极分子,最后病逝于美国。
② 陈天华:1875—1905年,反封建革命家,拒俄义勇队成员,华兴会创始人之一。其作品《警世钟》《猛回头》成为当时宣传革命的号角和警钟。他决心以自杀的形式激发同志革命勇气,因而蹈海而死。
③ 黄克强:黄兴,字克强(1874—1916年)。拒俄义勇队领导人之一,华兴会创始人,也是孙中山先生最重要的革命伙伴,是创立民国的两大革命家之一。因讨袁事业积劳成疾,罹患肝病逝世。
④ 蓝天蔚:1878—1921年,出身湖北新军,又是"北洋士官三杰"之一,是长沙进步组织日知会的创始人。先后投身辛亥革命、二次革命、护国战争和1921年北伐,被孙传芳击败,在军中自杀。

六国饭店 **1931**

也佛又用指尖儿轻弹出一滴酒花，接着说："杨度托黄金荣[①]要回了这件遗物……直到他忽然辞世。我本来要把它交给陈独秀，但我找不到他，如今机缘凑巧，看来，还是交给研究金石学的你，才是归宿。"说着，苏也佛从口袋里拿出一张幻灯片，交给克里斯蒂安，让他投影出来。不久光芒一闪，墙上多了一张金文拓片，正是这只吕伯鼎[②]内镌刻的文字。

克里斯蒂安坐到余之蚨身边，小声问："这写的是什么字？什么意思？"

余之蚨摇头道："是金文，三千年前的文字，我不认得。"

"三千年吗？"克里斯蒂安重新站起来端详方鼎。

"咱们这些人里面大约只有松翁认得这些，我倒是记得意思，原文是'唯五月既死霸，辰在壬戌，王于大室，吕延于大室，王赐吕三卣，贝卅朋，对王休，用作宝，子子孙孙永用'——翻译过来的意思大约是：在这一年5月下旬，壬戌这一天的早晨，周天子在大殿里摆宴，吕伯被召进了大殿，周王赏赐给吕伯三壶美酒，三十朋贝（当时的钱币）。吕伯深感周王恩德，为纪念这件事制作了宝鼎，让子孙后代都感受这份荣耀。这个周天子，就是

[①] 黄金荣：上海滩青帮三巨头的大哥，一生传奇始于上海租界工部局巡捕房华人探长，结束于上海解放后的劳动改造。

[②] 吕伯鼎：现藏于旅顺市博物馆。罗振玉一生藏品最后支撑起了旅顺市博物馆，这样的结果，想来罗可以含笑九泉了。

周穆王,公元前 1000 年左右的人,还真是距今三千年了。"

克里斯蒂安还是一头雾水,余之蚨便给他解释周穆王是谁:"周穆王很有名,他驾着马车游历了中国的西部各国,和西王母——一个西部国家的女王相爱,还留下一首诗歌唱他们分别后的忧伤:'白云在天,山陵自出。道里悠远,山川间之。将子无死,尚能复来?'"

克里斯蒂安立刻点头笑道:"啊……明白了,就是所罗门王和示巴女王的故事,这个鼎,就是你们中国的所罗门王的宝藏。你们中国人真是我见过对吃的最执迷的种族,你们把人民,叫作人口,张嘴吃饭的人要养活的人;关系近的,叫熟人,好消化!关系远的叫生人,消化不了……看看这个鼎,就是个吃饭的东西,鼎越大,国家就越大,力量就越强……两个国家打仗,就要问一问,你国家的鼎有多大?你配不配用这么大的锅?……难怪你们把它看得这么重。就像犹太人永远在找所罗门王的宝藏,以为找到宝藏就能复兴犹太国家。可是,先生们,你们不是犹太人,他们的国家灭亡了,你们的国家还在,为什么还这么看重这个鼎?这不就是一件文物,一个艺术品?"

苏也佛和罗雪斋闻言同时抚掌大笑,苏也佛点头说:"他说得对,我们也不是孙文台、袁公路,真不该为这个信物搞些神神鬼鬼的勾当。不过,还是按咱们拒俄义勇军的约定的,风流债不能欠,我这次北上,就是为了再见故人一面,也还掉这个风流债。

六国饭店 **1931**

松翁,这个面子,你还是要给。"

　　罗雪斋的眼睛在青铜斑斓的古物上挪不开了,却自知身上投射着十双灼灼的目光,他沉吟半晌,忽然笑了。回头又看看石佛,笑道:"奉天的土肥原贤二[①]市长明天会来到天津,内山先生正要找个地方举办迎接仪式。不如明天就在六国饭店举办好了?使馆的大岛静子和我们三同会的周药堂先生早就做了准备,排演了歌舞伎表演。我看你们西餐厅也足够宽敞,平时也做舞厅,不如找内山去要求承办下来。你们有了这个局面,我自然可以设法从中斡旋,毕竟明天日本各方人员都会到场。我刚才也说了,唐云山掺和的北方航空是张学良的产业,多数是完了。但这六国饭店能否保全,说不得我再帮你们想想办法吧。"说罢,罗雪斋撂下雪茄,看一眼腕表,起身就要告辞。金翠喜连忙让沉香抱着锦盒跟着,自己也带着筱醉追了出去,想是要尽快敲定明晚宴会和演出的细节。

　　余之蚨心里念着程识、吾飞在屋里不知怎么样了。也想回去看看,便也起身告辞。却被金彩云叫住,之见金彩云笑吟吟地说:"余先生,先别走,请跟我来,我有话审你。"

[①] 土肥原贤二:1883—1948年,日本侵华头号大间谍,参与或导演了从九一八事变到汪精卫叛国的一系列阴谋,九一八事变后他曾经担任沈阳市市长,此后他又以方面军司令的身份亲自指挥侵略军团的铁蹄践踏中国的土地。最终在东京战犯法庭被判处极刑,死有余辜。

说罢和苏也佛一同起身,带着余之蚨一起回楼上去了。

克里斯蒂安一个人留在暗房,有些疲乏,摇头坐下,点亮幻灯机,追忆起自己青春的时光。灯光、旧照、佛像、烟雾……全都透过玻璃杯中金色酒液在他眼前晃动着——这一刻,也许是六国饭店最后一个宁静的下午时光。

六国饭店 **1931**

第二场：姥姥

1931年，10月8日，水曜日，似乎是傍晚，不知道外面的天气。三楼，金家三代的起居间兼六国沙龙甲——东北角。

室内暖气氤氲，空气中全是茉莉花的芬芳，虽然才是阴历九月的天气，屋里却已经用铜篝笼了银霜炭取暖。余之蚨是头一次进入六国饭店著名的三层空间，相传这里是天津卫最神秘的交易中心，天津的事情，没有在这里解决不了的。因此余之蚨特地多看了看这个沙龙的环境——中西兼有的风格，墙上贴着西洋银色的碎花的墙纸，窗格里镶嵌着半新不旧的彩色的玻璃，顶上悬着水晶吊灯，下面家具则中西兼有，放物件儿的，大都是中式的家具，人用的则多是西式家具。墙上的字是齐白石的，画是张大千的。字写的是："背人小绾髻丫叉，隔着床帏六幅纱。隐隐衣裳秦云气，水晶帘外望梨花。"[①] 画儿题目的是"千里江山云遮月，

[①] 翻译家林纾先生的诗，旧时妓女出门会客，都是被人或背或扛在肩上招摇过市的。林纾先生当年任教于京南师范学校，与当地名妓谢蝶仙有一段情愫。谢小姐发乎情，林先生止乎礼。遗憾的是文坛一段佳话，却是欢场一件笑话……

小楼春雨杏花村"。余之蚨了然诗和画都是送给金彩云的，都是宣南雅集的调调。画前条案上面放着一个"瓶中船"，大约是明巴依的手作，却不是西洋帆船，而是一艘南方的江山船。船困在瓶子里，回不去后面画儿里的彩云遮月、江湖自由里去了。

  进门时，惜春原本带着扶风和另两个女郎正在八仙桌上斗马吊①，看见金彩云姥姥带着余之蚨回来，立刻呼噜了牌局，起身告辞下楼去了。苏也佛像没事儿似的找张沙发坐下自己休息。那老太监长庆放下手里的烟具托盘，也请假说晚上小德张在他的公馆里请客，把流落在天津的宫人们都叫了去，说是有话要嘱咐大家，他不敢不去。金姥姥立刻让他下楼去了，又叫回来说让他去厨房里拎上两筐上好的梭子蟹带过去，让张公公尝个新鲜；再到翠喜办公室里挑两卷尚好的东洋缎料送给张公公三姨太。长庆赶忙答应一声，又道谢去了。

  姥姥进门儿就得让贴身的侍女海棠给她换上几样行头，让自己舒服些，也是堂子里的老规矩，习惯了，只是繁琐些。她冲余之蚨亲切地笑笑，像是怕他觉得被冷落了，却又故意让他等着，这也是固有的仪式，延迟的满足，是长三书寓②里面的规矩。姥姥一边儿换着罩袍，嘴里问道："小姐呢？"

---

① 马吊牌，类似麻将，相传是郑和下西洋的船员们因为航行期间无聊而发明的游戏。
② 所谓长三书寓，就是上海旧式的妓馆，因为出局、陪局、留宿都是三元计价而得名。相对的较差的妓馆则被称为幺二堂子，命名也是一个道理。

海棠回话说："在里屋陪着少爷，画画呢。"

姥姥终于穿戴妥当了，转头对四下好奇张望的余之蚨说："余先生，小玉在里头呢，咱们也进去吧。"余之蚨赶忙客随主便地跟了过去。

一进里屋，海棠却在外面掩上了门。里间暖意更熏，香气更浓，余之蚨一张眼便吓了一跳，连忙畏缩在门口的角落不肯进去了。他只见一个半裸的健妇坐在罗汉床上，正在给一个男人喂奶，那一双青筋跳动的白色乳房大得刺眼，而那男子"吧嗒吧嗒"吮吸的声音更是刺耳，让余之蚨不由得侧目，却正看见金小玉在屋子角落，穿着一身睡衣，正在把这一幕画成水彩画。余之蚨这才从那画板上看出，那个男子并不正常，是个看不出年龄的傻子，一个典型的唐氏征患者。

姥姥却也不避讳有外人，径直走到奶妈跟前，一只手温存地摩挲着傻子的脑袋，嘴里亲亲肉肉地叫着；另一只手却像检查奶牛一样托着奶妈的乳房检查一下，冷着脸用吴州土话问道："奶水还足？"

"姥姥您放心，奶水很多的，您要不要吃一碗？"奶妈也用吴州话回话，见姥姥点头，立刻温存地推开傻子少爷，麻利地套上小棉袄，起身去一边的博古柜子上取了一个青花盏，又褪出胸脯子，就向盏里产奶。

金姥姥抱着傻子轻轻拍着，那傻子嘴里呢喃着叫着"姥姥"。

姥姥笑着问躲在门口阴影里的余之蚨说:"余先生,你要不要也来一碗奶子?很补的。"

金小玉看见面如土色的余之蚨,噗嗤一笑,嗔怪地对她姥姥说:"姥姥,余先生是新派人,你别吓坏了他!"

金姥姥哄着傻子,嘴上却诧异地问:"新派人就不吃奶了吗?"

"新派人都喝牛奶。"

"牛奶怎能比得上人奶?"

"不是那样的……姥姥……我和你说不清。"

"你爷吃了一辈子人奶,所以才聪明,才考状元。那唐云山却是每早吃法国牧场①供的鲜牛奶的,结果像牛一样被人牵着鼻子走……"

正好奶妈接了一盏奶水捧过来,小玉便从姥姥手里接过傻子抱着,忧伤地抚摸着傻子的额头问:"姥姥,佲佲怎么不认得我了?"

姥姥慢慢呷着奶子,一边愀然道:"自打你去了上海读书,佲佲天天闹着要姐姐,然后他的脑袋就一日糊涂似一日了。你走之前,佲佲连'女起解'都能跟我唱了,结果现在却一句完整话都不会了,除了我,别人一个都不认了。"

金小玉乖巧地在姥姥身边坐下,小女孩儿似的扯着衣角儿,

---

① 当时天津郊区有法国人出资开设的农场,养牛羊鸡,供应使馆区的牛乳、鸡蛋络绎不绝。

六国饭店 1931

低声问:"姥姥,你把余先生带上来做什么?"

"呵……你自己做下的事情,还好意思问?等下你妈妈上来,我们三堂会审你!"姥姥呷完了奶子,扭头不理金小玉,招手让奶妈过来,说:"芭蕉,难为你了。少爷这些日子身体见好,你还是放心在我这里做事情吧。你求我的事儿,我也和翠喜商议了。但是不行,要是把你男人接来做工,你一旦又有了身子,你奶水就没了……岂不是得不偿失?"

"姥姥……我绝不让那死鬼……"奶妈低眉顺眼地恳求,却被金彩云一个手势打断了。

"那又难免生出别的丑事来,还不如留在老家里眼不见心不烦的……你那个大点儿的儿子不是也有十几了?"姥姥把空碗还给叫作芭蕉的奶妈。

"十二岁了……"芭蕉接过空碗,紧抱着碗,像是抱着希望,她眉间又有了些喜色。

"那正是学手艺的时候,要不你就把小儿子接过来,跟着赵亮混几年,见见世面,学个眉眼高低的,以后就有出息了。"姥姥又摩挲一把偣偣和小玉,念叨着说:"咱们妇道人家,男人终究靠不住,没准养个孩子,还更贴心些。"

芭蕉喜忧参半,自己却没主见,仍是跪下给姥姥磕了一个头道谢,说是得和家里的商议商议才能决定。姥姥便让她下去歇着,招呼着余之蚨过来在罗汉床对面机凳上坐了。

第二幕：张良计

金彩云见余之蚨一直不安地看倌倌，她笑道："余先生是大学问家，请问余先生也信转世的说法吗？"

"不敢，这个说法在下确实没有什么研究……"余之蚨赶忙摇头。

"小玉他爷爷却是相信的，说句吹牛的话，我也再没见过比他更聪明的人了。"

"那是自然……"余之蚨知道金彩云说的是前清状元、外交家金雯青①，自然心服口服地点头。

金彩云起身，转动留声机，传来一阵评弹《白蛇传》的说唱，她自己点上烟袋锅，拿出一盒红双喜纸烟让余之蚨自取享用，她接着用苏州话唠家常说："当年他爷爷有首小诗，说的是两艘船江面交错之间，江岸不动，水流船行，生生死死，都在此岸彼船——'流月送归艭②，吴歌尽短音，若远尤无近，若拒似还迎，波涛涟漪梦，精魄又相承，倏尔忽来悟，今生与来生。'"

金小玉抱着倌倌插话道："爷爷说的是什么？"

"说的是啥？说的都是疯话、醉话……因为，对面船上，就是我对着他，一晃，就那么错船过去了。你爷爷说，我是另一个女人转世的，他第一次见我，就这样说，到他临死，抓着我的手，

---

① 金雯青：《孽海花》里的人物，原型是晚清状元和外交家洪钧。洪钧带赛金花出使西欧各国的故事，使赛金花成为一代传奇。
② 艭：（音双），较小的载人驳船。

六国饭店 **1931**

还是这样说——还说是这一生还不清了。说起来我自己转不转世我也不知道,我知道的却是很多事情我亏欠了你爷爷的,我也没有给他守节,反倒是偷了他的家当跑出来,还重操旧业,狠赚了些银子。"

余之蚨抽着烟,回想起金彩云的那些传奇,她在金雯青老爷过身后,扶棺回乡,却在半路就卷财产跑路,到上海重操旧业,成为当年上海花国最大的花边新闻了。后来因此得罪了上海的势力,又把她赶回北京,却在北京庚子事变中做了"救国娘娘",上海的青帮都将当年明抢豪夺她的家产或奉还、或变卖还给了她,这又是一段江湖佳话。

恰恰此时评弹唱道:"……但愿夫妻好比秋江水,心与秋江一样清……"让听众全都感到格外刺心。

金彩云接着说:"余先生,不怕你笑话,你倒说说,人倒是聪明好,还是蠢笨好?"

"那自然是聪明好了!"余之蚨脑子里却都是金雯青被俄国人诓骗,谈判前被间谍卖给他错误的地图,结果害国家白白丢了几百里领土,遭到清流弹劾,因此吐血而亡的故事。

"他爷爷却总是念一句苏东坡的诗,不知道您听过没有——'人家养子望聪明,我被聪明误一生,惟愿孩儿愚且鲁,无灾无难到公卿。'"

余之蚨哈哈一笑,点头道:"是苏东坡的《洗儿诗》。"

第二幕：张良计

金彩云揽过倌倌抱着，小玉找过一块帕子，替倌倌仔细地揩拭口水，也替她姥姥揩拭眼角开始流出的泪水："他爷爷每次念完，也是这样卧在我怀里一边抽烟，一边对我说——彩云啊，我若来生，一定做个傻子，公卿可以不做，但却一定要与你还这样卧着一生……当年我从上海回到了天津，在三不管一眼看见这孩子被几个混星子带着进了锅伙①，我想他们几个弄这个孩子进去，必然是采生折割②的……这孩子却忽然回头朝我一笑，我心里轰的一下子像是被雷劈了，难道这就是老爷转世回来了？是特意回来陪我的吗？"

金彩云寻常似的念叨家常，余之蚨却觉得惊心动魄，他忽然想到一句老话，"仗义每多屠狗辈，负心都是读书人"，就算逢场作戏，如果赌上这一生，甚至赔上来生，那怎么还有输赢呢？

金小玉帮姥姥擦拭了眼泪，嗔着姥姥说："姥姥，跟余先生说这些做什么？"

姥姥看傻子一样看一眼小玉，转头还是对余之蚨说："余先生自然知道我本不是什么好人家。我这一辈子，几次被人捧到过天上，也几次被人踩进泥里，我在高处从不轻狂，在泥里也从没

---

① 锅伙：天津混混儿聚居一处讨生活，因为生火取暖，并架一口大锅一伙同吃，因此混混组织也叫作锅伙。
② 采生折割：旧社会乞丐有一种专门拐来健康小孩后，用种种残忍手段弄得残疾，然后以孩子可怜而乞讨施舍的行径，叫作采生折割。

猥琐，您知道我们这样的人，都是信命的。我的命是不好的，却总有贵人周全；我女儿翠喜，命原是好的，却也不知足，因此总有人坑害她；我原想到了小玉，生在绫罗绸缎里了，又送去读了洋学堂，应该是个好命了吧，您说呢？余先生？"

余之蚨自然点头应承着，琢磨着莫非姥姥要撮合他和小玉？便有些不安，也不是不喜欢小玉，至少是绝美的，但这方式也太不新派了。

"我和我女儿翠喜不同的，我是旧世界的古董，我的本分就是伺候爷们儿，眼里只有人，只会讨人欢心。翠喜却是眼里只有银子，也因此比我会钻营，也能凭空换来这样一个家业……可对人，却也就有了褒贬势利。有了褒贬，就有了远近亲疏，有巴结的，也就有得罪的，高兴了水涨船高，不高兴了，一个浪头，就翻了船。但选择最多、胆子最大的，反而是金小玉这丫头。这孩子却和我是一样的，她是看不上银子的，眼里又是只有人了。我当年，中国男人最好的，自然是读书人，因此我算是拔了头筹，嫁了一个状元；翠喜的时代，中国男人里面最拔尖儿的却是军人，她也不差，跟了一个督军；结果，到了小玉这一代，又流行革命救国了……因此，跟了一个赤党……却被杀了头。余先生，我听说你也是赤党？"

"不……我不够资格。"余之蚨有些惊慌，摆手否认。

"那你却如何帮小玉带回戒指，房间里现在还藏着两个要犯？"金彩云在紫铜炭盆啌啌两下，敲干净了烟袋锅子，似笑非笑，似怒非怒地盯着余之蚨。

这下余之蚨的义气反而被激发起来，也在水晶烟灰缸里掐灭了烟卷儿，昂然道："那人是在下的朋友，在街上被坏人打，我救回来才知道他被少帅通缉了……如果姥姥担心，就把我们交给巡捕房好了。"

"哈哈……余先生说笑了，再说既然是租界，巡捕房也不干涉那些。我倒是担心余先生以后既然还要在天津教书，难道不怕得罪张家人吗？"

余之蚨哑然了，他确实有些担心后果，但又不愿意承认。

"看来都是一个愿打一个愿挨……人做什么事情，大都是确定了的。因此，人在局中，不是人傻入彀，而是夙命活该。"说罢姥姥似乎是乏了，往罗汉床团云靠垫儿上一歪，叫小玉把烟具拿过来，余之蚨一听就知道是大烟，心里奇怪金小玉的反应，却见小玉很日常地端了一个日本漆器的大托盘过来，娴熟地帮姥姥点上琉璃烟灯，烤软了生膏，将熟膏搓起烟泡儿来。

姥姥问余之蚨道："余先生也来一口儿吗？"余之蚨心里是想要的，但当着金小玉实在放不下进步作家的身段儿，只是摇头。姥姥笑道："您是新派人物，别笑话我，我是风烛残年的人了，全靠这个提提精神。小玉她刚启蒙学会千字文的时候，就学会伺候我抽烟了。我这套烟具——说是南洋玉包银的，还是当年我和他爷爷从欧罗巴带回来的时髦玩意儿，这一晃，五十年的古董了，等我死了，一起下葬，这个手艺，也就该绝了。"

这时金倌倌却对小炕桌上发着包浆光泽的烟具感兴趣起来，伸出短手就要抓玩，把银钎子、金剪刀扒拉得乱响。金小玉哄着傻子，随手抓过一个佛手塞给金倌倌，让他玩着，那傻子似乎喜欢佛手柑的香气，一口咬上去，也并不咬破，只是吮吸着，弄得口水流得到处都是，金小玉只好帮他不断擦拭。

余之蚨坐在杌凳靠着墙上的幔帐，一来昨天就睡得不好，二来中午又喝了一点儿酒，再加上屋内暧昧的各种香气一恍惚，就有点犯了瞌睡。迷迷糊糊听着吃了大烟后沉溺在自己世界的金姥姥和金小玉对话说："那年江山船[①]上，你爷爷可算逮住我，见没有别人，他只是挨着我坐下，拉着手问说——你今年多少年纪了？我说我13岁了。你爷爷就不说话，拉我的手，眼睛里扑簌簌地滚下泪来……我帮他揩了，他念一句诗说——'当时只道是寻常，过后思量总可怜'。我当时不懂，便只是帮他轻轻拭泪。你爷爷说——彩云，我心里看你真是可怜，你懂吗？我当时不懂，后来却懂了。我当时是可怜人，所以才有你爷爷怜我爱我。后来我要强，你妈妈也要强，虽说挣下这样家业来，却也再无人可怜。都说你爷爷是被我气死的，我何尝肯气他，只是要这个好强的名

---

① 从明代开始，盛行于清朝至民国时期的江南伎乐游船，叫作江山船。

声罢了。孩子,'自作新词韵最娇,小红低唱我吹箫。'他们男人爱的不过是我们可怜,我们爱的,是他们身家清白,腰缠万贯。可这就是个武陵源,一回头就是百年身,还不都是'曲终过尽松陵路,回首烟波十四桥'了吗?"

金小玉:"姥姥,我就爱听姥姥讲话,就不爱听我妈的话。"

金姥姥笑道:"你这孩子,你可知咱们家虽然从来不尽说实话,却也从来不说假话。都说这六国饭店是咱们张的网、布的局,却都不是因为受骗来的,而都是像余先生这样自投罗网来的。你以为当年江上花船上,你爷爷是无意中看到了我,因此有缘的?不过都是神仙局——你想想,那年他贬谪回家,我却才选了花魁——花状元,因此,同一江上,文状元岂能不会一会花状元?花状元是局,花船游江也是局,隔几日的船舱偶遇还是局。小玉,你知道吗?我这花状元热腾腾地推出来,那就是鲜货上架,涨了行市了,可要是没有个知名的公子上钩,那可真是跌了跟头,再难抬头了。还有你妈妈,都说庚子年金姥姥救了大清,辛亥年金翠喜又亡了大清……当年段督军在那个当口,把你妈妈送给庆王世子,转头又到报馆去坏他名声,还不是帮助袁大总统复出?可是你妈妈却也因此成名,也就是新鲜上架,涨了行市了。而她有了这份功劳,才赚回这座六国饭店……可有了这饭店,也就把性命绑在这饭店上了。"

金小玉似乎最不爱听金翠喜的"事迹"和"艰难",立刻撂

六国饭店 1931

下脸，搁开手，不再伺候烟局，转头看见余之蚨眼都闭上了，一晃晃地在念经了，便气恼地大声说："余先生，您回房休息吧，我看您也很是无聊了。"

余之蚨一凛，如蒙大赦般要起身告辞，却被金姥姥叫住。金姥姥半撑起身子对金小玉说："你带倌倌去找芭蕉吧，他也该解手了……快去。"

金小玉闻听，咬一下下唇，从金倌倌手里抢过佛手柑，硬硬地搁在炕桌上，领着昏昏沉沉的傻子向后面走去了。

金姥姥放下烟枪，对余之蚨说："听说，余先生要带小玉私奔？"

余之蚨没想到老太太如此直接地问，不由尴尬地说："没有的事……没有的事，我和小玉只是一般朋友。"

"这我也看出来了……余先生是读书人，我还是了解读书人的。小玉却是从六国饭店出来的，我和她妈妈原本就是想要在她这一代上跳过龙门的。谁知世道却都不是我们能看得懂的了。我的妈妈们都说我嫁了金状元，这辈子就稳了，结果又如何？我当年也琢磨，小玉她妈妈嫁进王府，也算麻雀变凤凰了，结果大清转眼就亡了，后来我们又想依靠军人，这些年，光是六国饭店迎来送往的，就有多少胜败兴亡了？"金彩云说得严肃了，坐直了身子，盯着余之蚨说："余先生，我金彩云明人不说暗话，六国饭店如今遇到难事儿了。您大约也看出来了，刚刚翠喜和我，就是向松翁求情去的。我特地把您请过来,也同样是请余先生帮个忙的。"

听到正题,余之蚨精神一振,却也有些心虚,毕竟他房租欠了几天,屋里还藏着一个通缉犯,于是他赶忙说:"您尽管直说。"

"我们不是什么好人家,您也知道的。这份家业虽是空手套的,却也不想又空手离开……打明儿起,六国饭店有两个重要的局,决定六国饭店的生死。第一个是明天下午,东北军的解将军宴请南京来的封书记①。"

"封书记?"

"军人联合会的封书记。"

"都说是蒋家螟蛉义子的那个?"

"对,他在上海,是小玉老师的老师,小玉听过他的讲演。他明早到天津来,就住在六国饭店……定是住西边的套间儿里。"

"那我能做什么?"余之蚨冷了脸问道。

"请您帮我撑个台柱子,捧捧我们家小玉。要是对方冷了脸,也请您搬把梯子,让我们丫头下得了台。说白了,封书记现在宁沪两地炙手可热,他一句话,我们就能起死回生。"

"明白了,我明天故意向小玉献一个殷勤,给姓封的看,逼他表态。"余之蚨不禁莞尔。

---

① 封书记:原型酆悌(1903—1938),黄埔一期学员,复兴社十三太保之一。是国民党法西斯化的推动者之一,曾经是蒋介石亲随,但因为国民党内斗争而逐渐疏离了决策核心,最后在长沙抗战中背锅被枪毙了。

六国饭店 1931

"余先生真是聪明人。那我就先谢谢您了。可还有第二个局……"

"那是？"

"您刚才听到了，松翁答应把明儿个晚上日本人奉天市长的欢迎会挪到六国饭店了，其中必定有个日本参谋叫作吉田的，他虽是个苦出身，却很是上进，是川岛先生的学生，和石原参谋关系也非同一般。这个吉田先生和小玉打过几次网球，从此，一有空就来六国饭店转悠。"

"哼……"余之蚨有些怒了，忍着火气问道，"哦，那还是要我去激发那个日本人？"

"不，余先生，我请您去和他打一架，就像《唐璜》常做的那样。"金彩云教唆着。

余之蚨却惊恐地叫起来："我……我可不会打架……"

"那你有一整天的时间学习怎么打……余先生，相信我，您这次义举，不但能帮我们和小玉，您的名声也会传遍大江南北，您也不必再纠结是国民党还是赤党了，两边都会欢迎您的……就因为您打了一个日本人。而且这事儿之后，我自有办法把您、小玉和您房间里的危险人物一起送出天津……这只是一个局，让六国饭店重新拿回牌桌的主动权而已……放心吧，我会让克里斯蒂安保护你的，有他在，没人伤得了你。"

言至于此，余之蚨也无话可说了，话里的另一层意思是他要是不答应,这几天对他和颜悦色的克里斯蒂安就要把他扔到大街上甚至巡捕房里去了。他含含糊糊地答应下来,晕乎乎地走出门,门外歌声悠扬,是一男一女正在唱时下流行电影,金焰和阮玲玉主演的《野草闲花》的插曲《寻兄曲》:

从军伍,少小离家乡;

念双亲,重返空凄凉。家成灰,亲墓生春草,我的妹,流落他方!

兄嘉利,妹名丽芳;

十年前,同住玉藕塘;妹孤零,家又破散;寻我兄,流落他乡!

风凄凄,雪花又纷飞;

夜色冷,寒鸦觅巢归。歌声声,我兄能听否?莽天涯,无家可归!

雪花飞,梅花片片;

妹寻兄,千山万水间,别十年,兄妹重相见,喜流泪,共谢苍天!

余之蚨想起电影里那个咬破食指给婴儿喂奶的母亲和那个美丽的卖花姑娘……他决心已下,默默地坐到正在歌唱的金小玉和苏也佛身边,鼓起勇气握紧了金小玉的手。

六国饭店 **1931**

第三场：偷窥

1931年，10月8日，水曜日，夜晚，不知道外面的天气。
三楼，金家三代的起居间兼六国沙龙甲——东北角。

金小玉见到仰慕已久的偶像苏也佛，自然牛皮糖一样贴上去了，不断追着问这问那，一会儿讨教诗文，一会儿请教翻译，一会儿又拿出水彩画来请大师指点。余之蚨只在一边儿憨憨地笑着，虽插不上话，心里却十分高兴。香烟、美酒、红颜、名士——这样四角俱全的完美聚会正是三生有幸。

"这些年我辗转于星洲巨港之间，盘桓于椰风椰雨之际，陪着一位西班牙女士一同游历，我们一同阅读了她携带的西洋诗集数种，日夜讨论，对比研究，颇有一些感触，比如翻译西式诗歌，或翻译家自有成势，只选与自己格调相近者翻译自是好的。或者，翻译家一定要对我国诗人的风格秉性，烂熟于胸，才能借用机巧，共情典故，以期翻译传神。嗯……比如，拜伦天然洒脱，可与李太白比美；雪莱雅致浪漫，仿佛英吉利的李义山；莎士比亚、弥尔顿等，大气磅礴，沉郁浑厚，当可与杜子美一争高下……诗家钟灵毓秀，神韵重于准确，因此林纾、严复的翻译，只能算是诗意底稿，却不算是诗情传达了。而辜鸿铭翻译的《痴汉骑马歌》可谓辞气相符，可见他对中西语言掌握之妙，完全有锦上添花的趣味。"

"是的，是的，我读到有一句——《痴汉骑马歌》里头'鞭声何得得，轮影复团团'时，就像在读《木兰辞》了，一下情景、人物全都契合，活脱脱的画面都跳在眼前了。"金小玉说得兴起，忽然起身道："苏先生帮我签个名吧？您请等一下……"说罢，起身跑进自己小屋里面去了。

余之蚨见小玉高兴，兴致也高了起来，借金家的酒敬一杯给前辈高人。笑道："在下曾在日本求学，到回国，一直追着先生的足迹，可惜无缘一见……那年风传先生过世，我还哭了一鼻子……没想到今日还有幸拜见……"

"嗯，当年我恨康南海复辟，立志要为国除害，想要刺杀他。结果秀才造反，十年不成。喝了几十场辞行酒，写了七八首绝命诗，可事到临头，却退缩了……在青岛天游堂①外，和他的小妾在墙内外对了半宿的俳句，吹了半宿的尺八——胡姬善解离人意，笑指芙蕖寂寞红……不待天明，我浑身僵硬地走了，完全忘记了腰间还别着手枪。结果……后来我才知道那女子叫什么鹤子的，

---

① 康有为：1858—1927年，晚清微信运动思想家，号康南海。他晚年栖居青岛，别墅起名叫作"天游堂"。

六国饭店 **1931**

竟然不知为何卧轨死掉了。我觉得自己实在可恨，这事儿又实在丢人……于是，想自杀，却也杀不了自己……于是，再次出家，去了南洋流浪。有次在槟城发病，讣告、遗书都写好了，遗照也照了，病却被一个过路的红毛医生治好了。但我想，出家也是一种死亡，索性不辞而别，让当地人把讣告发出。这些年，过得反而安静了，身体也好起来。要不是这次杨度辞世，我忍不住要见他最后一面，还不知在南洋继续缱绻多久。"

正说着，金小玉拿出一本《拜伦诗集》汗颜道："苏先生，我在这边家里没有您的书，刚刚说到拜伦，不如就请您在这本书上签名赠我吧？"

苏也佛哈哈一笑，接过书打开扉页，掏出钢笔，写道："秋风海上已黄昏，独向遗篇吊拜伦，词客飘蓬君与我，可能异域为招魂。"[①]……

"余扶病书二十八字赠小玉、之蚨，嗟夫……学道无成，革命无功，身世无名，无死无生一情僧——苏也佛于某年某日天津六国饭店。"

写罢，放在灯前看看，轻轻吹干，这才交给金小玉和余之蚨道："我此番归来，天下乱象方生，一眼看不到太平。两位投身报国当然正当其时，若是厌倦了，倒不如随我到南洋避乱……我

[①] 苏曼殊的诗《题拜伦集》。本文借用此诗，与郁达夫本无关系。

听说美利坚近来经济凋敝，那样的强国居然也是饿殍满地了……日本也是外强中干，靠几百万女孩儿在南洋做妓女周济国家用度……可见东西方都是悲惨世界了。如今南洋还好，气候温暖，物产多样，当地人淳厚有余，勤劳和精明不足，加上西洋殖民地政府对华人也算客气，这些年我倒觉得南洋是地球上最后一片乐土了。"

余之蚨闻言瞟了一眼金小玉，心想若是有幸能与这女孩儿一起逃离这条千疮百孔的旧船，登上一片新大陆的话，还真是求之不得的事情。但他知道金小玉是要去苏区的，他余之蚨只是她捏在手里的一张船票，或者连船票都算不上，只是一个头戴土耳其帽、搬运行李的苦力罢了。

他正胡思乱想着，脚步一阵乱响，金翠喜、金亚仙、唐云山风风火火地涌了进来，这几个六国饭店的掌舵人全都气急败坏似的，看到客厅的三个人，表情阴晴不定，像是都压着火儿发不出来。金小玉理也不理她妈妈和姑姑，转身大大方方地拉着余之蚨和苏也佛就要回自己房间，苏也佛却一笑推辞掉了，转身回自己家一样，推门进了金姥姥的房间。

余之蚨被一个小自己十岁的美丽女郎拉进了闺房，竟然有些慌张。金小玉房间里没有煨火，显得有些冷清，屋内虽也是银花壁纸，但除了似乎是房间标配的一个书架、一张书桌、一个衣柜之外，并没有别的东西，三面墙上几乎都是素的，只有一面墙挂

六国饭店　**1931**

着一张摩登丽人全身照,而照片周围全是各种相框装饰起来的剪报。余之蚨觉得这女人面熟,凑过去一看,原来是民国第一才女吕碧城[1]。周边剪报是吕大才女自1904年以来,在《大公报》发表的文章,在各国游历时的新闻,还有她与她姐姐吕美荪[2],以及秋瑾、梁启超、袁寒云等名流的合照,另外还有吕碧城与她创办的北洋女子公学的毕业生的合照。

见余之蚨看得入神,金小玉笑道:"我妈妈和我都是北洋女子公学的学生,妈妈是第2期,我是全科的14期,但已经改名叫作'河北女子师范'的第5期了。这房间原是亚仙姑姑的……"金小玉在一张大合影上一指,在密密麻麻的人群中,前排坐着金亚仙:"公学初办的时候,亚仙姑姑是挂名的校董。银子大都是袁世凯的北洋出的。吕校长1907年因为好友秋瑾牺牲,她出面为秋瑾收葬,几乎也被当成革命党抓了,幸亏袁寒云去求了他父亲。结果那袁大头倒也开明——说要是有书信往来就算乱党同谋,那我袁世凯更是同党了。哎……亚仙姑姑和吕校长的故事也说来话长了。当年在火车上……"

余之蚨听得入迷,他早知道吕碧城与秋瑾合称"双侠",原

---

[1] 吕碧城:1883—1943年,被时人誉为300年间第一才女,与秋瑾并称"女子双侠",女诗人、社会活动家、教育家、中国新闻史第一位女性编辑,也是中国第一位女权运动者。她创立的北洋女子公学影响深远,培养过的杰出女性有邓颖超、许广平、刘清扬等。
[2] 吕美荪:1882—1945年,美术家、教育家、社会活动家。

第二幕：张良计

本秋瑾在北京起诗社，也曾经自号碧城。结果听说天津也有一个"碧城"，这秋瑾也是有趣，登时气不过，坐火车赶到天津来"打擂"。谁知一见吕碧城容貌就惊为天人，看了文章和诗词后，当场自愧不如。不但公开宣布天下只有一个"吕碧城"，还与吕碧城从此姐妹相称——也是当年平津文坛的一段佳话。

只见墙上小相框里一张小札是吕碧城的一首《定风波》——梦笔生花总是魔，昙红吹影乱如梭。浪说鼇天春色靓，重省，十年心事定风波。但有金支能照海，更无珊网可张罗。西北高楼休著眼，帘卷，断肠人远彩云多。

余之蚨耳朵里听着金小玉讲金亚仙如何在火车上偶遇救助离家出走的少女吕碧城[①]……眼睛里慢慢咀嚼着"断肠人远彩云多"……这时，却听见外面沙龙中争执了起来。金小玉连忙示意余之蚨不要出声，拽着余之蚨凑到一处墙角处，拿出一个方形管子往墙上一个隐秘的口子上一插——竟是一个小型化的欧战时战壕里的潜望镜。金小玉狡黠地朝余之蚨满含深意地一笑，大约是说六国饭店的秘密多着哩，而你在这里，则没有秘密可言。金小玉先是自己看了一会儿，便交给余之蚨看，两人凑得很近，身上

[①] 吕碧城少年失怙，与寡母、幼妹相守度日。她自小就颇有主见，想去上学却遭到舅父责骂，她索性离家出走，偷偷登上了去天津的火车。身无分文的她幸亏得到一个好心太太的救护，才免于危险和尴尬。这里将这段奇遇安在了金亚仙姑姑的身上。

六国饭店 **1931**

的气息一下子热烘烘地混在一起了。

却见外面亚仙姑姑像木雕一样抽着烟,金翠喜则不耐烦地扇动着象牙折扇,冷冰冰地盯着正在大声辩解的唐云山。

那男人既沮丧又悲愤地说着:"我也是误信了朱海少爷,他说什么满铁都不算什么,日后是航空运输的天下,他自己也一样背着他家老爷子和他几个连襟一起从汇丰银行贷的款,张学铭说现在飞机都造出来了,这还能有假的?张少帅每天带着赵家老四在天上飞,不也是广告?我也知道这是和惠通公司唱对台戏,可日英联盟也不是假的,哪知道说翻脸就翻脸?哪知道日本人说动手就动手,如今工厂也没了,飞机也没了,机场也被人占了……谁知道英国人也靠不住?英国人又来催着要债,我也是没有办法,这才抵押了饭店。你也知道,他张家人归根结底是胡子出身,谁知道还能干出什么事情来。我想已进入了局,为今之计,一面要与朱公子他们面子上撑下去不至于翻脸,另一面还是要争取惠通公司的收购……这样两边都有个交代,饭店也能够保全。你也别急,朱家少爷也是焦头烂额……翠喜,你也不要过于着急,依我看事情还有缓和,国联必然会来调解东北问题,如果实现国际共管,日本人能把这些产业还给少帅,汇丰银行不但不会催债,立刻还会追加贷款……这些王八蛋。"

金翠喜摇着头,用扇子指点着唐云山,恨恨地说:"松翁下午已经挑明了……他和他主子不会帮咱们了,而且我们守着惠通航空公司的大腿不抱，非要和张家人一起搞什么北方航空，这就是和日本人唱对台戏。现在日本人动了兵，把整个东三省都咬在嘴里了，哪里还肯吐出来？"

唐云山不顾体面地敞开西装，凑近一些说："我不是说了，日本人咬得住东北，可未必能吞得下去，整个东北也就一万多关东军，日本人加起来也跟撒胡椒面儿一样的……最后稳住局面，还得靠咱们中国人。这不是国联一定会干预的吗？只是……"

"只是，只是！……只是国联靠得住？国联不是英国人？眼下要钱的不正是英国人？"

"几年前贷款的时候，英美都跟阔气的暴发户一样，谁知这两年一下垮了……美国人都要了饭了，我又不是神仙，哪里算得到他们也会萧条……当年贷款的时候，你又不是不知道，不也说不去借钱就是笨蛋了？不要什么都反过来骂我……"

"我只是说可以贷款……没让你押上饭店。"金翠喜暴跳如雷。

"……天下有不押东西的贷款？"唐云山愤懑地张口结舌了。

"没听说你个爷们儿反倒押娘们儿家东西的。"金翠喜就差一口啐过去了。

"你这话难听，你摸摸良心说，这些年我唐云山帮你填过多少窟窿了？不说别的，光在这三楼的四张牌桌上……我都输了一个银行的钱了。"

六国饭店 **1931**

金翠喜冷笑一声道:"输钱也算是本事了?……"她正要继续攻击,却被亚仙姑姑一声咳嗽叫住了。于是自然程序性地进入下一个自怨自艾的啼哭环节。

亚仙白了她一眼,和颜悦色地问唐云山道:"朱家的产业都在热河、河北和津浦线北段。时局如此,总不能不做表示吧?"

"事情就坏在去年中原大战少帅全面进关,虽然占了大便宜,却被日本人抄了后院儿。如今,东北军若是回军东北,其实不是抗日,而是东北军打内战。而且,华北立刻就会遍地烽火。弄不好就会满盘皆输了。朱家产业若都在东北,现在必然和我一样着急,干脆去和日本谈也就罢了。可朱家现在自然和张家一样,都要守住河北的基业。我唐云山不过一个商人,自然就成了弃子……"

亚仙摇头道:"云山,我这么问,还不是正因为朱家产业大都在关内,这样才有本钱和日本人谈个条件……好在现在张家和朱家手里还有牌打,日本人才会当你是个人物,若是他们和你一样已经输光了本钱,怕连牌桌也上不来了吧?"

唐云山如堕冰窟,他忽然发现他在六国饭店已经打光了牌,无论如何他自己已经是一个弃子了。他立刻转向啼啼哭哭的金翠喜,黯然道:"翠喜,抵押六国饭店的事情确实没和你商议……当时张学铭夸我韩信带兵,多多益善,我就晕了头,把能押上去的全押上了。你们说得对,现在既然产业全在日本人手里,我说不得要忍辱负重，就算顶着个汉奸的帽子，我也一定想方设法把六国饭店保全下来。只是现在，国联还没动作。当年《马关条约》日本就是在各国干预下吐出了辽东，这次或者也是如此。"

金翠喜哼一声道："你总算明白了，那你就不反对我们明天接待日本客人了吧？你看，我也不拦着你明天继续去走张家、朱家的门路，明天不是封书记要来吗？你正好听听南京有没有什么好消息，说不定马上南北联合，全国同仇敌忾，让日本人咽不下去，国联这时干预，我们就也有一线生机了。明天，解将军说不要人多，就在三楼吃饭……你带着小玉过去，她和封书记认识，没准能帮上你。"

话说到此，金翠喜朝这边瞄了一眼，大声喊道："小玉，小玉，你出来我有话和你说。"

余之蚨这才觉得怀里温香一动，金小玉的呼吸一下变得冰冷急促，黑暗中猫儿一样的眼神也透出寒气来。她不轻不重地推着余之蚨转身，答应一声，也没嘱咐余之蚨什么，就独自出门去了。

金翠喜拉着小玉对她说亚仙姑姑给她准备了明晚的两套洋装，现在就下去试一试。于是，两个女人一边一个押着小玉下楼去了，唐云山被晾在沙发上，狠狠抽了自己一个嘴巴，抓了抓脑袋，失魂落魄地也走了。

余之蚨无聊地取下半截潜望镜，转身靠在墙上，却发现对面

六国饭店 **1931**

　　墙上同样有一个这样的方孔隐藏在垂幕流苏后面。他不免好奇地蹑手蹑脚地过去，有样学样地把半截潜望镜插入墙孔，却立刻惊呆住了。

　　潜望镜的小孔里传过来的是金彩云的房间，被红红绿绿的琉璃灯照得意兴阑珊，屋子中央水汽氤氲，波澜碎闪，苏也佛和金彩云都浸在大木桶里，亲亲密密地说着话。说什么自然听不见，房间旦留声机唱的却是评弹《珍珠塔 十八因何》[①]。

　　片刻，金彩云赤条条地从木桶中钻出水来，也不揩拭，就披上一件薄纱睡袍，像洛神仙子一样，划过小孔的画面，又捧着一个日本漆器盒子飘了回来。她打开盒子，里面赫然是一把俗称花口撸子的勃朗宁手枪和一柄德国索林根的直柄剃刀。金彩云拿出剃刀，站到苏也佛身后，竟然就帮他剃起了头发。随着苏也佛头发扑簌簌地纷纷掉落，这位几番出家又几番还俗的情僧，似乎又一次舍弃了尘缘。

---

① 《十八因何》唱词：
　　因何昔日返乡城？因何并不返家庭？
　　因何半路遇强人？因何并不报衙门？
　　因何湘楚杳无音？因何抛弃白头亲？
　　因何不去渎经纶？因何无意赶功名？
　　因何不想振家声？因何今日到襄城？
　　因何并不到前厅？因何反向后园门？
　　因何改换出家人？因何鼓板手中擎？
　　因何不像读书人？因何到处自谋生？
　　因何落魄唱道情？因何辱没旧王孙？

第二幕：张良计

金彩云手一抖，赶忙收手，但一抹鲜血早已流了出来，像是喷涌的热泉，一直灌满潜望镜的小孔，喷溅了余之蚨一身一脸。余之蚨吓得定定神，才发觉眼花了，定定神忍不住还是凑过去看。却见金彩云用毛巾按在伤口上，两个俊俏的老人，全都吃吃地笑着。金彩云拿开手巾，看血也不多了，安抚苏也佛坐好，竟然轻轻朝着伤口吻了上去。苏也佛仰头微笑着迎上去，最终两人吻在了一处。

余之蚨不敢再看下去，失魂落魄地坐在金小玉床上，感到浑身无处安放的情欲像闪电一样四处释放又毫无抓手，让他的灵魂拽着肉身，一起向虚无中永远堕落下去了。

不知过了多久，耳听旁边门声一响，像是有人出门了。余之蚨，赶忙追了出去，在六国饭店明亮的灯火下，一个青衣僧人正隐入暗处。

"苏先生！"余之蚨忍不住喊了一声。

那僧人回头，那个风流的苏也佛消失了，眼前只是个脸色有些潮红的清癯老僧。这老僧笑笑，说声正好，走过来将那个日本漆器盒子郑重地交给了余之蚨。本来余之蚨还想问先生哪里去或是再会什么的客套话，但比起手里的盒子……还有什么值得说呢？

忽然，两人身后的楼梯上传来一声爽朗的大笑，一个日本老人高声叫着苏也佛的名字快步走了过来。

六国饭店 1931

苏和尚和余之蚨一看,竟然是川岛浪速,三人用日语客气地问候了。川岛浪速拍着胸脯笑道:"和尚,你从黄泉归来,是来杀人的吗?是不是来杀我的?"

苏和尚笑道:"万里飘零双布履,十年回首一僧衣,我是来拿回我的僧鞋和僧衣的。至于阁下,大好头颅,自然有后来人取。你自来精通汉诗,有句诗你一定知道——楚虽三户能亡秦,岂有堂堂中国空无人!"

川岛浪速大笑点头认可,握住苏和尚的手说:"和尚,你可以杀了我,但你更应该杀掉你自己,还有你的皇帝,(看表)和尚,已经来不及了,你要杀我可以,但是,我已经没有用了,我的事情做完了。后面的事情交给年轻人去做了。你杀了我,我谢谢你,因为他们更会继承我的志向。如果要死,死在你的手里,那是大快我心的……"

苏和尚丢开手:"我的事情,自然也有年轻人去做。我不杀你,我杀不了你,我一生误入红尘,半生革命,却从未杀过一人,半生学佛,却从未照亮一盏灯。"

川岛浪速道:"那么,还是让我们喝酒吧……天下已经乱了。好在这里是六国饭店,可以让我们喝酒到死……明天的世界还是随他们年轻人去收拾吧。"说罢,川岛浪速竟然拉着苏和尚就走,然后转头对抱着盒子发呆的余之蚨说:"余桑,小女正等着你,请转告她我遇到一位老朋友,今晚的会议我就不参加了,如果她找我,请到戈多酒吧。"

  余之蚨这才想起他和金碧辉还有个约会,于是端着盒子,转身向三楼的另一处沙龙——东南侧金碧辉的包房处走去。还没到门口,就已经听到一阵浑厚的歌声传来……

六国饭店 **1931**

第四场：宝剑

1931年，10月8日，水曜日，夜晚，不知道外面的天气。

三楼，金碧辉的起居间兼六国沙龙乙——东南角。

余之蚨随着音乐声走近六国饭店三楼东南角金碧辉长期包用的总统套房外头，却吓了一跳，走廊和楼梯门口竟然垂手侍立着五六个身穿青布长衫，非僧非道非俗非兵的壮汉。这是"顺天会"的信众？余之蚨昨天中午见识过这帮教徒的凶恶，心里不禁打起退堂鼓来——本是来寻求帮助的，可别变成自投罗网了。

哪知他一露面，金碧辉在楼梯口的待客沙发上就一眼看见他，便叫他过去。金碧辉换了一身松快的男式长衫，头戴小帽，洒脱地捏着根烟卷儿，膝盖上横着一个很长的锦匣，一副谈成了生意的商人少爷做派。她身边儿下手各陪坐着两个中年男人，也都是家常打扮，眼神里却都露出杀伐决断、大马金刀的匪气。余之蚨看其中一个也是一身青衫，便猜到这位就是顺天会的头脑了，至少是个堂主，没准儿还是道首。刚又走进一步，另一人的侧脸余之蚨却认出来了,这位常上报纸新闻,正是天津三不管地下势力的龙头,混混儿头子袁文会。

余之蚨可不想和这些人打交道,顺带连金碧辉都不想亲近了。可想走又不敢走的身段已经流露出来了,只好干脆站住,尴笑着对他们解释道:"你有客人?没关系,我一会儿再来……"

金碧辉洞彻且体贴地一笑,点头却往里一指说:"我哥哥和几位客人都在里面等你呢,你直接进去吧。我这里和袁先生、张大师[①]聊点儿事情,马上就进去。"

余之蚨如蒙大赦,刚转身向里间走,却听里面人声一起,走出几个人来。当中头一位竟然是位身穿普通学生制服的少年,身边追着送出来的余之蚨却都认识,左手就是赢了他不少钞票的金少爷——金碧辉的哥哥金宪东,右边儿是下午还在一起的松翁罗雪斋。

那少年举止宽和娴雅,浓眉星眸朗目,他转身留住两人,脆声道:"松翁、宪东兄留步吧,我今儿晚上就得赶回北平,再耽搁,回家就又是一顿官司。大哥那边儿最近在风头上我也不便见面,东西请松翁转交即可。至于赴东瀛留学一事,不可能的,且我自己个儿也不愿意去。二位请留步,别送了,车就在楼下等着呢,我就是个小孩儿,让人看见不像话。"说罢,微微躬身,转

[①] 张大师:所谓张大师即一贯道道首张天然。

六国饭店 1931

身下楼。他却看也不看门口的顺天会教徒和余之蚨、金碧辉等人，像是穿过空气一样穿过众人目光，就这样大步流星地走去了。

"之蚨兄……来得正好，就等你了。"金宪东拉着余之蚨，看他还在目送少年离开，笑着解释道："木镜先生……哈哈哈，没想到是这么个孩子吧？这才是醇王府得了真传的孩子。"

"哼……要没有醇亲王和庆亲王这两位绝代双骄，大清也未必亡得这么干脆。"罗雪斋摇头道。

"气数啊，松翁，气数啊……"金宪东像西洋人一样耸耸肩膀说："我爹早年就说过——要不是生在这家里，他都去革命了。"然后他乜一眼金碧辉等人，赶忙一手拉一个人，走回金碧辉的沙龙客厅里。

这个沙龙被金碧辉因陋就简地将欧式客厅改成了日式客厅，局部铺了榻榻米，案几上随便放着几样像是松雪斋里借出来的盆景和古董，案几一侧是一个耀州窑的大罐，里面插放的却不是文人字画的卷轴，而像是一卷卷的地图。沙龙中堂挂的一幅浮世绘，像是一个日本战国的女忍者，另一侧挂着"共存"两个大字，是肃亲王善耆的手书。

最让余之蚨感觉亲切的是，榻榻米上竟然放着一座被炉桌，这让这个霜降后的北方夜晚一下子值得期待起来。而被炉桌里已经蜗着一位严肃的先生。正对着面前几碟细点发呆。像是在思考，却明明就是一副不肯走出被炉桌的慵懒状态。余之蚨心里一笑，这不是大名鼎鼎的周药堂先生嘛。

余之蚨赶忙过去见礼,周药堂也热情地握了手,却仍是不肯从被炉桌里起身。只是把表情做得格外到位、"别来无恙"说得特别诚恳罢了。被炉桌刚好一人一边儿坐下,余之蚨一下就明白了周先生的惬意——被炉桌里面笼着炭火,本来有些冰凉的双脚,一下子就温存了起来,下半身暖了,上半身就立刻倦怠起来,动作和思考全都慢了下来。

金宪东年龄最小,因此也最活跃,拉着罗雪斋笑道:"松翁……木镜先生大老远跑一趟,送了什么东西过来?给咱们看看呗?别是什么传国玉玺吧?哈哈……"

罗雪斋瞪他一眼,但转念一想,不看看是什么就送进去,万一是坑就糟糕了。于是点头,起身从榻榻米下面的八仙桌上取来一个大木匣子,扁扁的,也不压手。他是玩惯了古玩的东西,怀疑是书画。忍不住还是放妥帖了,细细打开,皱眉往里面一看,就立刻搁下手,冷笑起来。

余之蚨、周药堂和金宪东也都凑脑袋过来看,却是一片雕过的木头,从木纹上看,既不是好木头,也不像是古物。金宪东老实不客气地拿了起来,像是一面女人用的镜子,但没有镜面,反面却是两句话:"有镜之名无其用,吾人鉴之宜自重。"

金宪东读完,与大家面面相觑,问道:"松翁,这是何物?又是何意?"

六国饭店 **1931**

　　罗雪斋苦笑道："这是上一代醇亲王奕𫍽亲手做的……也是载沣给小儿子起名木镜先生的意思，这镜子是'甲申易枢'[①]那年做的，醇亲王眼看着哥哥恭亲王奕䜣倒台，却轮到他执掌军机处了……他没想着怎么励精图治重振国家，却回家弄了这面木镜子……"

　　"木镜子？能照什么？"

　　"风月宝鉴照风月，木头镜子照草木……"周药堂插嘴笑道："当年奕𫍽自号退潜，书斋名叫'九思'，其为人处事就可见一斑了。不过老醇亲王的诗文写得很不错，我记得有几句是——草际蛩喧转幽寂，花间露重为徘徊。思深暂辍林泉志，事急方知将帅才。淡淡银河舒倦眼，天狼不见见三台。你们看看咱们大清当年的当家王爷出来做事儿还要'暂辍林泉志'，遇到事情都是'天狼不见见三台'[②]的畏首畏尾，也就不要老说大清气数将尽了。"

　　"哎……东洋人天皇登高一呼，能做到'草木皆兵，万众一心'，而我们共和这么多年，却是'落叶萧萧、草木无情'了……"罗雪斋摇头叹息，捋着胡子生气。

[①] 甲申易枢：1884 年，慈禧太后忽然发难，弹劾恭亲王奕䜣，继而罢免了恭亲王等全体军机大臣的职务。并扶植醇亲王奕𫍽替代奕䜣的政治地位，但奕𫍽为人谨慎，慈禧实际上实现了大权独揽。

[②] 古代御史台、司隶台、竭者台三种官员监察系统在一起办公，合称为"三台"。

余之蚨看到周药堂捏起一块细点轻轻放在嘴里，自己肚子也咕咕叫了起来，他便老实不客气对金宪东耳语道："你这里还有吃的没？我晚饭还没吃。"

金宪东立刻搓搓手站起来道："晚上陪那小子我也没吃饱⋯⋯"说着走到电话机边，摇了几下，却无人接听，看看手表郁闷道："完了，这个点儿厨房早没人了⋯⋯现在楼下正跳舞呢⋯⋯又是春风沉醉的晚上了⋯⋯要不我下去看看酒吧那边还有啥吃的？"

余之蚨最怕麻烦，连忙摆手叫停。周药堂连忙从身后拿出几个精致的日本纸盒点心说："宪东，我这里有令妹特意为我从日本弄来的点心，独乐乐不如众乐乐⋯⋯来，之蚨贤弟，不要客气⋯⋯"

余之蚨一听是金碧辉特地送给周药堂的，立刻知道是给他日本老婆的礼物，岂能夺爱，便连忙推辞。于是三个人，一个要开盒子，一个阻拦，一个要下楼找吃的，一个又阻拦⋯⋯只剩下罗雪斋老人犹自捧着木镜，还沉浸在"草木一秋"的黍离之情里面。

恰在此时，金碧辉似乎聊完了事情，夹着那方锦盒风火火地进门，却看见几个男人婆婆妈妈、琐琐碎碎地争执着，弄明白原委后，不由喝了一声道："好了，这里我是地主，都听我的号令就好⋯⋯各位爷都请安坐⋯⋯"她看一眼手表，说："一会儿就好了。"说罢，出门对门口侍立的教徒吩咐了一声，立刻有几个人飞也似地跑下楼去了。金碧辉转身回来，朝几个男人咧嘴一笑，回里屋放下锦盒，又出来和哥哥挤在一处，笑道："各位先生，真是失礼了。"

周药堂见不用打开点心盒子，有些小确幸地收了起来，但仍是把面前的点心推到桌子中央道："多谢格格想着，内人总是和我念叨，说是在北平样样都好，就是不习惯北平的吃食。在下也一直觉得奇怪，北平也是几朝古都，竟没有留下什么精致的菜肴和点心，这也奇了。就拿眼前这个糍粑来说吧……咱们东方人不像欧美人，善用牛乳做出香软浓甜的点心。我们东方人耕读传家，就用细米、菽豆、麦芽来做。我觉得虽然浓香不如，但胜在细腻柔糯，性温良而层次更丰富，吃了绝不会上火。我常与内人讨论，北平真是没有什么像样的饽饽铺子。虽有几家打着精细南点招牌做生意的，却比真正的湖嘉点心差了许多。而江南的米糕，和日本的精细糍粑比，又差了一等……其实，就是更用心些，细致些，形制小些，色彩颓废些……"他捏起一枚棋子大、樱花红的日本糍粑道："你看这样一块糍粑，日式是这样的青春细腻的；到了湖州，就变大了不止一圈，成了少妇般，也还算风情万种吧；可到了北京，在你们旗人手里，御爱窝窝就变成了艾窝窝……哪里还有什么风韵犹存，大了又何止一倍？简直就是李师师变成了李逵，一个啃下去，人都咥饱了。还说是宫里的，仿膳的……我真是不敢恭维。"

众人听他说得有趣，纷纷笑了起来，金碧辉拍着胸脯笑道："先生放心吧，以后您家的日本点心我包了……"

罗雪斋却笑道："日本这些细致，我倒有几分看不上……还不是江户时期穷极了闹的？日本和咱们大清不一样，他们德川幕府太平久了，武士没仗打，因此没钱赚，吃没得吃，穿没得穿，架子倒得端足了。他们武士又特别要面子，处处要显得与平民不同……因此，一根海带都要切成细丝，大约是我家也吃了海鲜的意思；一块糍粑，也是敲来敲去，细细分装……因此我平生最怕吃日本人的茶会……茶不解渴，饭不管饱，还跪得膝盖生疼……这时候，偏偏又要联诗做句了……真是惺惺作态、愁煞人也！"

众人听得都笑得前仰后合，金碧辉笑得趴在他哥哥脖子对着罗雪斋说："松翁说得好！"

罗雪斋捻须昂首接着说："日本还是地域狭小，因此胸怀、气度、眼界也还都是狭隘。而药堂先生自幼生于江南，也多了些偏安的局促，我看我们还是多看看大好河山，如今秋风正烈，房胶堪折，我们应该提振士气，就是吃东西，也要学萨都剌——'牛羊散漫落日下，野草生香乳酪甜'那样的奔放，要'八百里分麾下炙，五十弦翻塞外声'，各位小友，我老头说得对不对？"

六国饭店 **1931**

众人一起鼓掌，以茶代酒。金碧辉钻出被炉桌，打了个电话又回来。众人还在纳闷，不一会儿惜春、扶风、沉香、筱醉捧着酒进门来，一人伺候一个，一时间房间内莺啭燕啼，春意盎然，风光旖旎……

刚饮了门杯，就听敲门声响，只见两名顺天会教徒端着一大盆鸡汤馄饨，拆骨肉蘸三合油，油纸包着十几个牛肉夹火烧进来了。余之蚨狂喜，立刻接过一个大嚼起来。刚烤好的火烧酥松软脆，牛肉炖了又炸过，香黏热烂，只吃得余之蚨大呼过瘾。众人见状，纷纷也上手抓拿，连矜持的周药堂都吃了半个烧饼，喝了半碗馄饨。

余之蚨刚想再来一个烧饼，闻听门外又是一阵敲门声，只见大混混袁文会竟然亲自折返回来，带头儿拎着两个大食盒子，恭谨地走进来。打开，只见里面是清炒虾仁儿、砂锅杂炖、烧二冬、火爆三样、海鲜氽片儿汤……另有温好的两壶热酒。

众人大喜之余，又纷纷后悔刚刚火烧塞多了。金碧辉笑道："这才是八百里分麾下炙的气概嘛！明天可不要挖苦我这儿也是'茶不解渴、饭不管饱'的……"

众人又是一阵大笑，气氛更加热烈起来。金碧辉冲袁文会点点头，他带着手下转身掩门出去了。金碧辉这才笑着和金宪东说："别看张天然手眼通天似的，办事儿还得是袁文会儿妥帖……你看看这张天然……一定是散手下出去，在万国桥边儿抓了个出馄

120

第二幕：张良计

饨摊儿的，给人家包圆儿了；可还得是袁文会儿本地人懂吃，列位……别小看这几道菜，这个时间，整个儿天津卫，只有他家还能吃到像样的菜。列位知道为什么？这家馆子就在火车站外不远的街角，北平马连良先生隔三岔五来天津唱戏，必定要坐末班车，到天津出站，就这早晚了。马先生一下车，必定去他家夜宵。因此，他家每天都会预备一些精致的材料以备贵客……这几样菜，看似家常，但材料都是最好的。单说这清炒虾仁吧，都是选用塘沽最新鲜的海虾仁，将虾仁一个个挑去虾线，反复洗几次，到水不怎么混浊为止，尽量挤干虾仁上的水分，淋上些黄酒、水淀粉、蛋清与虾仁一起打匀上劲儿，直到虾仁不出水了为好。准备炒时，在虾仁内拌入适量盐，热锅冷油，快速滑炒到卷起、变色就好了。其特点色如水晶，吃时弹牙，清香可口。您各位赶紧尝尝，它稍微凉一点儿，就不美了……"

周药堂吃美了，但颇知道保养，每样都略尝尝，绝不饕餮。他捏着酒杯笑道："昔日孟尝君门下食客三千，鸡鸣狗盗也都各显其能，我看格格你也不亚于他了……"

金碧辉莞尔摆手，连说药堂先生谬赞，然后给罗雪斋斟上一满杯酒，递个眼色。罗雪斋会意，举杯说："今儿请几位前来，有个小事儿议议。事情是这样的，奥林匹克大会各位应该都知道的吧？"见大家都点头便接着说："自从法国人顾拜旦在1896年举办奥运会以来，已经办了九届。但我们中国因为种种原因却

六国饭店 **1931**

一直没能参加。这说明我国还没真正登上世界舞台、融入民族之林……这事情朝野各界其实已经讨论很久了,也一直没有结论。可巧去年我们东北大连出了两位运动奇才,一位是短跑健将刘长春,另一位是长跑健将于希渭,因此东北父老一直认为应该参加明年在美国洛杉矶市举办的第十届奥运会,这是提振国民士气、共襄国际盛事的大事。"

周药堂和余之蚨纷纷点头赞许,于是先与大家满饮一杯,又分别倒上酒,听着后面和自己有关的话。

罗雪斋接着说:"这个事情,东北本来是他们张家和东北大学在张罗,结果目前局势忽变,东北父老便将这个责任交到我等身上……我和格格、郑海藏[①]先生便都各自出力,也想办好这件破天荒的好事。哪知道这事情说来简单,其实很是琐碎……不但要报名、筹备行程,还要申报参加国家或地区的旗帜、歌曲。如今国内形势大家都有看到了,旗帜呢,我们还是准备用五色旗,但这歌曲可就犯了难。"

众人又喝了一杯,余之蚨心想如今东北已经易帜,全国都应该用"青天白日旗"才对。但九一八事变之后,那些通电独立的军阀又都打起了五色旗——看来此事背景并不简单,心念于此,

---

[①] 郑海藏:郑孝胥(1860—1938),伪满洲复辟的重要谋划者,并因此成为伪满洲国第一任国务总理,是溥仪复辟集团的主心骨之一。由于他谋求满洲保存一定的自主权力,因此很快被日本主子废黜不用,因而郁郁而终。

第二幕：张良计

余之蚨重新打量了一圈儿在座各人。

"既然用五色旗，现在南方政府的'三民主义，我党所宗'的歌曲我们自然是不用的。因此，现在各方意见有三种——东北大学那边觉得不如还是沿用1912年沈恩孚写的'亚东开化中国早'的那首歌，但反对的人也不少；第二种是我和郑海藏的意见——另起炉灶，郑海藏诗文天下闻名，自然不甘人后，因此他诗兴大发，自己作了一首新歌，并请日本作曲大师帮他谱了曲，今天特地请大家批评；这第三种是格格的意见，她觉得既然选手是东北人，应该选一首更能表达东北地域风格的音乐为代表。今天，几首歌，我都带来了，请大家务必不吝赐教，给我们一个意见。哦……不单是《1912年国歌》[①]，我还带来了大清的《巩金瓯》[②]、段祺瑞政府的《卿云歌》，乃至日本国的《君之代》[③]，我都带来参考。"

说罢他正要起身，金宪东却请老人安坐，他麻利地亲自搬出

[①] 民国（1912—1915）国歌歌词如下：
　　亚东开化中国早，揖美追欧，旧邦新造；
　　飘扬五色旗，民国荣光，锦绣山河普照；
　　我同胞鼓舞文明，世界和平永保。
[②] 大清国歌歌词如下：
　　巩金瓯（ōu），承天帱（dào），民物欣凫（fú）藻，喜同袍，清时幸遭。
　　真熙皞（hào），帝国苍穹保，天高高，海滔滔。
[③] 日本国歌歌词翻译如下：
　　我皇御统传千代，一直传到八千代，
　　直到小石变巨岩，直到巨岩长青苔……

六国饭店 1931

留声机,拿来一大盒子准备好的木胶唱片,还有早就刻印好的歌词,以方便大家阅读。余之蚨刚刚展开歌词刻本,就听见留声机里面吱吱扭扭几下,传出来一段浑厚的男声合唱:"地辟兮天开,松之涯兮白之隈。我伸大义兮,绳于祖武;我行博爱兮,怀于九垓。善守国兮以仁,不善守兮以兵。天不爱道,地不爱宝。货恶其于地兮,献诸苍昊,孰非横目之民兮,视此洪造。"

余之蚨心里却一下子感到一种不祥……这首歌明明是一首国歌,头三句分明是在说要在北山黑水之间立国,还要继承祖先的文治武功,将'仁爱'推广九州……他们难道在为东北四省的自治做准备?余之蚨默默放下歌词,干一杯中酒,却逼出一身冷汗来……他心里默默念叨着:"余之蚨啊余之蚨,这趟浑水可千万不能蹚进去,否则就是万劫不复啊……"他豁然明白了为何木镜先生扔下镜子就急忙离开……哦……"绳于祖武"……写这首歌的郑海藏不正是小皇帝溥仪的老师吗?他们要在东北拥立溥仪复辟!而溥仪的父亲载沣,已经用木镜表明了自己反对的态度了。余之蚨想明白此中关节,偷眼看了在座几人。心想自己原本是想逃离明枪暗箭的上海、广州,却不想一头扎进了真正的是非之地了。

周药堂沉吟片刻说:"郑老先生文辞功力深厚,立意高远,力透纸背。自然是远胜于当年的《巩金瓯》了。但只是,'天不爱道,地不爱宝'……以下几句,过于古意斑斓,解读空间过大,很不利于传播理解……我觉得可以简化些,这倒是可以参考

《卿云歌》①，仅仅用《尚书》24个字，立意不着痕迹，反而常颂常新，《尚书》为经，这行文的智慧，还是要多借鉴、再斟酌……"

罗雪斋捻须微笑点头，转头看余之蚨，却见余之蚨低头不语，只好转头看金宪东。金宪东咧嘴一笑道："药堂先生说得对，我也斗胆提一个意见——这句'善守国兮以仁，不善守兮以兵'虽然说到当前人心里面去了，可是，我怕有些人听了会很不高兴。"说罢，扭头看一眼金碧辉，金碧辉朝哥哥一笑，点头说："哥哥说得对极了……松翁，您看呢？"

"哈哈，恰是这句，这句我们反复斟酌过，上面和郑师父都要留着，因为正是要明确我等的态度。"此言一出，金碧辉深深点头，起身替罗雪斋满酒，用胳膊碰一下哥哥金宪东，两个金家后辈起身，一起向罗雪斋敬酒，金碧辉慷慨地说："松翁，我们两个小辈敬您和郑师傅一杯。"

三人对干了酒，周药堂又从音律和措辞方面提了一些皮毛的意见。余之蚨则抱定了"徐庶进曹营"的信念，只是不断灌酒，推脱说这首好听、那首不好听罢了。

又听了几首，金碧辉见大家也说不出个所以然，便道："来

---

① 民国国歌（1920—1930年）《卿云歌》歌词：
　卿云灿兮，糺缦缦兮。
　日月光华，旦复旦兮。
　日月光华，旦复旦兮。

六国饭店 **1931**

去这么几首洪钟大吕的……我耳朵都听厌了,我这里还有几首满蒙地区收集上来的民歌,给大家听听换换脑子吧。"

金宪东笑道:"你还真是不死心啊……"

金碧辉笑道:"我倒觉得这些歌更有力量。这里有西边儿唐努乌梁海的《鸿古尔》,科尔沁最新流传的《嘎达梅林》,还有我们满洲的《射箭歌》《颁金谣》《海东青》……"

金碧辉起身去放唱片,余之蚨看到金宪东和罗雪斋相视一笑,便知道他们二人,或者不止他们二人已经听过金碧辉推荐的这些民歌很多次了,结果自不必说……正当他以为会听到一些糙鄙、粗俚的民歌儿的时候,一段悠长的马头琴和长调一下抓住了他的耳朵,而一段段异域的语言,沉郁忧伤地刺穿他的耳膜,流入了他的胸腔。余之蚨打了一个冷战,抬头看见周药堂也仿佛起了一身鸡皮疙瘩,两人一起向金碧辉望去。余之蚨充血的醉眼,一下撞上了金碧辉炽热的眸子。她缓缓从榻榻米上直起身,从容跪定了,笼罩在蒙古长调的悠远共鸣下,就像是帐篷前守灶的幼子,目送出征的父兄们远征。

"呵……我看酒是不够了……"金宪东见状呵呵一笑,摇了摇手里的锡壶,转身让身边的惜春下去酒吧去拿。

周药堂闭目叹息道:"当年霍去病封狼居胥,匈奴北遁,却留下一首歌谣传唱千年——'失我焉支山,令我妇女无颜色。失我祁连山,使我六畜不蕃息。'两千年后,仍能感受到沉郁之情,锥心之痛。"

余之蚨点头问道："金将军，这些歌谣虽然听不懂，可深沉浓郁，情感真诚，还真不是刚才那些典礼上的《大雅》所能比拟的。"

金碧辉脸色上划过一闪的温情，她俯身按着膝盖起身，却像是给周、余两人施礼。她回到被炉桌边，并不钻进去，而是跪在桌边，抽出钢笔，展开信纸，冲余之蚨帅气地一笑，开始随着歌声，给他随手译出歌词——

……南方飞来的小鸿雁，不落长江不起飞，要说造反的嘎达梅林，是为了蒙古人的土地……

余之蚨看完一张，递给周药堂一张，两人默默地看了半晌，就又对干了半瓶好酒。余之蚨乜一眼，双加赤红、目光如电、提笔如风的金碧辉……忽然心里轰然一声——他懂了——他们原本不是一个立场的人，原本不是一个世界的人，却偏偏是同一片土地上的人。他顿时感到一阵欲望怂恿着他去爱她，是因为罗密欧和朱丽叶似的禁忌之美？还是川中岛对战[①]残阳似血般对对手的敬仰？乃或是同是天涯沦落人的感伤？抑或是与子同袍而不得的悲怆和自责？不……什么都不是，他就不是一个战士。而如果不是一个战士，你是不配罗密欧的宝剑、长尾景虎的酒杯、

---

① 日本战国时期，最负盛名的两位军事天才武田信玄和上杉谦信在12年间，于川中岛进行了五次棋逢对手的精彩对战。

六国饭店 **1931**

浔阳江上的琵琶,甚至申包胥①的眼泪的……他只是羡慕这女将的坚定罢了……她是很知道自己的立场和下场的人吧。

余之蚨酒意上头,轻声诵读歌词,以词下酒。忽然,激动的他竟然疯了似地钻出被炉桌,一手举杯,一手攥着歌词,随着歌声朗诵道——

> 巍峨的长白山矗立在富饶的大地上,
> 凛冽的黑龙江流淌如满洲的脉搏,
> 战功赫赫的满洲巴图鲁——依然守望着烽火。
> 勇敢的神鸟海东青——依然在天上飞翔。
> 每当萨满的鼓声响起啊,我便无法停息灵魂里的歌唱。
> 每当颁金节到来啊,我便无法不思念我的故乡。
> 远离家乡的阿哥啊,你是否还记得赫图阿拉的模样?
> 背井离乡的满洲格格,你是否已经淡忘了祖先的传说?
> 聪明勇猛的满洲阿哥啊,你是否已无满洲的血性?
> 温柔美丽的满洲格格啊,你是否还记得额娘摇篮的吟唱?
>
> ——《颁金谣》——

---

[1] 申包胥:春秋时楚国大夫。他的好友伍子胥为报家仇,带领吴国军队攻入楚国国都。而申包胥则奔入秦国,在秦宫门口痛哭七日,终于感动秦人,同唱《无衣》,慨然出兵,帮助楚国复国。

第二幕：张良计

余之蚨还没读完，已经泪水潸然而下，哽咽难言。倒是金宪东也起身，轻手轻脚地把余之蚨扶回被炉桌，帮他再倒上酒，笑道："先生醉了，长夜未央，我们索性再来个大醉……"

余之蚨高声叫好，却已经有了些发酒疯的样子了。周药堂抚胸大笑，起身道："余先生真是阮籍再世，酒中谪仙，我却是羡慕陈抟大梦了。时候不早了，我还要吃药，不然整晚都没得瞌睡了。"说罢，捻出客房钥匙，确认后又放进口袋起身。轻轻推开殷勤扶着他的沉香，报以一个拒绝的微笑，和大家微笑点头鞠躬，就独自告辞了。

周药堂一走，气氛一落千丈，罗雪斋和金氏兄妹又聊了几句六国饭店的八卦，调侃了几句束手无策的金翠喜后，摇头说这都是当年做仙人跳祸害庆王世子载振的报应——可见天理昭彰。然后，罗雪斋看一眼已经趴在桌子上昏睡的余之蚨，低声肃然念叨说："今晚上头和郑师父也不知道和土肥原[①]聊了些什么。"

"陈师父到现在也没来电话，或者不重要，或者还没聊完。您也不必太着急，有郑师父陪同，自然是会很有分寸的。等消息吧，您着急也没用。"金宪东捏着酒盅显出些玩世不恭的态度。

---

① 九一八事变后，为避免国联干预，或作出对日本侵略中国不利的判决，因此日本不得不打出溥仪这张牌——迅速成立伪满洲国，用所谓满蒙自治，遮盖日本侵略之实。1931年10月，日本大特务土肥原贤二匆忙窜访溥仪，二人密探后，基本达成了溥仪投靠日本的"合作"条件。

六国饭店 **1931**

这话让罗雪斋有些不受用,他嘴角一撇,按着被炉桌起身道:"说得对,我这把老骨头也不陪你们守夜了。人事已尽,静待天命吧。格格……你说的马连良常去的夜宵馆子叫什么呢?下回我也试试。"

金碧辉立刻写下一行名称、地址,交给罗雪斋。罗雪斋接过来,也是点点头笑道:"你说得对,袁文会这些鸡鸣狗盗也有大用,这么偏僻的地方他都能挖出来……"说罢,他在筱醉的搀扶下,缓缓轻笑着踱下楼休息去了。

里屋的电话忽然响起,余之蚨猛然惊醒,一抬头,满眼是浮世绘里的一名女忍者,嘴里咬着头发,手中拿着钢刀,隐藏在一间大屋背后,似乎准备刺杀大屋内进行密谋的将军……但这女忍者在专注地埋伏中,由于全神贯注,却忘了胸口衣襟大开,露出一片春光来。

"是,明白了……一定准备好……请放心……如果只是这样,保证一切顺利。"里屋金碧辉用日语在电话里嘀咕着什么。

然后咔嗒一声电话挂了,余之蚨便看见金碧辉一手托着手枪,一手玩着剃刀款款地走了出来,这女人似笑非笑地说:"余先生……我倒小看你了。没想到你这大诗人,随身竟然也带着这个?你这是要做专诸?还是秦舞阳?是……来杀我的吗?"

"不不不……这是苏也佛先生刚刚送我的……"

"苏也佛？"金碧辉不可置信地笑笑说："你是把他坟挖了？还是他托梦给你的？"

"真的，就刚刚在你门口……哎……说了你也不信。哦，对了，他和你日本干爹下楼喝酒去了，不信你问你干爹就知道了。"

提起川岛浪速，金碧辉便立刻信了，但反而有些失望似的。她嘴角挤出微笑，将手枪和剃刀在手里摆弄着，用剃刀指着浮世绘的女忍者说："我还以为你也是刺客呢？我这辈子，可尽是和刺客打交道了。你看，这位就是我的一个姐姐，我干爹的好'女儿'。当年我亲爹和我干爹组织满蒙勤王军的时候，我干爹派这个姐姐去喀喇沁郡王府上卧底，平时当作家庭教师，准备必要时刺杀不肯合作的郡王一家……临行前，我干爹给我姐姐一把短刀和一把手枪，说接到命令，就果断使用手枪；如果遭遇困局，就果断使用匕首。我这位姐姐立刻明白，手枪是用来杀敌的，匕首则是为了保全体面的。结果，我干爹率领的满蒙勤王军被出卖，遭到张作霖部队的围攻歼灭，而我这位姐姐，果然使用了匕首。"

寥寥数语，余之蚨却从画中自行脑补出来一个圈套层叠、阴谋迭出、背叛不断的政变惨剧。而眼前的女人，似乎正是身处在圈套、阴谋、背叛和政变的旋涡家庭中心的女人。于是，余之蚨同情地点点头，叹息道："'策到和戎原辱国，功成不义反封侯'……生逢乱世，个人的命运真是可怜……"

"哼！"金碧辉冷笑一声，用枪顶住余之蚨的太阳穴说："余

六国饭店 **1931**

先生,知道吗?我在日本上学的时候,曾经很喜欢你写的诗……"

余之蚨却丝毫没有惊慌,他似乎已经抓住了这女子对自己的一丝"善意"——就算是猫儿戏耗子,这也才刚刚刚开始呢。

果然,金碧辉看他不怕,决定换一个办法,坐下靠近余之蚨念道——

不是尊前爱惜身,佯狂难免假成真,
曾因酒醉鞭名马,生怕情多累美人。
劫数东南天作孽,鸡鸣风雨海扬尘,
悲歌痛哭终何补,义士纷纷说帝泰。

道:"余先生,要是我猜得不错的话,百年之后,你满纸荒唐言,可能只有这首诗还能够传唱天下。"

"哦?格格何出此言?"余之蚨觉得也算被夸奖了,但还是有些好奇。

"'曾因酒醉鞭名马,生怕情多累美人。'呵……"金碧辉又站起来,用剃刀在余之蚨脸上拍了拍。忽然收了笑意,将手枪和剃刀都放回盒子,用聊家常的口吻问余之蚨:"我倒要请教余先生了,秋瑾最知名的诗是哪一首?"

余之蚨脱口而出——

不惜千金买宝刀,貂裘换酒也堪豪。一腔热血勤珍重,洒去犹能化碧涛。

"哈哈哈……不错……余先生……你真可爱。就是这首，秋瑾，鉴湖女侠……我辈楷模是也。"

"秋瑾她可是革命党，你不是？肃亲王的……格格？"

"对呀，革命党怎么了？敌人就不能尊敬了？就不能是榜样了？余先生，要是我们也是敌人，你会杀我吗？"金碧辉比余之蚨整整小了十岁，但无疑掌握着谈话的主动权和方向，但余之蚨却也很顺从地跟着。

余之蚨摇头道："我可不会杀人……"

金碧辉一把揽住余之蚨，笑道："可不是吗余先生。你看，你说——'曾因酒醉鞭名马，生怕情多累美人。'秋瑾说——'不惜千金买宝刀，貂裘换酒也堪豪。'这是同样的构成。但是，我的余先生，你不杀人，你的刀剑哪儿去了？你的武器呢？"

金碧辉把装着武器的盒子往他面前一推，笑着说："苏先生给你的？他也是刺客哦，不过他可能是最失败的刺客了……要杀人喊得天下皆知……哈哈哈……吃遍了践行酒，却逃跑掉了……哈哈哈……余先生，你是不是也是这样的人？"

余之蚨一下红了脸，却不知如何反驳，心想自己连吹嘘杀人也都不敢的，如此说——自己甚至还不如苏也佛。

金碧辉像是看涂了趾甲油的脚趾头一样打量了余之蚨一眼。

六国饭店 **1931**

笑道："余先生，你的诗，我长大后便看不上了。秋瑾的诗呢，好则便好，了则未了。现如今，我真正喜欢的还是宋朝曹翰将军的诗——'曾因国难披金甲，耻为家贫卖宝刀。他日燕山磨峭壁，定应先勒大名曹。'"

余之蚨闻言，点头无语，只是又放平了酒盅，给自己和金碧辉都满上，笑道："金将军，说得好……无论如何，我敬你一杯。"

金碧辉一仰脖，干了酒，眯着眼笑道："来，我给你看样宝贝……"

说罢，拉着余之蚨的手就走进里屋。余之蚨一进里屋，发现屋内雪洞似的白，陈设一应全无，只在墙上挂着一张全家福，和一身将军服。金碧辉从床上拽出一个长锦盒，熟练地打开锦盒，然后将里面一柄宝剑帅气地抄在手里，"唰"的一声抽出宝剑，两人几乎同时倒吸了一口凉气——只见宝剑剑光化作九龙飞散，点点辉光仿佛秋水黄昏。

金碧辉借着剑光踟蹰感叹道："这就是乾隆爷的九龙宝剑，被孙殿英挖我祖坟，暴尸白日……天见可怜，几经周折，终于还是回到爱新觉罗的子孙手里了。"

"这就是九龙宝剑？"余之蚨惊叹道。

"嗯……孙殿英盗墓，人神共愤。这败类就想把这把宝剑送给蒋介石求活命，我当时都绝望了。结果，哈哈哈……蒋介石下野了，孙殿英这王八蛋听说后怕鸡飞蛋打，居然高价请了一个飞贼，从中间人那儿把宝剑偷了……哈哈哈……他会偷，我就会调包儿。苍天有眼……宝剑归来，岂不是天意？"

"哼……你要把它献给溥仪……"余之蚨话说完就后悔了。

果然金碧辉脸色一变，宝剑就架在余之蚨脖子上了……然后她忽然，凑脸过来，吐着酒气窃声道："我要把它送给一位真正的刺客……余先生，你看天下，谁是真正的刺客？"

余之蚨一脸茫然，他历数有名且还活着的刺客？汪精卫？王亚樵？

金碧辉却收回宝剑，挽了一个剑花儿，利索地收剑归鞘，笑道："那你看，我配得上这把剑吗？"

余之蚨立刻点头笑起来道："要我看，只有你才配。不过，你穿上将军装才更配……"

金碧辉咧嘴一笑，轻抚一下自己的短发，忽然脸色潮红，乜一眼墙上的将军服，点头道："好……那就换……"说罢，竟然一颗颗解开扣子，脱掉身上的长衫，露出一副凹凸有致的好身材来……

余之蚨觉得自己要死了，却又无比期待着死亡的到来。他狂笑着在床上放舒坦自己的姿势，像个老客一样厚颜无耻地看着金碧辉一件件脱了衣衫，又一件件将自己武装起来，然后，又抄起宝剑，逼近了余之蚨。余之蚨终于有些慌乱了，他一出溜，想走。耳根一凉，贴上了剑鞘，耳中却听见金碧辉居高临下的命令："余先生，这早晚儿了，你要是敢说败兴的话，我就杀了你。"

六国饭店 **1931**

余之蚨酒意全退，却微笑着转身，又是用厚颜无耻的嘴脸但真心地欣赏那女人、或是将军起来。

金碧辉用宝剑戳在余之蚨两腿之间，自己也凑过来，轻声说："你是我们没有用处的人，最最没有用处的人。你就是我切掉的部分，会痛的，会发炎的，会饥饿的，会情欲的，会流泪……不……我，我们都是患过这些疾病，并靠意志戒除了的，我是已经有抗体的战士了。今晚，只是借你，余先生，作为怀旧的揶揄罢了。而余先生你，不也正是在我身上看到了振奋、希望、健康和阳刚吗？所以你才会应邀而来吧，一定是你身体和灵魂里面的精气神都让你随我来的。这和那些春风沉醉的情欲不一样对吧？追随我，我让你找到少年之中国，找到战斗中的雄起。"

说着，金碧辉丢开剑，坏笑着在关键位置一抓，却有些失望，她像将军一样愤怒了，她像一只母狼一样嘶叫道："来，我命令你，爱我，现在就爱。不许犹豫，我是你的将军，你只有热爱我才能救赎你的卑微。来……我命令你，像个英雄……对……到阵地里面来吧。"

就像懦夫列兵被泼辣的将军逼着冲向阵地……然后找到杀戮的尊严和快乐……然后，优秀的将军金碧辉笑了……

余之蚨则在某个深处喟叹道——主啊，救救我欲望的将军吧！主啊，救救我欲望的将军吧！主啊，救救我欲望的将军吧！……

第三幕

过墙梯

六国饭店 **1931**

第一场：澡堂

1931年，10月9日，木曜日，时近中午，阴霾，空气中有弥漫的颗粒和混乱的气味。

天津南市一带，毓清池浴场，远远望去，一座青砖镂刻的立面儿干净利索。上面是儒商孙冰如[①]题写的"毓清池"三字匾额，两边是一副对联写的是："往来皆是清洁客；内外并无龌龊人"。

六国饭店的门童赵亮领着曹添甲一路来到毓清池，穿堂入内。时近午时，不断有养足了精神的客人伸着懒腰要结账，准备离开。二人一前一后，并不停歇，穿入里头雅间儿。赵亮一指，曹添甲一仰头，看见一个青砖雕花的拱券门，门头刻的是个葫芦，两边儿又是一副对子，写的是："因火成烟，若不撇开便成苦；三酉为酒，人能回首方是人。"赵亮和门口领班嘀咕几句，这才放二人进去。曹添甲暗暗点头，提着小心，眼观鼻鼻观口口问心地

---

① 孙冰如：旧天津的面粉大王，于天津民生建设颇有作为。

第三幕：过墙梯

进去找人①。

只见雅间里面只有三五位客人都在睡觉，头两位身上纹的一身龙虎好刺青，后两位竟然纹的是青面獠牙的日本鬼怪，只有最里面一个一身白肉的正是余之蚨。赤条条地躺在毛巾被底下，看来是经过了全套的"搓洗修理"后，清清白白地躺尸呢。人找到了，曹添甲便放了心，看到余之蚨身边搁着一壶茉莉，一碟子切好的沙窝青萝卜。茶没喝，萝卜也没吃，看来是一直没醒。

曹添甲便找了一张杌凳坐到余之蚨身边，轻轻咳嗽一声，捏起一根萝卜，嘎嘣脆地咬了一口，也递给一边儿的赵亮一根。一时屋内无人说话，却有蝗虫般的大嚼声音。没到曹添甲吃第二根儿，余之蚨已经悠悠醒来，像是完全不知道自己身处何地，而为何曹添甲又在这里。

曹添甲看着茫然无知的余之蚨笑道："余先生，您这是做了一个'梦邯郸'还是'梦还魂'②啊？"

余之蚨迷糊糊地抓起茶壶喝了一口凉茶，裹着毛巾被坐起来，叹气道："南柯梦里似蝴蝶，牡丹亭下空觅寻……若是'紫钗记'才是好梦……可惜全然不记得了。我怎么会在这里？你又

---

① 葫芦门头、对联内容以及后面无生老母的佛龛都符合理门教规，表明这里是一个会道门的秘密堂口，因此小曹要提着小心进门。
② 明代戏剧大家汤显祖所作合称《临川四梦》，分别是《牡丹亭》《紫钗记》《邯郸记》《南柯记》。《牡丹亭》也称为《还魂记》。后人曾总结为：《还魂》梦鬼、《紫钗》梦侠、《邯郸》梦仙、《南柯》梦道。

六国饭店 **1931**

怎么在这里？"

"亏得赵亮这小子能找，要不然只能等你自己回来了。时候不早了……"曹添甲凑到余之蚨耳边儿说："这里不是说话的地方……咱们出去喝杯咖啡醒醒酒？我有事儿跟您商议。"

余之蚨昏沉沉地点头，却发现自己赤条条的，不得要领。曹添甲连忙让赵亮去找余之蚨的衣服。不一会儿，赵亮只是拎着一双皮鞋、一根腰带、一条围巾和一个盒子进来，忍着笑回话说："余先生，这里人说您的衣服要不得了，别的东西都在这儿……"

曹添甲哈哈大笑，余之蚨尴尬地接过剩下的东西，恍惚想起金碧辉忽然接到通知要出门办事，他好像死皮赖脸地要跟着，然后终于被扔在这里——可下汽车还没进门，风一吹，就吐了……或者是一直在吐，似乎还和谁厮打过……这荒唐无法解释，只得讪讪地笑，并请赵亮回酒店去帮他取一身衣服过来。赵亮答应一声，"嗖"地就去了。曹添甲踅摸了一圈儿，看中一个僻静的雅座，拉着余之蚨过去坐下，瞅准一个跑堂的分头儿叫过来，让他重新沏茶过来。余之蚨饿了，跑堂的回话说现成的有烧饼馄饨或是打卤面，余之蚨自然不再吃馄饨烧饼了，想叫一碗打卤面，却发现自己赤条条的。曹添甲一笑道："我来我来，多少钱？"那分头儿指指一边儿上"无生老母"的神龛笑道："这雅间儿里面全是张大师的贵客才进得来，有需要您就吩咐下来，都是会上挂账。"

第三幕：过墙梯

小曹立刻点头笑道："那么，好茶一壶，面来两碗好了。"然后看看分头儿走远了，才跟余之蚨低声说："这是顺天会张天然的堂口儿，您还真是什么地方都不忌讳……"

余之蚨早已满心后悔，但反正也抽身不得，索性坦然笑道："我虽困于陈蔡之地，且也比不得夫子，但你放心，老兄我也不至于饥不择食的。"他低声说："我昨晚是想帮程先生找条安全的退路，误打误撞才到了这里……哪知道，醉了，混到现在。"

曹添甲释然，放松地小声儿说："原来如此。我也是为此事而来。我们一会儿离了这里再说。"然后爽朗一笑，四下瞄一眼后，换回了平时语气道："先生知道我今早造化了……一早我请莎莎小姐去看了一场电影——咱老乡高占非先生主演的《粉红色的梦》[①]。"

"哦……那倒是恭喜你了，那莎莎小姐欢喜否？"

"嗨……别提了，一大早我就去接上她，可莎莎却说两人无趣，偏偏非要去六国饭店叫了金小玉，金大小姐自然又拽上了吾飞……到头来，到了看电影时，我却和金大小姐同坐，莎莎和吾飞同坐了……"

余之蚨哈哈哈大笑，恨其不争地看着小曹，揶揄道："你有张良计，人家却有过墙梯，你这是没当成李靖，却做了昆仑奴

---

① 《粉红色的梦》是1932年联华电影公司出品，蔡楚生担任导演，而且是他的电影处女作。讲的是三十年代城市小知识分子的浮靡生活。

六国饭店 **1931**

了……不过这样一看,这个莎莎小姐还真是顽皮得很。"

"嗯……不过那个吾飞也真是够了,什么事情都弄得紧张兮兮的。看个电影的事情,一下来又成了斗争会了。最后还逼着我下场和他打了一个擂台。"曹添甲不屑地生闷气。

"那又是为何?"余之蚨心里明白又是创联内部争论那一套,但嘴上还是逗这个弟弟多说一些。

"还不是这个烂电影,讲什么就不细说了,总之是立意既封建,人物也可厌……不过,我想既然看了,也要学学人家好处嘛……犯不着什么都破口大骂。说人家是什么'粉红色的导演'……"曹添甲接着说:"其实本来电影不够好我们四个都是公认的,莎莎却多嘴说了一句'导演处理私奔那前后几场戏的电影语言还是很有创造性的'……这下可好,立刻引来吾飞的批评,说她不懂艺术作品先要有端正的立场……我一听,自然忍不住要帮着莎莎说话。我便说,那导演不是怕你们批评他的立场,已经刻意给主人公加上爱国的标签了,已经特意在教书的时候宣传'不买仇货'了吗?……结果吾飞像是被踩了尾巴一样冲我发难说:'正是这样故意、假装的爱国才更可厌!还不如那些堂堂正正的反动派坦诚。是假的爱国,是粉红色的白匪,是混在飞鸟中的蝙蝠……'还好金小姐出面打圆场,否则跟这种人真是浪费口舌……就像吃醋的妇人,你都顺着他说话,他还要验一验你的真心。"

余之蚨笑笑，忽然想起他自昨天下午在外面交际，对程识和吾飞却没能给一点儿关照，未免有些失礼，也有些担心程识没有饭吃。余之蚨正走神想快点回去，却听曹添甲似笑非笑地说："余老师，是金小姐命我找你回去，说你们下午还有什么事情，你人却不见了。"

余之蚨想起姥姥的仙人局，叹口气。他虽然点头承认，却不想给小曹解释什么。小曹又问昨天下午南开的张伯苓就在六国饭店参加"北京猿人"的发布会，余之蚨为何没去和他相见？余之蚨忽然想起本来是有机会的，而自己却图清净躲在雪茄室里没出来……他不禁自嘲地笑起来，心想要是当时出去找张伯苓，没准后面就没有那些事情。嘴上只是敷衍道："我是被别的事情绊住了……"

曹添甲正要说话，堂馆儿把打卤面送来了，两人稀里呼噜吃面，天津的三鲜打卤面香软热乎，鱿鱼脆爽，肉片肥烂，黄花木耳层次复杂，宽厚的汤汁裹着筋道的面条儿，足以安慰每一个宿醉后的空虚。

二人刚刚吃完面，赵亮脑门冒着晶亮的汗珠来了，他取了余之蚨剩下的最后一套西装来了，这套西装这季节有些单薄了，也没了坎肩儿，但他已经弹尽粮绝，没别的选择了。

三人走出澡堂子，秋风让余之蚨精神一振，赵亮拿了小费又一溜烟跑走了。余之蚨则与曹添甲一路向六国饭店慢慢散步回

六国饭店 **1931**

去,余之蚨胳膊底下夹着木盒,他情知里面是两样凶器,若是被街边的巡捕盘查,一定吃不了兜着走。但所谓"身怀利器杀气自现"因此竟然有了些"风萧萧兮易水寒"的兴奋,又有一些四顾茫然的空虚。两人一前一后走在海河岸边,宿醉的余之蚨有些追不上小曹的健步如飞,微微冒了汗,就招呼小曹坐在河边看船,看鸟。河里的船多,而船只往来像是和岸上毫无关联的另一个世界,每条船都独立的自成体系,船上的人对岸上的人无视,只是忙着手里局部的活计,岸上的对船上的人也无睹,眼里全是船行岸移的错隔。天上的鸟却更多,有吃饱了垃圾向东海飞去的水鸥,也有同样吃饱了垃圾,向西边山林飞去的乌鹊,再往上看,穿过人家豢养的鸽子哨声,天顶上的候鸟已经在迁徙的半路上了。

曹添甲四顾无人,这才收了顽皮,正色说:"今天六国饭店要有大事情,朱公子一大早就找了我来,吩咐下来一个任务,我有些拿不准,和您商议一下。你知道今天张家老二、解方将军、朱海公子要迎接南京来的封书记;可巧了,晚上罗雪斋也要代表三同会设宴迎接土肥原贤二,各路神仙汇集六国饭店,这蟠桃会怕是要变成闹天宫了。"余之蚨昨天已经知道这两件事儿,正烦闷尽量不去想呢,却被曹添甲提了起来。曹添甲问道:"余先生可知道什么是我们北方的三同会吗?"

余之蚨点头道:"这个自然知道……松翁是总会长,但似乎并不是什么有主张的紧密团体，不就是日本士官学校同窗会、留日学生同学会及中日同道会三个组织的合称，我在北京、上海，也是参加过留日同学会的活动或接待过他们的。"

"那您自然也知道在天津，虽然大家都说三同会与日本人亲善，其实也不尽然。这么说吧，日本士官学校同窗会，名义上会长是孙传芳，其实他自从下野后也就挂个虚名，真正有影响力的却是新旧两拨人，老派人物是王揖唐，这些早就靠边儿站的北洋旧人，说穿了不过是仗着和日本人多年外交的熟络得一些好处。而自从去年张学铭来天津坐镇，他和解方将军两人，在新近留日归来的青年军人们心中威望可不是一般的高了……这么说吧，势力是张学铭大，名望是解方将军高，您一定知道，解方在士官学校是拔了头筹毕业、有日本天皇钦赐战刀的荣誉。别说中国留日军人了，就连日本的军人，都高看他三分。"

余之蚨点头，这些故事他也都听说过。

曹添甲接着说："再说这留日同学会，会长走马灯一样，但现在平津，中日文化界最负盛名的，一个是他们请来主持局面的周药堂，另一位可就是您了。周先生咱们不去说他……您，今晚如果出席，也会是个关键人物了。"

余之蚨盯着曹添甲满怀深意地一笑说："我确实受到邀请了。"

曹添甲点头道："最后就是中日同道会了，这个会长现在是

六国饭店 **1931**

高凌霨[①],哼……这个会没什么好说的,他和商会会长王竹林[②]沆瀣一气,完全就是一个日资买办的汉奸组织了,特别是这个王竹林就是跟着里见甫[③]的宏济善堂贩鸦片最积极的大奸商。目前天津的抵制日货运动,其实就是抵制这两个人。简单说,这三个组织,涵盖了华北军队、文化、商业各方面的顶尖人才,但亲日卖国最积极的是这三个会的,抗日救国最积极的偏偏也是这三个会的,因此今天这宴会,我看很有点儿鸿门宴的意思。"

"那么朱二公子找你又是何事?"余之蚨好奇地问道。

"自然找我做项庄、樊哙了……他是想搞乱这个宴会,让这帮粉饰太平、鼓吹亲善的衮衮诸公下不来台,明天舆论一登,正好振奋民心、收拢民意,也便于国联考察局势时,有利于得到国际的同情。"曹添甲年轻的面颊上泛起潮红道:"今天晚上六国西餐厅预备了两场演出,一场是日本使馆随员和惠通公司高级职员

---

① 高凌霨:1868—1940年,北洋直系支持的旧官僚,一度以内务总长兼国务总理摄行大总统职务。日寇全面侵华后卖身投靠日军,成为华北地区的头号大汉奸。
② 王竹林:旧天津商会会长,高凌霨投日后组织地方维持会,他积极参与,成为臭名昭著的铁杆汉奸。1938年被锄奸团刺杀于丰泽园饭庄。
③ 里见甫:1896—1965年,日本大特务,黑市商人,毒贩集团首领。他化名李鸣,以记者为身份掩护,在中国从事情报、分裂、贩毒、贩卖军火等一系列罪恶活动,一度被称为"鸦片皇帝"。正是他从鸦片贸易中获取巨额金钱,为关东军的侵略输血。连日本自己的历史学家都承认:满洲国就是从鸦片的青烟中飘出来的国家。这样的人在战后不但躲过了东京审判,还利用地下洗钱手段,将关东军战犯们在中国积累的黑钱送回日本,使很多日本右翼集团分子至今还有能力兴风作浪。

第三幕：过墙梯

一起排练的歌舞伎《劝进帐》①片段，后面则是由平津中国刚归国的留学生排练的狂言《两个大名》②片段，呵呵……这几个演出的学生，偏巧全是我们玄背社话剧团的成员，而这个剧团，刚好是我组织的。"

余之蚨对两部戏都还算熟悉，点头道："哦……所以朱二公子找你要大闹晚会。"

曹添甲笑道："余先生，我找您是想和您商议一下我改动的剧情，日文对白也得您把把关。另外，这也算是受金小玉小姐之托吧。我一想，觉得这会是一件一举三得的好事儿。"

余之蚨笑道："怎么个一举三得？"

曹添甲道："第一，给日本人和那班汉奸搞个破坏，利国利民，这自然是第一得。第二，金小玉和我已经商量好了，我们今天狂言的演出组有一部汽车，等我们台上演出一闹、一乱，请您帮着克里斯蒂安趁机将程先生和金小玉一同送走，我下午就去找朱二公子要出天津的关防凭证，这是我们本来就商量好的。送出他们二人，这不就是第二得？"余之蚨惊讶地看了看曹添甲，原来是这个主意，想了想，确实可行，不由得面露喜色——这下不用去求那个金碧辉了。

---

① 《劝进帐》日本歌舞伎名作，内容讲述日本源平合战之后的源氏家族内讧。情节类似我国《伍子胥过韶关》和《捉放曹》的故事。
② 《两个大名》是日本狂言剧，是一种小品滑稽戏。

曹添甲笑道:"这个第三,您帮了这个忙,就能和张学铭化干戈为玉帛了。"

余之蚨诧异地问:"我和张学铭有何干戈?"

曹添甲笑道:"您真是贵人多忘事……您在民国八年是不是写过一首诗说什么'将军原是山中盗,只解营私不解兵?'"

余之蚨忽然醒悟到了,说:"是有这么一首诗……当时登在……?"

"您自己忘了,张家兄弟却记得您写诗骂过他们的爸爸……他们爸爸又是他们心中的皇帝……他们自己骂得,别人却万万骂不得的。您以为您去不成北京当教授,在天津也一筹莫展就是因为亲共?他们身边正牌的"CP"都是有的,何况您?还不是您当年骂了他们爸爸?而如今平津两地各界,还不都得看着点儿张家人的眼色?"

余之蚨这才醒悟,恼怒道:"我也没有骂错他……"

曹添甲笑道:"这也是朱二公子刚刚跟我说的。今儿您帮我把这出戏一唱,于公于私,于己于人,不就一举三得了?"

"啊……那我帮你干活,还得谢谢你替我解围咯?"余之蚨笑了,比起叫他打架,这事情他并不排斥,但仍调侃道:"小曹,我看这事情不是一举三得,而是四得。"

"哪四得?"

"搞黄宴会,国家一得;救出程先生,"CP"一得;化解凤愿,算我一得；莎莎高兴，你不也有一得……"余之蚨笑着说。

曹添甲喜不自胜地点头说："若是我们能救出程先生和金小玉，她自然是高兴的了……"

余之蚨忽然笑道："妙极了……我忽然想到红楼梦里面一章回目很是贴切呢……"

曹添甲问道："那是什么？"

"我是'尴尬人偏逢尴尬事'，那金小玉是'鸳鸯女誓绝鸳鸯偶'……能让她逃出生天，离开六国饭店，确也不错。"

曹添甲便也点头："哦，对，那加上金小玉，不就是一举五得的好事儿了？"两人相视哈哈大笑起来。

"那么……此事做得的！"余之蚨念白道。

"做得的！"小曹接口。

"呜呼……哈哈哈哈……"两人做戏般地大笑起来。

余之蚨站起身，听到盒子里金属相撞的一声脆响，余之蚨握紧盒子，一阵豪气胸间升腾，心中念叨："闻道烽烟动，腰间宝剑匣中鸣！"——这是事成之兆！

六国饭店 **1931**

第二场：麻将

1931年，10月9日，木曜日，中午，阴霾，空气中有弥漫的颗粒和混乱的气味。

六国饭店。

眼下的六国饭店可真是忙翻了天，亚仙姑姑发髻都有些塌了，粉白的脚脖子"蹬蹬"地走没了知觉。六国饭店为了晚上的接待，咬牙连西餐厅的午餐都停了，好在半天儿时间里给晚上的演出腾出地方来。这演出比平时的西洋舞池和乐队台不同，都得按照罗雪斋画的图纸来，错了一点儿都不行。饶是金翠喜亲自盯着还是出了纰漏，人家松翁图纸里并没有特别的装置，只有一个，要在舞台对景里放一棵松树，这才合歌舞伎表演的规矩，想来和咱们出将入相的规矩是一般无二的。结果金翠喜早起一看死太监赵长庆弄回来的塔松就炸了……"我要的是演日本戏用的松树……你****这是坟地的松树！"赵长庆却一脸迷茫，他自打进了宫，松柏或许有，却不知道有何分别。挨了嘴巴的赵长庆也再变不出第二棵树来了。这时候，还得是亚仙姑姑。

只见亚仙姑姑"走出"六国饭店，皮鞋还没下台阶，就有两三个守在一旁的苦力围了上来，又不到半盏茶的工夫，袁文会就亲自来了。亚仙姑姑跟他嘀咕两句就转身回来了。袁文会转身就走……不到一个点儿，袁文会竟然调动三四十个混星子，砍了大爷高雯霨院子里的罗汉松送来，而且这个高大爷还半个道理也不敢说——为啥？因为这棵松树是为了给他弟弟二爷高凌霨撑台面的——如今在华北给日本人办事儿最卖力的就是高凌霨了。

树是送过来了，所有人却都尴尬了，刚看见树还欢天喜地的金翠喜差点儿没一头撞死——树太大，进不来门。金翠喜慌神儿了，跺着小脚儿，无计可施，想央求袁文会却连人也找不着，眼前全是要钱的混星子和进不去门的大树，而混星子们一听进不去，"与我何干？"，撂下大树只是嚷嚷着要钱。混子们和松树挡了大街，这下连巡捕又来了十几个。

这时候，还得是国乱思良将——克里斯蒂安拨开人群，一声怒吼喝退了混星子们，用他摄影练出来的空间尺度感比画了一下，立刻给出两个方案——方案一：砍树，树干就扔了，他重新搭个架子，把砍完的树枝丫再给搭起来；方案二：拆门，旋转门拆了，这树一放倒就能顺进去了，然后再装回去呗。

这个老板只要是一遇到选择题，就恢复气势了……金翠喜的小脚也稳当了，手又在狐皮袖筒子里揣起来了，一秒钟都没用

六国饭店 **1931**

就做了决定:"拆门!为这树把高大爷都得罪了,那必须得用个囫囵的……!"

一声令下,克里斯蒂安叫来明巴侬,明巴侬叫来后厨四个白俄罗斯小伙子,他们的劳动号子很快就变成了整齐的《斯拉夫女人的告别》[①],在雄壮的大合唱背景下,旋转门告别了门框。而为他们伴唱的女孩儿萨拉马特却在最后惊呼起来:"谁也不许动我的胶皮车!"——是啊,大树一进门,先就得挪开金姑姑的命根子——袁寒云的胶皮车,也是萨拉马特的花果摊子。

金亚仙登时撑不住,转身就走,撂手再也不管了。撒泼的萨拉马特被四个高歌的白俄厨子抱走了,剩下的苦力、分头儿、领班儿在克里斯蒂安的指挥下,大家一起动手把人力车挪开,大树在歌声中往里面搭进了大厅。

到这时候,堵在门外的余之蚨和曹添甲等客人才能往六国饭店里头走,还没等大家都进门儿,罗雪斋——松翁来了。

松翁登时就叫停了工程,叫手下顺手拿了一个花盆架放在舞台对面儿,自己去金亚仙办公桌上搬了一盆罗汉松盆景,往花盆架上一搁,笑道:"金老板,我说的松树——就是这个意思。"

[①] 《斯拉夫女人的告别》其旋律最早来源于日俄战争中的一段军乐,成型创作于1912年巴尔干危机,是写给为了摆脱奥斯曼土耳其帝国统治的斯拉夫人的战歌。后来形成了另一个版本《西伯利亚进行曲》传唱于反对苏维埃的白匪军中。今天最流行的版本则是在苏联卫国战争时期的军歌。其中反复歌唱的副歌部分主要是"别了,父亲的土地,请你把我们记起;别了,亲人的目光,我们绝不退缩……"

第三幕：过墙梯

金翠喜陪着想杀人的笑，只好再请克里斯蒂安把松树请出去，克里斯蒂安一回头——人家明巴依老爷刚把门装回去……

于是——六国饭店大厅内，提前立起了一棵硕大的圣诞树，松树枝丫树梢上挂满了萨拉马特的亮晶晶的小礼物，树下停泊着东方神秘色彩的人力车和西方童话般的花束。

但克里斯蒂安趴在树梢装饰完饰品、凑合完这场舞美设计后，发出一声怒吼："萨拉马特！不要再哭了……去找金老板结账去！"

萨拉马特则横了他一眼，怒道："你这个杂种！"但还是轻抚了一下人力车，找金翠喜去了。而金翠喜正忙着在各处张灯结彩，指挥悬挂日文指示牌和欢迎词呢。

余之蚨和小曹在混乱中进入六国饭店，小曹要去三楼找朱二公子，余之蚨则匆忙走向自己的206房。一楼、二楼各处都设了便衣岗哨，还有些不明立场的暗探假装客人游荡着，像猎犬一样捕捉着猎物的味道。这些人明显有互相识别的办法，井水不犯河水地保持着彼此无视，但余之蚨却明白，硝石、硫磺和木炭已经混在一处了。

"嚓"一根火柴点燃，保安队的马队长披着风衣坐在二楼楼梯口的沙发上抽烟，他恶狠狠地盯着余之蚨，特别是他手里的木盒子。余之蚨觉得自己又像在毓清池一样赤裸了。但幸亏曹添甲

六国饭店 **1931**

一声"下午楼上朱公子的沙龙见"让马队长缓和下来,他饶有兴致地目送两人各自走开,吐出一口氤氲的烟气。

楼道里还算清净,没有特别事件,便衣或者侦探都不愿打扰这里客人的清净,以免无端惹到什么晦气。余之蚨踩着厚厚的地毯刚走到206房门口,却赫然听见吾飞和程识在争吵,余之蚨刚想开门的手停住了。

"只要我有武器,最好是炸弹,哪怕是手枪也行,今天楼下全是大人物,宣统、高凌霨、王竹林、孙传芳、王揖唐[①]……这些汉奸都会来,更别说还有那些日本人……这还不是千载难逢的机会吗?"

"我们现在困在这里,消息传不出去,外面人也进不来。无法得到上级指令,何况我们有两条战线,这根本不是我们能判断和决定的事情。更不是你脑袋一热,就能决定的。"

"莎莎从家里得来的消息证明宣统他们已经和日本人秘密接触了,如果让他再搞一次复辟,东北同胞,甚至全国人民都万劫不复,是天意让我们有机会钻到铁扇公主的肚子里了,老师……我们不能眼看着救国的机会白白溜走……"

"那你现在赶快出去找从仁,把消息汇报上去。你没有被

[①] 王揖唐:1877—1948年,晚清进士,被遴选送去日本学习军事,归国后成为北洋系中坚力量。民国后历任北洋陆军上将、参议院长等职务。抗战一开始就卖身投敌,成为伪华北政府的首害之一。1948年以汉奸罪被枪毙。

通缉，你能出去。"

"我出去就回不来了啊……老师。再说也来不及了啊……"

"既没有上级指令，我也没有武器给你。我们是有纪律的……"

忽然另一个声音压着音量劝说道："吾飞，你别着急，我觉得程老师说得对。"余之蚨一惊，这是金小玉的声音。

"老师，金小姐，既然你们都这么说……我也无话可说。我最后说一句，国家到了这个时候，不再是什么两条战线[①]了，国难当头，再没有什么前后老幼……现在就是青年流血的时候了。我不是您，要组织运动，培育青年，我不会用笔杆子和粉笔头儿革命；我更不是余之蚨，用颓废和消极、不合作革命……您说得对，我是年轻幼稚，因此，也只有我这样的人去做牺牲……"

说罢，余之蚨听见吾飞重重地从桌子上跳下来向门口走来，幸好似乎被金小玉死死拽住了，金小玉也放大了声音说："你干什么？现在外面全是特务，你不是房客，一出楼梯口就会被抓住。"

"我会自己想办法的……"

余之蚨胸口一热，咳嗽一声，拍了拍门，开门进屋。一进屋，就被一股难闻的人味儿熏得够呛——房间里全是程识和吾飞身上

---

① 两条战线最初是指在1905年俄国革命低潮时期，列宁提出秘密斗争与合法斗争两条战线的结合；第二次是中国大革命失败后，国内进步青年一部分进入苏区拿起武器战斗，另一部分坚持在白区用笔杆子作战；第三次则是解放战争时期，第一条战线是国共两党的军事决战，第二条战线是以国统区进步青年为主进行的反内战、反饥饿、反迫害的民主运动。本文是对第二个历史阶段的解释。

六国饭店 **1931**

的臭味儿、烟草味，还有桌上吃剩的馒头和虾酱、大葱味儿……余之蚨一下黑了脸。两个争论得面红耳赤的男人都被他的脸色弄得有些不知所措。余之蚨却惊讶金小玉居然能在这样的房间里和两个臭男人耐心地说话。他看到自己白衬衫被取下来挂在墙上的油画上，书籍稿纸被堆在地上，稿子肯定被弄乱了……他不满地想着，然后抢身过去费力地打开了窗子。新鲜的秋风让他松了口气，忽然觉得这一切荒诞而搞笑。

程识见余之蚨诡异一笑，试探地说："之蚨……你怎么才回来，金小姐一直在等你。"

"不好意思，你们说的话我听见了……"余之蚨还是笑着环视一圈三个人，朝吾飞点头道："你说得对，'百无一用是书生……若个书生万户侯'。但是，小玉说得也对，现在外面全是暗哨，我都差点儿进不来，别说你想出去了。"

"对，吾飞你别闹了，我们还是想想办法怎么尽快把程先生送出去。"金小玉又瞪了一眼吾飞，然后问余之蚨："余先生，小曹呢？他和你说了计划没有？"

"说了，我们下午会多拿几套演出的服装，请萨拉马特来给你们换上，小曹带一众演员下楼时，萨拉马特帮你们两个一起混进演员里，然后克里斯蒂安会打开侧门，趁乱帮助你们逃出去。小曹下午会设法搞到出天津的通行证。我觉得这个计划不错，可以一试。"

第三幕：过墙梯

程识点点头，笑道："之蚨，这可多亏你们了。"

余之蚨摆摆手，对金小玉说："小玉，我们两个在明处掩护大家，小曹会把演出搞乱，克里斯蒂安会暗中保护你们，并帮你们从西侧小门儿逃出去，车辆小曹也准备好了。"

吾飞忽然说："程老师，您放心先走，我还是要留下来，看看能做什么。"

"晚上楼下一定戒备森严，你也没有武器，不是去送死吗？"金小玉嗔怒地说。

"我有办法，再说'匹夫之怒，血溅五步'，我有把餐刀就行……"吾飞剑眉一竖，大义凛然地说。

余之蚨哑然失笑，重新看看吾飞，问道："你难道不考虑一旦事发，小曹他们也会受到牵连吗？现场很多无辜的人会被你牵连进去的……"

吾飞冷哼一声道："余先生，当年徐锡麟①刺杀恩铭就说'恩抚待我，私惠也；我杀恩抚，天下之公也'……我何尝不知道会有无辜者，但今晚杀一个国贼或是敌酋，又能挽回多少无辜生命？

---

① 徐锡麟：1873—1907年，革命志士，光复会会员。东渡日本并加入了革命组织，从此仗剑天下，寻求革命之路。他北上辽东，结交巨寇，以为爪牙。他购置军火，兴办教育，培养力量；他买官巴结，打入内部，伺机造反。后来因为伙伴被捕，仓促起事，亲手刺杀了安徽巡抚恩铭，带领学生军起义。可惜兵败被俘，被残忍杀害——其心肝都被剖出吃掉。而与他约定起义的秋瑾也同时失败，同样慷慨就义。他们的起义虽然失败，但极大程度地振奋了国民的革命志气。

六国饭店 **1931**

你们以为演出喊几句口号就是革命了？那是小孩儿过家家！日本人可不是来和咱们过家家的……从今日起，无辜者会流血，而且一定会血流成河的……直到胜利。"

程识怒道："吾飞同志，我不批准你的擅自行动。"

"老师，当年国民党都有徐锡麟、吴樾[①]、汪兆铭[②]……我们又何惜我一条性命？"

程识用手指戳着床道："纪律！纪律！我们有铁的纪律！"

余之蚨哈哈一笑，忽然将一直夹在腋下的木盒放在四人中间的床上，笑道："所谓天意，不过如此……"说罢，盒子一开，全都呆住了。余之蚨拿起手枪笑道："这把枪，原本就是用来暗杀的，却从改良到护国、护法，每次都是哑火……吾飞，你说得对——我是个消极的尴尬人，因此，天意教我将它带给你。"

吾飞大喜，双手接过手枪，如获至宝地捧在眼前。

---

① 吴樾：1878—1905年，革命志士，光复会极端组织北方暗杀团支部长。时值清廷筹备立宪，拟选五大臣出洋考察各国制度优劣。吴樾毅然在北京前门火车站用炸弹引爆了五大臣所在包厢，五大臣及随员多有重伤者，吴樾则当场阵亡。这次暗杀虽然不算成功，但极大地震撼了反动势力的内心，鼓舞了天下革命志士。自此吴樾撰的《暗杀时代》成为一时雄文；而革命党与炸弹，也从此脱不开干系了。

② 汪兆铭：即汪精卫（1883—1944）。他早年留日，在日本开始追随孙中山，参与创立了同盟会。归国后，他曾经潜入北京准备刺杀摄政王载沣，失败被俘。他在狱中写下"引刀成一快，不负少年头"的绝唱，一时名动大江南北。其学识胆气竟然感动了负责审讯的肃亲王善耆（就是川岛芳子的父亲），力主保全了他的性命。由于当时已近辛亥革命，两人从此结下亦敌亦友的复杂关系。这也成为后来日寇利用川岛芳子对汪精卫展开劝降工作的一个重要突破口。汪精卫最后在抗日战争中丧失意志，成为天字第一号大汉奸，留下千古骂名。

第三幕：过墙梯

程识目瞪口呆，金小玉却默默地走到盒子前，深深地看一眼余之蚨，不客气地把剩下的剃刀抓在手里，笑道："那么余先生，这个就归我了吧。"

余之蚨笑道："宝剑赠英雄，剃刀送美人，断杵停机德，关山度若飞……"余之蚨自觉说得漂亮，金小玉却冷笑一笑，并不高兴，转身将剃刀藏好，又转过身来对余之蚨道："我们走吧，我再不出现在一楼，我妈妈就吵起来了。余先生，我们去楼下和克里斯蒂安商议一下，然后下午要去和小曹会合。程先生，我们拿到戏服，会给你们送来，然后萨拉马特会带你们出来。吾飞，请你少安毋躁，请先保证程先生的安全。"

吾飞得了手枪，一刻也不肯放手，对着金小玉严肃地点头。

一楼克里斯蒂安的戈多酒吧掌声一片，袁教授接过封书记的捐助支票，两人合影。各路记者的闪光灯一片升腾，袁教授请封书记即席演讲。

封书记毫不怯场，对媒体、学者等各路人士朗声道："首先，我代表南京政府祝贺安特生博士、袁博士取得的这一伟大成就，这不但证明我们中国是文明之古国，更是人类种族之摇篮。今天，我们中国刚刚完成统一，正在经历从筚路蓝缕的军政时期进入百废待兴的训政时期，也正是我们每个国民展开的'新生

六国饭店 **1931**

活'① 时期，什么是新生活？就是'生活艺术化、生活生产化、生活军事化'，也就是倡导新的学问，新的文艺，新的教育，新的伦理。我看今天在座的学者很多都是自然科学领域的，但我认为'北京猿人'这门自然科学的学问，对人文学科也是一个新的学问嘛！有利于我们更爱这片土地、这个国家、这个民族。此外，我们中国人是信祖宗的，北京猿人是全人类的老祖宗了，我相信这个发现会让中国、北京成为全人类寻根、拜谒的圣地，会是未来和平的、科学的耶路撒冷和麦加！谢谢大家！"

一片掌声中，封书记被记者和官员们簇拥上楼去了，袁教授和余之蚨打了个招呼，也跟了上去。酒吧区总算冷清了一些，余之蚨和金小玉坐在吧台上等克里斯蒂安放下照相机后回来。

金小玉这才责怪余之蚨道："你怎能给他枪？他真的会动手的。"

余之蚨点头道："正因为他会动手，所以枪才是他的啊。"

金小玉冷冷地说："我是会和程识一起走掉的，你自己怎么办？小曹怎么办？我妈妈和姥姥怎么办？"

"我无所谓啊，小曹家里后台很硬气，他未必能吃亏……倒

---

① 新生活运动：指的是 20 世纪 30 年代蒋介石集团推广的一场全国人民生活改良运动。运动倡导革除陋习，实行整齐、清洁、简单、朴素等为新生活的行为标准。其运动也确实起到一定积极的进步意义，但其思想内核其实却是糅合了保守的封建主义伦理观、纳粹的军国主义、基督教教义等思想的缝合怪，并对三民主义进行了曲解。最终这个运动也随着抗日救亡运动和人民解放战争而寿终正寝了。

是你们家的六国饭店一定遭殃了……不过我看你并不在乎这个饭店嘛。"

"我自然不在乎这个饭店,但在乎我妈妈和姥姥,更何况我不能参与害死她们……所以,我们一定不能让吾飞动手,怎么办?也不能让人把他抓起来吧?那我们……不成了叛徒了?"

"程先生也不同意,他都还这么执拗……确实是少年幼稚。"余之蚨忽然想起一个主意,道:"你快打电话叫莎莎来。我看莎莎很喜欢这个吾飞,一定不会让他以身犯险。我看让莎莎死死盯紧他,不要让他莽撞地送掉性命。"

金小玉先是点头,却又沉吟道:"话虽不错,但莎莎最爱吾飞,可别被他裹挟成同党就糟糕了。"

余之蚨眼珠一转,笑道:"这样……小曹又最爱莎莎,我叮嘱他盯紧莎莎,如果她和吾飞有异动,便控制住他们,有了莎莎做缓和,吾飞就有了忌惮,便不会冒险。"

金小玉笑道:"余先生你真是狡猾,很善于用温柔的绳索。"

"岂敢岂敢……不及你家姥姥本事多了。"余之蚨此话说完,就立即后悔了。

果然金小玉老大不高兴,冷冷道:"是啊,我们都是善于作茧自缚的蛾子。不过我现在已经要扯破这茧衣了……余先生您呢?不和我们一起走吗?"

余之蚨心想,若是去欧洲、南洋,他怕是立刻就会答应了。

六国饭店 **1931**

但若是去江西、湖南等险恶莫测的边区,他可没有金小玉飞蛾扑火的勇气,他也没有金小玉"烈士遗孀"的金字招牌,就算有救助程识的投名状,他却并不信任程识。于是自嘲地说:"吾飞说得对,我这样一个用消极和颓废为武器的病菌,还是留在阴暗处,或许只可以加速旧世界的腐败,却不能有直面阳光的勇气。"

金小玉笑了,认可地点点头,她同意余之蚨的自知之明,反而坚定了她出走的勇气。

然后,金小玉被金翠喜召唤过去给封书记等人敬酒。余之蚨等来克里斯蒂安和萨拉马特,三人简单吃了三明治,仔细温习了救人计划。克里斯蒂安指着酒店里神头鬼脸的各路人马笑道:"看吧……又要乱起来了……这架势和1924年①差不多,看吧……所有人都憋着劲儿呢。看吧……不到三个月,一切照旧,换个旗子,换套衣服,六国饭店还是六国饭店。看吧……上帝……这是什么……"

克里斯蒂安没说完,就忙着弯腰找照相机,没找到就跑回暗房去拿。余之蚨一回头,看见酒店大厅一群身穿传统歌舞伎演出服装的日本人都半弓着腰,趿拉着木屐,迈着小碎步,花花绿

---

① 1924年,孙中山向军阀发出檄文,在惠州发动北伐。第二次直奉大战如火如荼。冯玉祥发动北京政变,不但溥仪被赶出皇宫,各种封建残余、帝国主义旧买办、北洋旧权贵……全都闻风丧胆,躲入北京六国饭店。"连楼梯走廊上都住满了逃难的旧贵族们……"(引自《我的前半生》溥仪)

第三幕：过墙梯

绿地转进门来，这些人一见门厅安放的大松树和树下的黄金人力车全都兴奋地围观起来。而这时，拿着相机出现的克里斯蒂安立刻被簇拥起来，几名身着华丽和服的贵妇人立刻请他帮她们在树下合影——"看样子花不了多少工夫，就能把六国饭店变成日本客栈了。"——拍照合影后的日本人兴奋极了，不知谁起了一个口号儿——日本人便一起敲着小鼓、钲鼓，唱着歌谣跳起了"阿波舞"①。

这下萨拉马特也坐不住了，拉着余之蚨一起去看热闹。萨拉马特立刻被欢乐的歌舞所感染，跟着热烈的节奏手舞足蹈起来，于是立刻被一名日本舞者拉进了狂欢的队伍。很多不同国籍的客人纷纷被裹挟进舞蹈的队伍中，或是欢笑着拍着巴掌傻笑。

只剩余之蚨一个人像是被阳光驱除出来的孤魂野鬼，讷讷地被人群挤出去，排除在欢乐的外面，他忽然感到无比的心酸，眼泪不争气地滚滚而落，正欲转身逃开，自己凉透了的手却被一只温暖的手一把抓住了。他一抬头，却是一身戎装的金碧辉。那女将军嘴角流露出一丝戏谑的嘲讽，在他耳边念道："余先生，'一身存汉腊，满目尽胡沙'是吧？快上楼去吧，有人在等你呢。"余之蚨镇定了心神，顺着金碧辉目光往上一看，金小玉正在楼梯拐角处满怀悲愤地看着自己。余之蚨抽出手，道一声失陪，挤过

---

① 阿波舞：产生于日本德岛的一种民间集体舞蹈，因其动作简洁欢快而极具感染力，因此常用于庆典活动。

六国饭店 1931

人群向金小玉方向走过去。

刚走到一半又被挡住了,克里斯蒂安拉着一名西装和小胡子全都一丝不苟的大光头日本人,给余之蚨介绍道:"余先生,这位是李鸣先生,满洲通讯社的著名记者,也是个很成功的商人。他要买下我所有的摄影作品,还说要和我一起我去河西走廊做采访……"

余之蚨不认识这个人,敷衍地握了手,祝贺克里斯蒂安有了新主顾,然后微笑告别。

金小玉一身妥帖华丽的旗袍,她伸手挽住余之蚨,两人心照不宣地进入了姥姥安排的角色,款款向三楼走去。金小玉小声说:"克里斯蒂安怎么和那个人认识?"

"李鸣吗?说是个记者……要买他的照片。"

"记者?原来您不认识他,什么李鸣,他叫里见甫,做这个生意的……"金小玉用手比画了一个抽大烟的手势,压着愤怒道:"日本人管他叫作满洲的'鸦片皇帝',半个中国的鸦片都是他从中亚贩运来的……据说他才是东北真正的财阀,满铁和他比起来都是小巫见大巫……"

说着话二人已经转过二楼向三楼走去,迎面正碰见等着他们的金翠喜和亚仙姑姑等几个人。金翠喜上来冲余之蚨点头一笑,然后紧紧握了一下金小玉的上臂,帮金小玉捋了捋头发,一副"家里全都靠你了"的恳切表情,眼光一闪,又像是咽回了千言万语,

第三幕：过墙梯

然后就转身拉着亚仙姑姑下楼去了。

余之蚨低声问："你既然已经决心要走，为何还要跟你妈妈和姥姥配合这个仙人局？"

金小玉瞪一眼余之蚨，冷笑道："你明知我要走，怎么不去和她们告密，我妈一高兴，没准儿免了你欠的房租……"

余之蚨无语，一脸羞愧，但心里老大的不高兴，却也无话反驳，只是后悔自己多嘴，做个请上楼的手势。

金小玉却嗔着道："哪壶不开提哪壶，自讨没趣！"然后挽着余之蚨的手狠狠捏了一把，余之蚨吃疼，心里的阴霾却因此烟消云散，不过是"我亦随人难独醒，且傍锦瑟醉如泥"吧。

登上三楼，金小玉和余之蚨在走廊上穿过几个穿衬衫和军人裤子的"便衣"的目光，还没走进西南侧的套房沙龙，就听见一阵响亮的搓麻将声音，夹杂着一些爽朗的军人笑声，以及留声机里唱响的"明月歌舞团"[①]的唱片。

牌桌上主客位端坐着封书记，上下手作陪的朱二公子和一位两颊如削眉峰坚毅的少年将军，对面儿是一个年过半百的黑髯长者。朱公子朝余之蚨和金小玉笑笑，招呼余之蚨和金小玉过去。

---

① 1927年，中国流行音乐之父黎锦晖在一次演出后宣布："我们要高举平民音乐的旗帜，犹如此刻当空皓月，人人得以欣赏。以此为宗旨，'明月歌舞社'即日成立。"明月社作品虽出产了很多流行的靡靡之音，也不乏激励民心志气的战歌。其中培养出了黎莉莉、王人美、周旋等一大批杰出的歌手、演员。明月社其优美的旋律、隽永的声音将成为那个灾难深重的时代中最美好的回忆。

六国饭店 **1931**

曹添甲迎过来,给余之蚨点上烟。

朱公子介绍道:"这位就是学铭将军的搭档,天津保安司令解方将军,那位是咱们北洋最后一位总理——潘复[①]先生。封书记不用介绍了吧……封书记,这位就是大名鼎鼎的余之蚨先生,这位是咱六国饭店的主人翁公主——金小玉小姐,今天的接待,都是她们金家操持的。"

封书记笑道:"介绍什么?他们我都认识,在广州,余先生,您来咱们黄埔,给四期学员作报告那次,就是孙文学会[②]组织的那次,就是我批准的。金小姐我就更知道了……大革命时期,我们和上海学界联欢,我作演讲,您坐在第一排……"

余之蚨心里冷笑,金小玉接口道:"您记性真好……我是要了您的签名的。"

"哈哈……可惜那不作数了……我已经改了,我原来是封建的封,现在改做风气的风,新生活运动之新风。小玉啊……你坐这儿,你们天津牌规矩不一样,你帮我看看,别给这三个天津人出了老千。"

金小玉笑呵呵地坐在封书记后头,笑道:"没有什么的,您别吃牌就行,别的我替您盯着……敢出您的千,全中国那都是

[①] 潘复:即潘馥(1883—1936),北洋时期最后一位国务总理。之后依附奉系张作霖,其人务实,也在民生实业方面颇有作为。
[②] 是国民党右翼势力在黄埔军校培植的反动组织。

没有的……"

封书记哈哈一笑,瞟一眼进退失据的余之蚨,对曹添甲笑道:"小曹,你机灵,把这个明月歌舞团的唱片去换一张吧……这是什么?是王人美的《苏三莫嚎啕》吧?不要听这个……真是靡靡之音——所谓'先此声者,其国必削'……换掉换掉……"

曹添甲一听立刻拉着余之蚨过来换唱片,小曹眼珠一转,换上一张还是明月歌舞团的《勇健的青年》。音乐一出,封书记一听便点头一笑,大家便都不言语了。小曹拉着余之蚨在一边沙发坐下抽烟,一边假装研究晚上演出的剧本。

封书记笑道:"这个歌还好……有些朝气。我这次过来,就是要为'新生活运动'做一做吹鼓手。哎……各位,国运多舛啊,本来自东北易帜、国家统一以来,国运蒸蒸日上。这才几年,日本人就狗急跳墙了。我们岂能还听这些靡靡之音呢?"

大家等封书记打出一张闲张儿,潘复捋着胡须说道:"东北事变已经有一个月了,国联怎么尚未行动呢?代表团也不来,表态也不做,这至《九国公约》[①]于何地呢?"

朱公子笑道:"潘公,有些事儿,还真不能完全依靠国联。

[①] 《九国公约》是1921年11月12日至1922年2月6日,美国、英国、日本、法国、意大利、荷兰、比利时、葡萄牙、中国九国在美国首都华盛顿签署的"一战"战后问题的条约,一方面限制了日本独占中国的野心,另一方面却也表明列强对中国既有权利的延续。由于是美国主导的这一条约,因此这个条约不但成为美国独霸太平洋的发端,也成为"二战"太平洋战争的主要发端。

六国饭店 **1931**

汉卿说了'国联自身本无实力,仅能调解纠纷,不能强判执行,中日事件最好能自谋解决办法。'各位,有个好消息明天见报——马占山[①]已经对来犯的敌人开枪还击了,一定会把张海鹏[②]赶出嫩江。我们锦州、山海关方面的部队也已经完成集结,随时南北夹击,收复东北。可是,目前,热河、察哈尔、北平、天津各地局势都不平稳,我看日本人是想扩大事态,争取更多和国联谈判的筹码,因此东北军也不敢全力回师。就说眼下的天津,就跟个火药桶一样,是个哑弹还好,一旦炸开……整个华北都会糜烂……等你捂着华北,东北就会被日本人慢慢消化掉,后果不堪设想啊。为今之计,只有希望马占山能守住黑龙江,让日本人首尾难顾。"

"哎……这个马占山也是太过张扬……他成了英雄,弄得大家全都不肯为他火中取栗了。"潘复打出一张牌,眼珠一转说道:"但要是让黑省孤军作战,也要严防马占山投向苏俄哦,他部队里本来就有几个亲俄分子。"

[①] 马占山:1885—1950年,东北军阀,爱国将领,抗日英雄。他不但是九一八事变后趁机驱逐张学良的地方势力,甚至还一度当了汉奸。但他在最后关头猛然觉醒,终于反正,毅然在极度不利的情形下起兵抗战。马占山指挥的江桥抗战,可以说是中国人民全面抗战的第一枪。

[②] 张海鹏:1867—1951年,奉系军阀,是奉系元老之一。九一八事变后投日,所谓江桥抗战,其双方主力其实是马占山的抗日军队和张海鹏的汉奸部队。后来张海鹏拥护溥仪复辟,成为伪满洲国的"开国功臣",此人罪大恶极,于新中国成立后落网,被人民政府以汉奸罪枪毙。

第三幕：过墙梯

话说到这儿，大家都沉默了，封书记从金小玉那里问了意见后，打出一张牌，被解方将军老实不客气地碰了去。解方出牌，封书记抓起来想吃，却被小玉拦住，他尬笑道："你看，必须得有你看住了我才行。列位啊……你们这么想就对了。欧战以来，各国都是强人政治。只要国内能团结一心，从一九年到二八年，我们耽误了十年用于国家统一，可是真的统一了吗？没有。我这几年一直亲历各处战线，感触颇深……应该说，我们离一个现代化的强国差距还是甚远，我说的不是军力，也不是经济，而是人心。我国有三大问题，国力弱就要工业化，工业化就要资本化，资本化就要利用外国资本。可是我国现状一盘散沙……借了钱，买了枪，互相射击就虚耗完了。这十年，教训还不深刻吗？如果当年甲午之战，是日本海军陆军两个人打北洋一个人的话，今天就是日本一个人挑动我们十个人自己互殴……我看大家也都看明白了……以前呢，中国的生存之道，别人不说，就说雨帅[①]，还不就是中央、俄国人、日本人三边儿平衡？我劝大家警醒……不信大家就拭目以待……少帅说得对，国联没有实际能力干涉东北。我们要做好日本狗急跳墙的准备。以后没有那么多帝国主义可以平衡了……"他朝金小玉笑笑说："你也听着，六国……六国饭店的生意，必定是做不下去了。我看还是尽早改成'新风饭

---

① 雨帅：即张作霖。

六国饭店 **1931**

店'或是'帝国饭店'吧。列位,今后,东北、华北……乃至全中国,最大的敌人一定只有一个,就是日本人。日本人急眼了……这几年,他们缺钱,欧美全都经济危机了。日本自己粮食吃不饱,货品卖不掉……怎么办?抢咱们来了。不抢?你们知不知道现在有多少日本女人在南洋卖身?知道吗?一百万!列位,我不开玩笑……日本能用一百万女人去卖淫赚钱,就能用百万男人打过来中国抢劫……诸位信不信吧?列位……东北可是只有一万多关东军,咱们就退到山海关了……一百万……诸位……一百万。"封书记看到朱公子举着手里的牌吓呆了的样子笑道:"打啊,打啊……"

朱公子打出牌讪讪笑道:"封书记,这也太过骇人了吧……"

"看你……我们南京方面是不怕的。至少我是不怕的。你知道为什么?自上个世纪达尔文主义以来,世界大势,弱肉强食虽是一理,但别忘了还有先进和落后一理。我和力行社的同仁们考察列国,已经作出结论——未来世界大局,是吐故纳新的全新时代,欧战必然再起,东亚也一定翻天覆地。世界文明以后一定是欧美一极、亚洲一极的合作稳定。而世界大战,一定是最新的两个思想的对决:一个是苏俄的共产党思想;另一个是墨索里尼的法西斯思想。这两个思想都能做到人民的高度团结,都能做到'一个国家、一个政党、一个领袖'。这样上下一心的国家,是颠扑不破的强大集体。反观日本,靠天皇的封建统治实现动员,但

第三幕：过墙梯

根本上是落后的；反观英国，靠英皇，也一样，更无论欧美其他国家……你们看看现在号称第一强国的美国，那真是饿殍遍野了……而我们考察的结果得出，共产主义根本上也是空中楼阁，就是像抽鸦片一样的饮鸩止渴……要知道国家政府之存在的意义，根本在于保卫人民财产不被外族或本族的强盗掠夺。所谓共产主义，岂非梦呓？拿我们人来说，一只手伸出，五个手指岂能一样整齐？共党所主张，就是政府带头做贼，取有余而补不足——而天下分配总有有余又总有不足，于是人命不死绝，则倒悬颠覆不止……人命尚如此，何况文明道统？何况民主自由？何况进步未来？"

封书记环视一眼略显茫然的众人，朝金小玉笑道："金小姐，你是在广州学习过的，那时候的共匪还都是读书人，甚至还都是些读过洋墨水的读书人……因此和咱们国民党还能合作。可后来他们是越来越不成话了，乃至今天，直接成了流氓、穷棒子、叫花子的组织了……我今天学了一句你们的天津话——叫作啥来的？哦，混星子的锅伙！哈哈哈……还能成什么气候？"他脸冲着金小玉说着，手里狠狠地抓回一张牌，却不开。再次环视一圈儿桌上的情形，狡猾地哈哈一笑道："哎呀呀……金小姐，这张牌麻烦了，我看我是要放铳了！快……金小姐帮我看看这张牌。"说着，便亲昵地抓过金小玉的手，将翡翠麻将放在金小玉手心里面。金小玉手一缩却没躲开，脸上原本老成的微笑一下子

六国饭店 **1931**

僵了一秒,才强忍下怒气,讪笑一下。她暗暗摸了一下牌面,放回封书记面前的桌子上,点头道:"封书记,您想多了,这是张闲牌。"封书记连忙翻开牌"哈哈"一笑,说道:"果然。"一把就要将金小玉抓到自己身边坐下,笑道:"我就说我牌技不精,金小姐,你干脆给我摸几把,我借借你的运气。"

众人纷纷起哄,潘复调笑道:"金小姐摸一下,不光运气,酒色财气全有了。你们两人合手,我们怕是要把裤子都输掉了……"

金小玉再难逢迎,强笑着扭着身子站起来,拿起桌上的茶壶,推说"给各位添些热茶水来"这才逃开牌局。

封书记却也并不在意,接着口若悬河道:"依我看,如果世界大战再起,我们中国一定要先实现墨索里尼主义的——一个国家、一个党、一个领袖!才能与列强抗争之中崛起复兴。"

潘复笑道:"团结,万众一心,抵御外辱,自然是我等夙愿。"

"嗯……正是,既然未来是墨索里尼主义和列宁主义的大对决,我们中国或许就要成为第一个消灭共匪之患的急先锋。诸位,你们知道吗?今年以来,我们已经势如破竹……不但一举将他们在上海的所谓中央连根拔起,而且已经将他们压缩在很小的区域内,外面是十面埋伏、百万雄兵。拿今年来说,共匪里面周逸群^①如何？当年在黄埔，我搞孙文学会，他周逸群就搞青年军人联合会拆我的台……现在如何？年初被我们击毙了；还有，号称赤匪三骁将之首的吾中豪^②，去年十月被我们击毙了；就在不久前，三骁将第二位，被他们称为'狂飙为我从天落'的黄公略^③，可惜了，也是黄埔的，那是什么样的人才！在我们层层包围下，还能纵横捭阖，括地400里，掳民300万……九月份，也被我们击毙了。摧枯拉朽……摧枯拉朽啊。列位。"

"这么说，蒋公'攘外必先安内'的国策，很快就要攘外为主了？"潘复摸着手里的牌，笑眯眯地问。

"哈哈哈……潘公……这个内……我们力行社上下……寝食不安啊。不瞒各位，校长他已经决定下野……"封书记语出惊人，三个人全都把手里的牌放下了。封书记笑道："这没有什么

---

① 周逸群：1896—1931年，无产阶级革命家，红军的缔造者之一，游击战争的实践者之一。在黄埔军校受训期间（二期学员），组织青年军人联合会，和反动的孙文学会进行了坚决斗争。后参加南昌起义、发动桑植起义，参与开创了鄂西根据地。1931年5月，在一次被伏击战中英勇牺牲。

② 吾中豪：1905—1930年，黄埔四期学员，红军的缔造者之一，秋收起义领导人之一。他与林彪、黄公略、彭德怀一起被称为井冈山斗争时期毛泽东的"四骁将"。1930年10月，在与一支民团的遭遇战中不幸牺牲。

③ 黄公略：1898—1931年，红军著名将领。黄埔三期学员，参加了广州起义，领导了平江起义，创立工农红军第五军，又担任过第六军军长，后来在一军团中屡立奇功，曾有击溃铁军师、活捉张辉瓒的光辉战绩。1931年9月，在江西吉安遭遇敌人飞机突袭，不幸中弹牺牲。

六国饭店 **1931**

的，我们是共和政府。下野首先就是为了与汪主席①、孙院长②和解，各让一步嘛；其次也是为了和国联、日本人的谈判有所后手；最后就是在民众舆论上，做足姿态。不过，列位，你们不会真的以为……"

"哪里哪里……"朱公子连忙笑道："封书记放心，全国一盘棋，少帅认蒋公为大哥，我们自然尊蒋公为领袖……这个道理我们懂。只是现在，东北危如累卵，华北又已经如火药桶……"

"东北还是要等国联的态度。因此华北更不能在国联来调解之前出事儿……否则，这牌桌上，我们的筹码就太少了。我猜日本人在华北频繁动作，也就是这个打算，强盗逻辑嘛……乱华北，以巩固满蒙。"封书记坚定地说。

言至此，一直沉默不语的解方刷地起身说："好！既然您这么说，我作为东北军人，就知道怎么做了。"解方将自己的牌按倒，朗然道："少帅和学铭他们也都说天津不能再出事儿了。今天晚上开始，我要做我们东北军人该做的事情了。我倒要让老百姓看看我们东北军人——第一，服从；第二，报国。我这就安排下去……这些天，那些狗日的天天找碴，我们天天忍让……既然都这样说了，今天晚上开始，我就寸土不让了。"

"解方，慎重……"潘复也站起来劝说道："还是等学铭回来

---

① 汪主席：汪精卫。
② 孙院长：孙科。

议一议。"

解方毫不理会，只是朝在座的敬个礼，挤出一丝微笑道："学铭应该就在军营等我消息呢。我去去就回，今晚，我要亲自参加日本人的晚会，谁让我是旅日军人同学会的呢……小曹，今晚的演出，你可别给我砸了……"

"您放心，这不，演出我和余先生会彩排好的，一定出彩！满堂彩！"

解方哈哈一笑，冲余之蚨和曹添甲点点头，朝朱二公子、封书记敬个礼，没理睬潘复，就转身出门去了。

封书记笑道："呀……这可三缺一了……你们谁来凑一角？"

六国饭店 **1931**

第三场：闹剧

1931年，10月9日，木曜日，晚上7点整，阴霾，阴湿的水汽从海河爬上堤岸，路灯初亮，在尚未稳定的电压扰动中闪烁不止。

六国饭店西餐厅。

六国饭店霓虹初上，赵亮凑趣地点着了几个烟火，烟火炸开，照亮日文横幅欢迎的字样。薄奠带着司机班忙着代客泊车，门童们不住地帮身穿和服、西装、各国军装、中式长衫的贵宾们开门。皮鞋、马靴、高跟儿、木屐……咯噔噔、咯吱吱地踩过大厅锃亮的大理石地面儿，寒暄声振得水晶大吊灯光芒炫闪……松树下，闪光灯不时亮起。

架子鼓一响……小号、六角风琴、小提琴、吉他在明巴依的指挥下奏起旋律，萨拉马特一袭红裙，跳起了热烈的弗拉明戈。金翠喜、亚仙姑姑、春风沉醉一一带着贵宾落座，热切地和每个人打着招呼。趁人不注意，亚仙姑姑偷偷把第一排的一个座位撤了下去，她和金翠喜耳语说："王揖唐和孙传芳没谈拢，今天中方首席换成高凌霨。孙传芳楼上正闹着要退房呢……我一会儿上去劝劝去。"

金翠喜点点头，问道："小玉呢？吉田先生已经来了。"

"小玉在换衣服，陪封书记打了一下午牌，惜春去上果品回来说进展不错，那姓封的有意无意地拉小玉的手了。"

金翠喜点头道："晚上再添一把火……留点儿神，这些人高兴了，每一个拎出来，伸把手儿就能救咱们于水火，不高兴了，随便一个动动手指头也能治死咱们。"

亚仙姑姑不屑地露出一丝哂笑，同情地拍拍金翠喜道："也是难为你们了。"

亚仙姑姑一转身，却看见袁文会、张天然大剌剌地拿着请帖往里走。亚仙姑姑把脸一沉，袁文会立刻赔着笑过来施礼。亚仙姑姑冷笑道："七爷，给你道喜啊，你终于也混上桌儿来了？"

"嘿……您别寒碜我了。是格格叫我来的，我真没想到这一层上，得嘞，既然您在，我不敢进这个厅。我到外头伺候着去。"

亚仙姑姑看他还懂事儿，嘴上却笑道："别呀，那不是折了格格的面子吗？你请便吧，任谁也不能翻着老黄历过日子。"

袁文会赔笑道："嗨，有您在这站着，打死我也不敢进去坐下……我还是外头候着去了。您也多担待，我今儿是真的不能走，身上担着责任呢……"说罢，他和张天然嘀咕了几句，真的

六国饭店 **1931**

一个人跑到外头大厅找个沙发坐下了。他一坐下，乐了。宽阔华丽的茶几对面正是似笑非笑盯着他的便衣保安队长——大光头马士奇。两人谁也不说话，开始相面。

余之蚨和曹添甲匆匆忙忙地跑下楼，走出门口儿，曹添甲加快几步把娉娉婷婷的莎莎小姐殷勤地迎了过来，曹添甲还在絮絮叨叨地问莎莎怎么来的，莎莎却一句话问道："吾飞呢？我要见吾飞。"

曹添甲满嘴应承着把莎莎劝进一边儿的咖啡厅给她"说戏"，余之蚨则穿过咖啡厅，径直走进戈多酒吧。酒吧人不多，认识的只有靠门口里面座位上——唐云山把自己喝得不省人事，金宪东坐在他对面儿，却似乎还很清醒。克里斯蒂安正在准备相机，看见余之蚨，立刻请他过去，说："余先生，我请你喝一杯。你说，日本人请我去河西走廊，拍照……这个时候，我应该答应吗？"

余之蚨皮笑肉不笑地点点头："那个李鸣先生嘛，日本名字叫作里见甫，他出手请你，一定很大方。"

"是的，有人说他是什么鸦片皇帝。"克里斯蒂安也给自己倒上一杯。

"所以，你要帮他去贩鸦片？"余之蚨很遗憾地看着克里斯蒂安，用手指敲打着吧台桌面儿说："你知道中国人最恨的两样东西是什么？一个是洋人，另一个就是鸦片。你知道我们从

第三幕：过墙梯

1840年……"

"我知道、我知道……我生在胶东，我也算是中国人，我明白。"克里斯蒂安打断了余之蚨的话头儿，抿了一口酒自言自语似地说："我怎么会帮他卖鸦片？我是探险家。我是去照相。"

"那你就该知道这一百年来，洋人就是用鸦片吸我们的血，然后又变成拳头来揍我们。"

"我知道、我知道……我最不喜欢日本人的。"

角落里传来一声轻笑，金宪东扔下睡着的唐云山，醉醺醺地站起来走过来说："可是，你现在除了日本人，找不到别的冒险机会了。"金宪东往四下胡乱地指了指说："六国饭店，如果变成一国饭店，就没有存在的意义了。咱们中国自从庚子年'庆那公司'[①]开办以来，这六国饭店就是咱们中国的交易大厅——床上的生意、酒桌上的生意、牌桌上的生意……还有这里，酒吧间的生意，都是洋人给钱，中国人流血割地的生意。正是看清楚了这一点，咱们辛亥年捅掉几块瓦片就算革命了……此后，中国的政党、军人，也不过是牌桌上比比大小，谁跟你真的拼命？楼上那个孙传芳，还不是因为杀人坏了规矩，躲在这里？也因此，中国的事

---

① 1900年，庚子国难，慈禧带着光绪出逃，北京留下善后的是庆亲王奕劻和办事大臣那桐。这两位趁机收购跳楼价的地皮，大发国难财。然后又顺势成为列强在华的大买办。所谓"庆那公司"是国人嘲讽这两个卖国贼的戏称。而六国饭店的建立、赛金花的发迹、杨翠喜的当红，也都或多或少和"庚子国难"有一些扯不清的关联。

六国饭店 **1931**

情,说复杂也复杂,也简单也简单,谁能在六国饭店得到洋人的钱,谁就赢了。所谓赢了,也不过是替他的洋人主子在中国分一块蛋糕,自己做个儿皇帝的生意罢了。拿我们家来说,钱可不光是交通票儿,也有中国银行的,也有正金银行的,朝鲜银行的,花旗银行的,汇丰的……可是现在不一样了……日本人现在胃口大了,筷子夹着满蒙,眼睛盯着华北,心里装着整个亚洲……一家独大,也就没了买办,只剩下奴才了,六国饭店的生意没得做了。所以,余先生,克里斯蒂安……当然我自己也是,要么吃日本人的饭,要么不吃……和他干。"

"要么离开?"余之蚨点头道。

"嗯,要么离开。"金宪东也点头说:"可我也是中国的青年……如果中国哪个政党,不做生意了,连我,都去投效啊。克里斯蒂安,你和英国人打过仗的……你觉得我们中国人能不能打那样的仗?"

"金爵士,您知道我们布尔人原来是什么意思?布尔,是荷兰语'农民'的意思,而中国最多的也是农民,什么时候中国的农民都开始为自己的土地战斗了,那么就没有人能战胜中国人。"

这时候,西餐厅音乐一停,掌声陡起,金宪东把身上的西装扯平整,拍拍余之蚨笑道:"走吧,土肥原像是到了,晚会似乎是正式开始了。我们去听一听?"

余之蚨点头跟着金宪东过去。金宪东忽然小声问道:"余先生,您有没有看到舍妹有一把宝剑?"

余之蚨一愣,不知如何回答,于是缄口不语。金宪东就此点头道:"如果您有机会,请劝劝她,别留着那东西吧。也别说是我说的。"

余之蚨正要发问,却已经到了西餐厅会场,迎面看见被人群簇拥着的刚刚就任的"沈阳市长"土肥原贤二不断和众人寒暄入场,大家让他讲话,他却推川岛浪速上台,而自己在特务陪同下,和金碧辉先去三同会的办公室里面密谈去了。

舞台上的川岛浪速开始发表演讲:"……我们日本不是帝国主义,我们是亚洲文明今日的掌灯人,你们这里的灯火黯淡了,我们便来帮你们点明,就像你们过去帮我们点明。比如,朝鲜。中国、日本、朝鲜是兄弟之邦,我们都不是帝国主义,怎么是帝国主义呢?这是一家的事情,西方是帝国主义,我们反对他们。和他们斗争,就需要日本的精神,中国的筋骨,朝鲜等兄弟的襄助。这样我们亚洲就可以打败帝国主义。要说日本是帝国主义,你们不也是帝国主义?你们是未来的帝国主义。现在我们帮你们反对封建主义、共产主义,等到你们完成了共和,你们难道不做帝国主义的吗?世界只有三间屋子,欧洲、亚洲、美洲,我们亚洲要团结起来,保护我们的屋子——你说这是帝国主义?那就是吧。西方人在搭建他们的大屋子,凡尔赛会议、华盛顿会议,都是他们的大屋子。却在帮你们搞独立,搞自由主义,孩子们,警惕起

六国饭店 1931

来吧！亚洲要团结起来才行……"

人群中，罗雪斋、高凌霨、王揖唐、周药堂等带头鼓掌并与身边的"日本友人"颔首致意。金碧辉则带着张天然等一干手下在四周观察着局势。接下来，三同会中代表旅日军人同学会的王揖唐、留日学生会的周药堂和中日同道会的王竹林分别代表发言。

余之蚨心里有事，转身离开。会合了曹添甲和莎莎小姐和萨拉马特，按照计划，余之蚨去房间带出穿好演出服装假装演员的程识和吾飞，而曹添甲则带真正的演员们下楼，他们会在二楼会合一起下一楼，司机送程识逃走。

结果，事情出了意外，本来负责扰乱门口便衣暗哨的萨拉马特反而被暗哨死死盯住了。而最要命的是曹添甲并没有成为计划中带队下楼的人，而是解方亲自带着十几名身穿便服的军人们蜂拥而下。曹添甲和演员们只能服从地跟在后面。而由于解方在，安保一下增强了几倍，余之蚨、程识、吾飞三个人竟然一露面就被拦住搜身。而吾飞就从身上被搜出了手枪。

吾飞立刻被两个便衣控制起来，解方第一个责怪地问朱公子道："怎么回事？不是说好不带武器吗？"

朱公子问曹添甲道："小曹，这是你的人吗？"

曹添甲只得承认道："是我们演员……"

刚巧这时，一个身穿僧衣的老人大喝一声"让路"，拨开众人要下楼——正是下野的前军阀孙传芳,孙传芳嘴里对跟在他身后拦阻他的金亚仙姑姑喊着:"让开!让开!这饭店我一分钟也待不下去了。什么六国饭店?现在日本味儿比日本女人的头油味道还重!我不怕危险,我也活够了,与其让汉奸气死,还不如让仇人给我一个痛快罢了……"孙传芳恶狠狠地瞪了一眼解方,又看看后面几个身穿日本戏服的学生,骂道:"呸!军人怕死,文人捞钱,年轻人没骨头……别忘了老帅怎么死的……"

说罢他推开众人,不顾金亚仙的拦阻,一路跑下楼去了。被他这么指桑骂槐地一骂,解方将军又好气又好笑,打量了一眼和自己年龄差不多的吾飞,指着他下令道:"把这个人单独看起来,我回来再问他。"

余之蚨浑浑噩噩地跟着这些人下楼,大家只能眼睁睁看着吾飞被押进了一间客房。曹添甲紧赶几步,似乎想和莎莎小姐解释一下,却被莎莎小姐甩了一巴掌,莎莎就此扭头就走开了。曹添甲百口莫辩,只能可怜巴巴地目送莎莎离开视线。

走过大堂,马士奇从沙发上站起来,盯着余之蚨和程识。却看见这通缉犯居然紧跟在自己顶头上司解方的身后,不由疑惑地摸了摸自己的大光头。

西餐厅内,热火朝天地正演着日本歌舞伎《劝进帐》,故事中的武僧弁庆正为了帮助源义经脱险而与哨卡的守卫的官员斗智

六国饭店 **1931**

斗勇。而余之蚨刚要随曹添甲护送程识走到舞台后面的过道上，却被金翠喜拦住了，让他去陪金小玉会见日本人去。余之蚨眼睁睁看着曹添甲和程识走入后台。于是，余之蚨和金小玉佯装看日本戏，寻找着宴会中合适的隐藏位置。西餐厅腾出了舞台之外，其他四周都坐满了客人。耳朵里听着罗雪斋对其他中国客人讲述着日本猿戏、能剧、歌舞伎、狂言之间的渊薮和区别。

罗雪斋与一众日本人用日语调侃道："我们中国有越女拟猿而成剑术，日本则以猿而成戏，而今天我也看了'北京人猿'的展览，看来，不止楚人是'沐猴而冠'原来咱们人类皆是'沐猴而冠'的。"他看见金小玉挽着余之蚨款款走来，连忙给大家介绍。

"这两位是中国有名的文艺家，余之蚨先生和金小玉小姐，余先生也是东京大学的高才生，金小玉算是今天宴会的东主……"罗雪斋微笑着指着几名日本客人介绍道："这两位夫人是领事馆的随员大岛静子夫人和芳泽幸子夫人，这位是满铁履新的视学委员吉田茂先生，他是军人出身，但也是川岛浪速和稻叶岩吉[①]先生的学生。因此吉田先生很有兴趣和中国的学问家一起讨论满蒙地区的文化、教育和卫生的建设问题。"

[①] 稻叶岩吉：日本满鲜史学家，也就是满洲、朝鲜的专门史学家。从专门这个研究方向的确立，就能知道日本人对东北亚地区的长期觊觎。而其留下的殖民主义历史观至今还有很深的影响。

第三幕：过墙梯

"余先生，久仰。金小姐，又见面了，还记得上次我们打网球，谈过我正在筹办沈阳公学的事情吗？"吉田看起来是一个五短粗壮的日本农民，双手十指像是棒槌一样充满粗鄙的力量，但中国话说得很好，也很得体，像是日本传说中浣熊变化成人形后，努力伪装成亲切的样子，以便换取你手里的柿子。这只浣熊就是金翠喜希望女儿争取过来，挽救六国饭店命运的关键先生。并希望余之蚨与他发生争风吃醋的"决斗"。余之蚨心里觉得好笑，耳朵里听着这个"中国通"大讲辽金时期满洲疆域和明代边墙的实地考察，眼睛却盯着他那双无情的铁手——想着如果这双拳头打在自己脸上，那必然是要"开了染坊"的。正在走神，没想到吉田茂却主动搭话道："余之蚨先生，有没有兴趣到东北来看看？那里现在是亚洲最欣欣向荣的地方，我们欢迎您来指导我们筹备沈阳公学和图书馆。"

余之蚨笑道："吉田先生，我其实是教统计学的……"

"那也是非常之需要的……"

"我正在谈南开的职位……"

"那也是可以的。天津自然现在条件好一些。但是余先生相信我，三年，最多五年后，大连、沈阳、长春，都会超越天津还有北平。而超越将是经济、工业、文化、建设全方面的超越……"

这时，土肥原贤二一行人走出密室，满面春风地在一片掌声

185

六国饭店 **1931**

中走回宴会厅,土肥原一眼看到最边上一桌雄赳赳地围坐着十几个中国军人。土肥原立刻满脸堆笑地走过去。解方便也佯笑着起身敬礼道:"老师,我代表天津旅日军人同学会,代表少帅和张学铭将军,特来迎接老师来天津。"

土肥原一副受宠若惊的假笑,嘴上说:"谢谢,你现在是天津市警察局保安总队队长,我们的安全,就全部交给解将军了。"说罢昂首向身边的日本人介绍道:"解方将军,日本士官学校的步兵科第三名的高才生。年少有为。"

解方冷笑着受了掌声笑道:"谢谢老师夸奖,但我应该是第一名的。"土肥原闻言大笑,拍着解方肩膀点头,笑道:"你们中国人常说,文无第一,武无第二,又说——来日方长嘛……"

解方点头道:"老师说得对,请您观看我们旅日同学们,为迎接您专门排练的日本狂言剧《两个大名》。"

在中日双方的掌声中,曹添甲先是带乐队登场,乐器是比刚才更简单的笛子、小鼓和日本鼓,曹添甲掌鼓控制节奏,而程识先生拿个笛子跟在另一名笛子乐手身后滥竽充数。演员先后登场,身穿赶制的肩衣、服裤裙、襦袢和衬袄,脚下是黄色的袜子。狂言的故事一般都很简单,要靠演员的滑稽表演引发哄笑。因为故事都是尽人皆知的,因此必须靠不同演员的不同发挥乃至即兴表演来取悦观众。《两个大名》故事讲的是两个破落的日本领主(大名)要进城,在路上习惯性地抓了一个民夫帮他们拿行李——象征他们的身份的太刀。而民夫不堪两个大名的欺压和役使,愤而反抗。而这两个大名也是欺软怕硬,当民夫拿起太刀后,立刻变怂。民夫于是用刀逼着他们脱掉华丽的衣服,并命令他们学不倒翁(一种滑稽表演),一番羞辱他们后,为了惩戒他们,因此抢了太刀和华服逃走了。

余之蚨和曹添甲根据剧情,将最后民夫训斥大名的台词改成东北人民斥责关东军和满铁暴行的词。然后借此引发争斗,就让程识趁乱逃到酒吧区侧门,克里斯蒂安会驾车帮程识和金小玉一起逃走。

余之蚨和金小玉慢慢向后台走廊方向移动,无奈吉田茂却一直跟在他们身边,仍然在劝说二人一定要去东北考察一下。余之蚨和金小玉正在想着如何摆脱这个烦人的文化特务,却看见莎莎小姐面色凝重地走进西餐厅,她也看见了余之蚨他们,金小玉见状,赶忙趁机拉着余之蚨迎了上去。

"你们过来干什么?你们不是要逃跑了吗?"莎莎冷冷地对二人低声说。

"你去哪儿了?吾飞呢?"金小玉紧张地问。

"你不用管,你们管好你们的性命吧。"莎莎冷冷说道:"我和吾飞有自己的计划。"

六国饭店 **1931**

"吾飞在哪儿?"余之蚨下意识紧张地四下张望起来。

"我把他救出来了……你们只管逃命就好了。"莎莎有些得意地笑笑,既为了即将到来的"刺杀"而兴奋不已,又怕余之蚨和金小玉再次败坏吾飞的计划,还有觉得自己终于超越了金小玉的快意。

这时,演出音乐一变,舞台上的民夫正在用道具太刀逼迫两个大名学做不倒翁,不断自爆黑料,从贪生怕死、好色贪财到暴敛无度,最后终于说出余之蚨帮助曹添甲修改的台词,承认满铁和关东军在东北的侵略和野心,最后,农夫开始"痛打"两个侵略者,要将他们赶出中国去。演出内容巨变,汉奸王揖唐立刻站起来喊停,解方也在对面站起来喊不许停,继续演……

余之蚨来不及再叮咛莎莎小姐了,叹口气推着金小玉就往外跑,程识也在曹添甲的隐蔽下逃向后台。吉田茂却似乎一直盯着余之蚨和金小玉,挺身过来拦住金小玉,金小玉惊声尖叫。余之蚨早就深恨这个文化特务,又想起自己还有金翠喜叮嘱的一个"任务",一时兴起,冷不丁一拳打在吉田茂脸上,那吉田茂皮糙肉厚的只是歪了一下头,立刻挥起拳头,一拳把余之蚨打飞,余一跟头摔倒在舞池中央。

"日本人打人了!给我打回去!"解方露出一丝血气方刚的狞笑,一挥手,身边十几个便衣军官立刻扑向日本人和三同会的成员们。转眼间和在场的日本军人打作一团，而罗雪斋、王揖唐、高凌霨等三同会的汉奸们却立刻挨了两边人不明不白的打，最后拥作一团，瑟瑟发抖。

余之蚨被打得满眼金星乱窜，捂着脸颊刚要反抗，又被追击的吉田茂赶上来追打，金小玉一把拽住吉田茂的手臂，吉田茂扯开手，反手就要给金小玉一个耳光，却被一个人紧紧攥住了手腕。三人一看，却是金碧辉。吉田茂一怔，狠狠地瞪着金碧辉，却被金碧辉冷冷地盯了回去。金碧辉给余之蚨和金小玉一个快走的眼神。

这时，西餐厅已经全都乱了套了。余之蚨捂着脸拖着金小玉就往外逃，冲入后面走廊。刚刚穿入大堂门口，就听到一声："站住！"

只见金翠喜和亚仙姑姑一前一后走了过来，身后跟着太监赵长庆、奶妈芭蕉和春风沉醉四个姑娘。

余之蚨一下子感到金小玉的指甲抓进了自己的肉里，他紧张地回头看向金小玉，却不知她的脸上是愤怒还是恐惧。

"小玉，你要去哪儿？就这么自顾自地跑了？"金翠喜瞪着杏眼，用带着夸张演技的颤抖着的手指着金小玉怒道："你不要你姥姥，不要你娘了？我们养你这么大，白贴了秀才我且不论，况且又去做了什么赤匪。这六国饭店是死了你洋姥爷才有的，又是因为死了你督军爹爹才归了咱家,这饭店也早晚是你的,你怎么就不能出份力?眼看着你娘、你姥姥被人逼死?"

"妈妈,没用的了,我决心已下。"金小玉像只发怒的猫仔对着老猫炸毛。

金翠喜则杀人诛心地迈前一步道:"哼……跑啊?你别忘了你野汉子被枪毙了后你是怎么吓破了胆跑回家的……如今家里有难……你就这么一跑了之了?"

这时西餐厅内一声巨响,像是舞台布景被推到了。余之蚨无心纠缠,拉着金小玉就要落跑。

金翠喜赶忙喊:"亚仙姐姐,帮我拦住他们……"

金亚仙却托一托金翠喜的衣袖劝慰道:"算了,船都要沉了,为什么非要死在一起呢?快去那边儿看看吧……这早就不是咱们做得了主的局面了。何苦把小玉搭进去呢?"

金翠喜执拗地甩开金亚仙的手,指挥着奶妈芭蕉和赵长庆过去追余之蚨和金小玉。迎面却被不知什么地方钻出来的赵亮和萨拉马特拦住了。只能任由余之蚨和金小玉跑进咖啡厅一侧的通道。

余之蚨好容易和金小玉逃到酒吧最西侧的门口,却一下子惊呆了。西侧的小门儿虽然敞开着,却只见大光头马士奇站在门外一脸冷笑,举着手枪对着门内的程识,而克里斯蒂安在一侧无奈地举着手,站在一边儿。

马士奇得意地用枪逼着程识道:"程先生,请你再往外走一步,你出来,我就能抓你了……你跑也没用,大不了我进去把你扔出来也是一样的。"

正在双方僵持的一刻,忽然身后,西餐厅那边传来一声清脆的枪响,紧接着又是一枪。余之蚨等人心里一沉——吾飞真的动手了!

所有人呆了一秒,马士奇又犹豫了一秒,冷哼一声,推开程识,撞开余之蚨和金小玉,举着枪冲向西餐厅。

这时候,满街传来犀利的哨子声、火钟声、马队出动的嘶鸣声。克里斯蒂安没有犹豫,立刻一把拽过程识,带到酒店外把他塞进已经发动的车子里,余之蚨也跟着把金小玉塞了进去。

他和克里斯蒂安点点头,大声对程识、金小玉喊道:"快走!我去看看吾飞怎么样了。"

车辆轰鸣一声,向黑暗深处冲了出去。

六国饭店 **1931**

第四场：事变

1931年，10月10日，金曜日，清晨6点整，天色蒙蒙亮。起风了，雾霾被吹散，路灯一起灭掉，六国饭店在秋色阴霾中，黑沉沉的，像是逐渐清醒的墓碑。

六国饭店206房间。

余之蚨和曹添甲被关押在206房间内，一夜没睡。由于朱公子吩咐了特别照顾，因此有便衣送来了早饭，并根据要求带来了几包香烟，虽然不是小包的哈德门，而是六国饭店一般招待用的红双喜。

两个人似乎都是饭来张口的人，因此谁也不客气地喝着咖啡，吃着三明治，一副《水浒传》里面武松宁当饱鬼的样子。吃完饭，两人仍是无语，相对用力地抽烟。两人昨晚已经互相补充拼全了昨晚的事故。余之蚨趁乱带着金小玉逃跑，西餐厅里解方将军手下的东北边防军军人和日本人进行着友谊赛，双方大都是日本军校训练出来的学生，因此也基本沿袭了日本学校中斗殴的套路——赤手空拳，但拳拳见肉，中国人不时给日本人来个德合勒[1]，日本人也不时回敬一个肩车[2]。餐厅内是桌翻椅滚，杯具粉碎，尖叫纷纷……但只有中央一张大桌纹丝不动，解方在左，土肥原贤二在右，两人对视，解方像是一只既骄傲又好斗的小公鸡，土肥原贤二则像只年深日久的老猿，小公鸡怒目横眉一心挑战，老猿猴满面春风得意扬扬。另一边儿早跑了周药堂和罗雪斋，混乱一开始，这几位耆宿就没了踪影。还有就是金碧辉护着川岛浪速和一干日本女眷、年长的商人、随员们在一边儿看热闹，并用眼神让张天然和袁文会等人少安毋躁，不许插手。边儿上可忙坏了高凌霨、王揖唐、王竹林几个大汉奸……他们四处劝架，却往往两边挨打，中日商会会长王竹林是个多事儿的，一个劲儿在大桌前，不住央求解方和土肥原下令停止斗殴。

看着东北军方面已经大占上风，土肥原贤二却毫不在意，他一边儿喝止了一个想抄家伙的日本特务，一边儿仍是满脸堆笑地说："解将军，不得了啊，没想到，今天是一场鸿门宴。"

"老师，天津武行有个规矩，上门踢馆，津门必须有人出面打回去。就算是长辈，也得来一桌'谢师宴'……"解方听见六国饭店外面开始有巡捕房犀利的哨子声，看着场面也差不多，准备叫停。

土肥原贤二笑道："谢师宴？好……非常好，没想到你们青

---

[1] 德合勒：蒙古式摔跤技法，过肩摔。
[2] 肩车：柔道技法，也是过肩摔。

六国饭店 **1931**

出于蓝了,你看……一个个下手比老师们还狠!"

话音未落,只听"轰隆"一声,舞台背景被什么人拔了楔子轰然倒塌,烟尘中,吾飞跳过舞台的废墟冲了出来,拔出手枪对准土肥原贤二就要射击。说时迟那时快,解方抬脚就把正在央求的王竹林踹了过去,可巧一枪被打了对穿……吾飞身形一晃,让开王竹林的死尸,正要再瞄准,已经被解方死死抓住了手腕子。吾飞纵然气力很大,但解方也是武人,两人纠缠之时,吉田茂过来抢枪,这时枪支走火,打碎了天上的水晶灯……眼看吾飞就要被两人制服,忽然一把椅子狠狠打在吉田茂头上,吉田茂一回头,却见一个美丽的女孩儿,手里拿着一把碎掉的椅子正准备给他第二击……

"吾飞!快跑!"莎莎小姐声嘶力竭地嚷道。

吉田茂不等莎莎打出第二下,气急败坏地一拳打倒了她。吾飞本来已经趁机挣脱了解方,却没有听话逃走,而仍是准备再杀一次"首恶"。但重新冲过去追杀土肥原贤二的做法葬送了他,几名原本打成一团的中日军人一起将他打倒,下了枪,用皮带绑了起来。被打晕的莎莎也被按在凳子上看管了起来。

然后,巡捕房来了人,带走了吾飞和莎莎,由于他们的搅局,原本斗殴的双方却相安无事了。土肥原贤二和解方都制止了双方进一步扩大事端,最后土肥原贤二还是笑着谢了解方救了他性命,然后指着王竹林的尸体说:"谢谢你请我看了一场好戏,不过,明天一早,日本方面要得到一个正式的道歉和一个合理的解释……否则,我们就不会在'六国饭店'的餐厅里面玩过家家了。"

抽完一支烟,曹添甲颓丧地看着余之蚨挂在窗前的白衬衫,痛心地说:"我原是配不上莎莎小姐的,没想到她竟然有这样的勇气。比起他们,我们真的只是过家家的小孩游戏罢了……"

余之蚨脑子一片空白,他知道吾飞和莎莎的命运大抵上会是和上海创联的那些同志们一样了。他想起他还没有给蒋光慈祭奠,而华北似乎也不是可以落脚容身的乐土了。他又从烟筒里抽出一根红双喜,看着上面商标,他若有所思地问:"小曹,你说说,南洋究竟是个什么地方?"

曹添甲怔住了,不知应该如何回答。

两人又各自发了一会儿呆,朱公子推门进来,他进门就下令撤了岗哨,故作轻松地捻起一根烟说:"已经没事儿了,吾飞和莎莎都认了自己是共产党,和东北军并无瓜葛。上面要求大事化小,把事态压制下来。幸好死掉的王竹林只是中国人,又是作为汉奸被暗杀的,幸好没死日本人。"

"那么……莎莎小姐和吾飞会怎样?"曹添甲猛然坐起来大声质问。

"日方并未要求引渡,但意思很明白……要严惩。"朱公子无奈地摊开手,他似乎看出这里面的关系,有些责备曹添甲不懂

六国饭店 **1931**

事儿地严厉地说："小曹，能保下你们，已经是解将军亲自说了话的……少帅本来说还要严查有没有共产党渗透，都是解将军一口咬定没有的。小曹，我中午就派车把你和其他几名演员送去北平，你们好好读书，不要再惹事儿了。至于余先生……请你一口咬定昨天和吉田茂的斗殴是'争风吃醋'，别的事情我们也不追究了……那个程识，我们会大肆缉拿，赏格会增加到1000块……你最好不要再和他有什么瓜葛了。我看……你也最好尽早离开天津吧，那个吉田茂是个可怕的人物……他实际上是……"

话没说完，只听外面人声一乱，一名秘书风火地推门进来说："秘书长，出大事儿了，日本人借口昨天晚上的事儿，闹暴动了，他们聚集了上千人，从日租界冲出来，现在兵分两路，一路向金钢桥附近的省政府、警察署所打过去了，另一路正朝公共租界这边儿过来，目标就是六国饭店！他们知道解将军保安队的指挥部在这里……"

朱公子闻言大惊，忙不迭起身就走，回头嘱咐道："这下出大事儿了，你们别乱跑，外面可能会很危险……"说罢，跟着秘书蹬蹬蹬地跑上楼去了。

余之蚨和曹添甲挤在一起向窗外瞭望，只听"轰"的一声爆炸声，随后，河对岸响起稀稀拉拉的枪声……看不出个所以然，他们又跑到门口，门口的便衣早已不知踪影了，酒店中一片大乱，

第三幕：过墙梯

余之蚨和曹添甲不理朱公子的嘱咐，跟着一些人混乱中跑向楼下，大堂内早已混乱如麻，一群各路难民和房客围着不僧不俗的孙传芳坐在大堂中，只听孙传芳大声说："别想跑啦……我昨天晚上就出不去了，天津现在早就围死了，最外面是日本驻屯军，听说沈阳和山东的日军都往天津来了，津浦线①全线戒严。然后围在里面的是张学铭的东北军，宋哲元的西北军，再里面是解方的保安大队，还有什么安国军、自卫军、救国军、义勇军，一层层的乱，然后租界外头是便衣队，租借里头是各国巡捕，这是被包裹在千层饼里面了……反正全都乱了套了，谁也进不来，可谁也出不去……听说华界那面还有什么顺天会的道场、庆祝国庆的、欢迎国联的、抗议东北事件的各种游行……这不……打起来了吧……这是日本人又要来一次沈阳事变②，这是要在华北开刀了。别……别放屁！你们可别小看我孙传芳，我早说了，要我支持华北自治可以，我就三个条件，一个就是由我孙传芳组织政府，第二就是要政府、国会还都北京，第三就是日本兵退出中国；什么……我孙传芳不怕死……死在仇人手里算个屁……我和王揖唐说了，别吓唬我，我不是政客，更不是买卖人，我从前是个军人，军人怕死算个屁军人，现在我是个和尚……和尚怕死算个屁和尚……我宁可暴死街头，也不做汉奸……哈哈……不信？你们听着，

---

① 津浦线：天津至南京的铁路，于1912年通车，是当时中国最重要的南北交通线。
② 沈阳事变：即九一八事变，也称柳条湖事变、奉天事变。

六国饭店 **1931**

我老孙昨天困在外头，赋诗一首……'秋雨欲来满城杀，宝刀搁下再休夸，中华男儿当如此，大风吹落砍头瓜！'"

一片叫好声中，外面又一声爆炸声，一众避难的闲人纷纷蹲低，孙传芳大声嘲笑这些人不懂——"怕什么！这是土炸弹，还没个屁厉害……"

话音未落，外面一阵大乱，赵亮一头大汗地跑进来，大喊道："亚仙姑姑！不好了！电网路障炸断了……日本浪人打进租界地了！大家快跑！他们奔六国饭店来了！"

外面一阵大乱，外面的人逃进六国饭店，里面的人逃出六国饭店，却都是同样一个理由。一阵急促的滴滴声，一辆车窗全被砸烂的黑色轿车艰难地让过人群停在六国饭店门口，克里斯蒂安一手扶着程识、一手扶着金小玉下车，三个人满头满脸都被石头打出了不同程度的伤，他招呼着赵亮："Joaquin！Joaquin！亮亮！亮亮！过来！"

余之蚨一眼看见，连忙和曹添甲一起，过去帮着把程识和金小玉扶进来，在克里斯蒂安的引导下一路逃进他的暗房。一进门，里面明巴依和萨拉马特正在喝咖啡，见众人逃进来赶忙张罗着准备伤药和吃喝的东西。

"根本出不去，过了东北军的哨卡还有西北军的，绕过去还有日本人的……只好回来,回来就乱了,到处都是流氓打砸抢……差点儿，车就被抢了……他们朝六国饭店来了，有上百人。"克里斯蒂安愤愤地说，他抽出一根雪茄点上，透了一口气，走到墙上，摘下猎枪，从抽屉里取出子弹匣，从柜子里拎出猎装，拍去灰尘，套上身，咧嘴笑道："狗娘养的和庚子年一模一样，你们别怕，有我在呢。有我在，谁也别想踏进大门一步。"

明巴依摇头道："为什么？为什么要来六国饭店？"

大家面面相觑，似乎有一万个理由，又一个道理也说不通。最后萨拉马特说："还不是昨天这里打了日本人，余先生……你先动的手。"

余之蚨无奈地摊开手，他看着程识和金小玉低声问："现在怎么办？吾飞杀了一个大汉奸，他和莎莎已经被捕了。程先生，你更危险了，他们认为你是首犯。"

伤上加伤的程识忍着伤痛说："原想租界区会安全一些，没想到自投罗网，看看一会儿我们趁乱跑出去吧，华界虽然也混乱，但毕竟好藏身，或者躲过这一阵再说吧。"

余之蚨转头问金小玉："你什么打算？"

"我和程先生一起走，我不上楼去。"金小玉坚定地说，完全不理会头上的淤青。

赵亮跑进来喊道："都上顶楼去避一避吧，巡捕都被打了……外面好多流氓！"

克里斯蒂安一听，不由分说领着大家走出暗房，穿过酒吧逃向二楼。不愿去的金小玉也被萨拉马特拖着一起跑过去。一路上，

六国饭店 **1931**

只听无数石块儿正砸向六国饭店,松雪斋、明巴依咖啡店、门厅的大玻璃和各式彩色玻璃、霓虹灯一片稀碎……

克里斯蒂安带着众人逃进大厅,只见大厅已经空无一人,房客和难民全都逃进二楼,楼梯口塞满了进不去的人,全都紧张兮兮地看着大厅里不断飞入的石头、砖头,外面暴民胡乱喊着:"交出凶手!惩办刺客!火烧六国饭店!打倒帝国主义!"

克里斯蒂安冷笑一声,让明巴依、赵亮带着余之蚨等人混入二楼的难民人群,他大声对着难民喊道:"别怕!庚子年他们就没能冲进来。是男人跟我来!我们把门口挡住!"

说罢,他单枪匹马转身往门口走。身后只听亚仙姑姑在三楼喊一声:"回来!"

这喊声也不知道克里斯蒂安听到没有,这倔老头顶着碎砖头和玻璃碴子走到门口,朝天就是一枪,大喝道:"滚!别在这里撒野,这里是六国饭店!不懂规矩吗?我们身后有自由公正和上帝!"

砖头和石块忽然停了,只听对面儿一个阴恻恻的声音笑道:"介是谁呀?这不庚子年飞马快枪吗?奶奶的……这洋鬼子杀了咱们义和团多少好汉?今儿还敢露面?给我弄死他!……打倒帝国主义!"

"打倒帝国主义!"一阵怒吼声,一阵黑影扑来,石头、杆子、刀子、酒瓶子……全都招呼在克里斯蒂安身上，他魁梧但有些衰老的身影晃了一下，猎枪落地，人应声而倒。

剩下的场面余之蚨有些要昏倒了，他被曹添甲拖着往回退，只见暴民拖着奄奄一息的克里斯蒂安进了大厅，一圈圈地在松树前向楼梯上瑟瑟发抖的人们示威，更多的暴民冲进大厅，看东西就抢，拿不走的就砸。最后，一名最"聪明残忍"的暴徒提议将克里斯蒂安挂在松树上，于是众混混儿一片叫好，立刻找到一根绳子，做成绞索，就把克里斯蒂安挂了上去。

这时，金亚仙颤巍巍地分开众人，走到大厅中间，暴民看到她，却都自动闪开，退后几步。金亚仙看着被挂着的克里斯蒂安和四处作恶的暴民，用不大的声音喊："袁七爷……袁七爷……"

喊了没两声儿，袁文会阴恻恻地笑着凑了过来，笑着说："姑姑，您老吩咐……"

金亚仙抬手一指金色的人力车，又指指克里斯蒂安，说道："你不是想要这车吗？归你了……"

"哎哟……那怎么好意思啊？"袁文会大喜过望，得意地一抬手，吊着克里斯蒂安的绳索被放开，人像个破布娃娃一样倒在大厅中间地板上。金亚仙走过去抱住奄奄一息的冒险家，明巴依、萨拉马特和赵亮全都围上来，克里斯蒂安看见他最后羁绊的众人，本想挤出一丝微笑，却吐出一口血，就此咽气了。

暴民又在六国饭店折腾一番，袁文会坐上黄金人力车，翻开

201

六国饭店 **1931**

小怀表看看时间,招呼一声,在手下的簇拥下呼啸而去。他坐在天津独一无二的黄金人力车上,穿街过巷,开怀大笑——仿佛是登上了人生的巅峰。余之蚨和曹添甲这才敢扶着程识和金小玉小心翼翼地走到饭店门口,他们趁乱逃出,小心翼翼地沿着街道混在各个难民中逃跑。却见是一片诡异的秩序:袁文会的流氓管束着外国巡捕,数百名顺天会的教徒沿街开道,十几名高级信徒在各个路口开路,大量裹挟来的苦力帮助他们搬开街垒、铁丝网……每个苦力干了活儿,就能分到一角钱。

过了一会儿,他们被顺天会的人喝令站住,所有人都就地不准动。目送一队车队经过租界区,向塘沽方向驶去。忽然,车队中一辆车停了下来,一身戎装的金碧辉走下车来,看一眼余之蚨等四人,对他们说:"你们这样出不去的……小玉,你信得过我,就上后面那辆车。"

余之蚨等人往后面那车一看,不由一怔,那正是送程识来六国饭店的装了黄金龙头的别克高级轿车——司机正是薄奠,副驾驶上,赫然坐着金宪东。

程识和金小玉对望一眼,点点头。他们和余之蚨握手告别,登上了那辆车。金碧辉冲余之蚨诡异一笑,道:"你也快走吧……走得远远的吧。"

说罢,她转身登车,一声鸣笛,车队缓缓而去。余之蚨分明看到,这车队中,还有一辆一模一样的别克轿车。

第三幕：过墙梯

车队离开后，暴徒像初冬的冰雪一样开始退散，另一边儿马士奇的便衣队开始逐一收复街区，给予了暴徒狠狠的打击。他们从抓获的大量暴徒嘴中得知，他们大都是被顺天会和袁文会的混混锅伙儿招募来的塘沽苦力——每人管3天饱饭，每人每天五角钱，每人一身新制服……

在秩序逐渐恢复的街头，余之蚨和曹添甲松了一口气，他们在万国桥头匆匆分别，曹添甲向华界回家去了，余之蚨缓缓地踱回六国饭店去。他站在桥头路灯下无意中往海河里一看，不禁惊得魂飞魄散——

只见苏也佛的尸体溺在滔滔海河中，一身青色的僧袍时隐时现，缓缓向大海的方向漂去了……

（正文完）

尾声：
万国桥

1931—1932年。

事件与人物的一些后续……和六国饭店的落幕。

张学铭和解方因为处置果断、反击有力，得到中央嘉奖，但很快又因为处置果断和反击有力被迫辞职。张学铭被迫下野，留洋进修去了，解方下放到作战部队。解方将军后来加入八路军，成为一代抗日名将，而他最耀眼的战绩是在抗美援朝战争中担任参谋长，成为新中国成立初期璀璨的将星中的一颗。

天津事变后没多少日子，趁乱逃出天津的末代皇帝溥仪

六国饭店 **1931**

在日本人的扶植下成立了满洲伪政权,郑孝胥写的那首歌,就成为伪满政权的"国歌"。郑孝胥和罗雪斋是溥仪政权初期重要的"师父"。郑孝胥死于1938年,罗雪斋死于1940年。在溥仪回忆录中,他们都是溥仪成为汉奸卖国贼的引路人。

金宪东亲自驾车,一路把程识和金小玉送到北平,他在路上表明了他新的身份——晋绥军炮兵参谋,东北军炮兵连长……在他的安排下,程识和金小玉很快找到组织,并被安排辗转到了苏区,后来参加长征,抵达陕北。程识和金小玉分别成为革命文化运动群星中的重要人物。金宪东1935年正式入党,一直利用身份进行地下工作。他们三个人都因为坚持理想和坚韧的个性得以善终。

孙传芳终于离开六国饭店,在居士林隐居。被仇人女儿施剑翘刺杀。

六国饭店的大结局

余之蚨又在曹添甲的接济下在残破的六国饭店生活了一段时间,他参加了克里斯蒂安的葬礼。参加了金翠喜、唐云山和倌倌的葬礼,这对六国饭店的名义上的所有者,输光了筹码,吃大烟膏自杀了。至于倌倌的死,大约是金姥姥嘱咐奶妈芭蕉做的。

尾声：万国桥

余之蚨和曹添甲一起帮吾飞和莎莎小姐收尸，并低调安葬了。由于张学铭早已下野，没人能救他们。甚至连日本人都不关心他们到底死了没有。只剩下一些热血青年纪念他们，并将抗日锄奸团的事业继续了下去。此后的六国饭店，在国难最深重的暗夜，还会上演一次次热血的暗杀行动。埋葬了吾飞和莎莎之后，余之蚨和曹添甲也就此分手，曹添甲后来致力于戏剧文学创作，终于成为一代大家。

余之蚨送曹添甲的时候，看到金姥姥也登车离去，金姥姥的传奇还没结束，她虽然于1936年才贫病交加地死在北京南城游艺场北侧的贫民窟里，但死后极尽哀荣，她的坟在陶然亭占了一席之地，张大千做碑，齐白石题字。夏衍为她写了戏剧，她的传奇至今不衰。

余之蚨离开六国饭店的时候，是六国饭店重新开张的日子。一派喜庆中，他看到金碧辉被装扮成一个中国娃娃似的女老板——活脱脱是个年轻版的金翠喜，甚至是吧台前的筱醉。她一脸木讷地接受她新的命运，成为六国饭店新的老板——在她身边，是无比欢畅的川岛浪速、里见甫和吉田茂等人……

由于新的六国饭店完全日本化了，明巴侬、萨拉马特和赵亮决定一起去菲律宾。余之蚨一时兴起加入了他们，登上了"金鹿号"离开了祖国。但他们的行程并不顺利，一二八事

六国饭店 **1931**

变的时候由于日本海军封锁,在上海港困了很久。等到再度启航,明巴依死在了甲板上,他和他心爱的六角琴一起海葬了。萨拉马特和赵亮平安到达了菲律宾,但萨拉马特跟一个美国人结婚后被遗弃,她独自再次登上"金鹿号"去寻找自由蒙特港。赵亮则留在菲律宾,后来抗战中期时参加华侨司机团回国参战,牺牲在滇缅公路上。

余之蚨辗转到了苏门答腊,开了一家酒厂。日寇发动太平洋战争后,苏门答腊也失陷了,他最终没能躲开战祸。由于无意中暴露了日语和文学修养,他被日军情报机构识破身份。他被关进集中营,被迫做翻译工作。或许怕他的文学家身份,更怕他留下对这段残酷历史的记录,战争结束前夕,他被日寇杀害在苏门答腊的热带雨林中。

《离乱杂诗》

余之蚨 1941 年于东南亚

犹记高楼诀别词,叮咛别后少相思。
酒能损肝休多饮,事决临机莫过迟。
漫学东方耽戏谑,好呼南八是男儿。
此情可待成追忆,愁绝萧郎鬓渐丝。